DREI FREUNDE AUF DEN EINEN WARTEN BUCH EINS UND ZWEI

Cathy McGough

Stratford Living Publishing

WAS DIE LESER SAGEN...

"Drei Freunde" erzählt die Geschichte von Miranda, Terri und Cheryl auf ihrer Suche nach dem Glück im Leben. Die Autorin Cathy McGough hat einen heiteren Blick auf das Dilemma geworfen, vor dem die meisten von uns irgendwann in ihrem Leben stehen. Wie kann man einem großen Abenteuer entkommen, an das man sich ein Leben lang gerne erinnert?

Die Mädchen nennen sich die drei Musketiere, die immer an den Träumen der anderen teilhaben. Sie sind verzweifelt auf der Suche nach einem Mann, der sie umwirbt, können aber nie den richtigen finden. Jetzt, mit Mitte zwanzig, sind sie die meiste Zeit einsam und ohne festen Partner.

Doch hinter jeder Wolke verbirgt sich ein Silberstreif, der die Tragödie des Lebens überdeckt. Wie es dazu kam, ist ein Tribut an den Einfallsreichtum der Autorin." W A T

"Triff die drei jungfräulichen Musketiere. Erlebe das große Abenteuer, wenn die kanadischen Kleinstadtfreunde Miranda dabei helfen, ihren lang gehegten Wunsch zu erfüllen, Australien zu sehen.

Es genügt zu sagen, dass die Ereignisse in Australien sowohl glücklich als auch traurig sind, einen tiefgreifenden Einfluss auf Miranda haben und sie auf unerwartete Weise ins Erwachsenenleben stürzen. In der Zwischenzeit bieten Terri und Cheryl Unterstützung, die über den Ruf der Freundschaft hinausgeht. M M B

"Normalerweise stehe ich nicht auf Liebesromane, aber dieser hatte so viele Wendungen, dass ich ihn einfach beendet habe und mehr wollte." Z S

"Ein sehr guter Liebesroman. Wenn du einen Monat Urlaub mit deinen besten Freundinnen machen willst, aber nicht kannst...dann lies dieses Buch! Es bietet Spaß, gutes Essen, Trinken und Romantik. Alles, was ein Mädchen genießt!"

"Beim Lesen dieses Buches hatte ich das Gefühl, auch in Australien zu sein. Das perfekte "Mädchenbuch". C V

"Auch wenn du an manchen Stellen laut lachen musst, empfehle ich dir, eine Schachtel mit Taschentüchern bereitzuhalten. Glaube mir, du wirst sie brauchen." A R

INHALT

"Freundschaft ist der unaussprechliche Trost, sich bei einem Menschen sicher zu fühlen,

ohne dass man Gedanken abwägen oder Worte messen muss."

George Eliot

Auf gute Freunde, gute Gespräche und guten Wein.

BUCH 1:

QUE SERA SERA

KAPITEL 1

MIRANDA EVANS WUSSTE, DASS sie sich beeilen musste, um pünktlich zur Arbeit zu kommen. Sie konnte es sich nicht leisten, zu spät zu kommen - schon wieder. Als sie in ihren Honda Civic Hatchback aus dem Jahr 1991 stieg und den Motor hochdrehte, brachte sie ihr Auto an seine Grenzen, obwohl es wegen des bitteren kanadischen Winters nur langsam vorankam. Leider funktionierte die Enteisungsanlage nicht schnell genug, und schon bald fing sie an zu kratzen. Eine kleine Schramme hier und eine kleine Schramme dort. Als sie genug Platz hatte, um nach draußen zu sehen, stieg sie wieder ein und drückte ihren Fuß auf den Boden. Das musste reichen, denn "Andrew, das Arschloch", wartete schon.

Sie raste die Ontario Street entlang und ging ab und zu vom Gas, weil sie mit Glatteis rechnete.

Warum habe ich nur so uncoole Eltern?

Für den Bruchteil einer Sekunde nahm sie beide Hände vom Lenkrad und hämmerte darauf herum. Nicht gerade ein kluger Plan. Ihr Auto geriet ins Schleudern. Sie schaffte es, es wieder einzuschwenken.

Miranda holte tief Luft. Sie dachte, dass ein paar Lieder sie vielleicht auf andere Gedanken bringen könnten. Sie liebte den Oldiesender, auf dem Sexy Miss Tina Turner ihr berühmtestes Liebeslied trällerte.

Abgelenkt, aber nicht genug - Mirandas Gedanken kehrten zu ihren Eltern zurück.

Manchmal kann ich nicht glauben, dass sie mich auf die Welt gebracht haben. Hey, vielleicht wurde ich im Krankenhaus vertauscht? So etwas kommt immer wieder vor und ich könnte eines dieser Babys sein. Ich wette, es gibt da draußen Eltern, die eine Tochter haben, mit der sie beim besten Willen nichts anfangen können - und das sind meine Eltern.

Aber im Ernst: Ich sehe aus wie meine Mama. Wir haben beide rote Haare und ich habe die haselnussbraunen Augen meines Vaters... Trotzdem denke ich manchmal, dass Mama und Papa mehr über Nikkis Leben bei Young and the Restless wissen als über meines. Ich wette, wenn Nikki und ich Figuren bei Jeopardy! wären, würden sie die Fragen über sie mit Bravour meistern und bei mir null Punkte bekommen. Ich kann es ihnen aber nicht verübeln, schließlich führt Nikki Reed/Newman ein aufregendes Leben, während mein Leben langweilig ist. Deshalb wollte ich wohl, dass sie als Erste von meinen Plänen erfahren. Ich dachte, sie würden sich für mich freuen. Da habe ich mich aber geirrt!

Der Oldies-Kanal schaltete zurück zu den täglichen deprimierenden Nachrichten. Miranda drückte die Suchtaste.

Ich kann mich von ihnen nicht unterkriegen lassen. Ich habe mein ganzes Leben damit verbracht, ihnen fremd zu sein - mich zu distanzieren. Mich selbst zu schützen. Ich weiß nicht, warum ich mich dazu entschlossen habe, alles aufs Spiel zu setzen und ihnen noch eine Chance zu geben. Sie werden mich nie verstehen!

Tränen bildeten sich in ihren Augen, als Miranda durch ein bernsteinfarbenes Licht raste. Sie war schon fast bei der Arbeit und versuchte, sich zusammenzureißen.

Sie raste auf den Parkplatz von Vids-R-US Videos. Die Reifen quietschten, als sie um die unübersichtliche Kurve lenkte. Sie trat auf die Bremse und verpasste nur knapp einen Kunden, der zu seinem Auto zurückkehrte. Sie murmelte ein aufrichtiges "Sorry" in seine Richtung und nickte ihm zu. Schließlich stellte sie ihr Fahrzeug auf dem Mitarbeiterparkplatz ab, schnappte sich ihre Handtasche und sprintete hinein.

An der Tür lauerte Mirandas Chef Andrew - alias Andrew das Arschloch. Seine Arme waren verschränkt, bereit zum Kampf.

"Schon wieder zu spät, Evans."

Ich habe mir den Namen Andrew, das Arschloch, übrigens nicht ausgedacht. Es ist ein Kosename, den alle seine treuen (ha! Ha!) Mitarbeiter verwenden. Als Andrew von Vids-R-US zum Manager des Jahrhunderts ernannt wurde, waren wir beeindruckt, aber er war jünger als wir und wir ärgerten uns über seine "All work no play"-Einstellung. Daher der Name. Die meiste Zeit über ist er ein anständiger Kerl. Außer natürlich, wenn ich zu spät komme, und das tue ich IMMER.

"Also, was hast du zu deiner Verteidigung zu sagen, Evans?"

Miranda war schon so oft zu spät gekommen, dass ihr langsam die Ausreden ausgingen. Jedes Mal sagte Andrew ihr, dass es das letzte Mal gewesen sei - aber dann würde er ihr noch eine Chance geben.

Um ehrlich zu sein, war Andrew ein Weichei, wenn es um Miranda ging.

Miranda war sich nicht sicher, wie weit sie Andrew noch treiben konnte. Sie hatte das Gefühl, dass er kurz davor war, die Grenze zu überschreiten. Sie schaute sich um. Sie war umzingelt.

"Evans. Ich warte." Er verschränkte die Arme und löste sie dann wieder. Ungeduldig schlurfte er mit den Füßen. "Während du dir eine Ausrede ausdenkst, könntest du mal überlegen, wie viele andere Leute gerne hier bei Vids-R-Us arbeiten würden. Es gibt Hunderte, vielleicht Tausende, die alles dafür geben würden, deinen Job zu haben." Er verschränkte und löste wieder seine Arme und ging dann ein paar Schritte auf sie zu.

"Nun?", sagte er.

Schweigen.

Denk nach, Miranda, denk nach! Am liebsten würde ich ihm sagen, dass er sich den Job sonst wo hinstecken soll, aber das kann ich nicht. Ich brauche diesen Job jetzt mehr denn je. Ohne ihn werde ich nirgendwo hingehen.

"Evans!"

Miranda sprang auf.

"Aufwachen, aufwachen! Hallo. Ist da jemand drin?" fragte Andrew, während er Miranda mit der Faust sanft auf den Kopf klopfte.

Etwas riss.

Wenn Bette Davis hier wäre, was würde sie tun? Sie hat sich von niemandem etwas gefallen lassen. Aber sie war klug. Sie wusste, wann sie ihre Hand zeigen und wann sie sie dicht an ihre Brust drücken musste.

"Es tut mir so leid, dass ich zu spät bin, Andrew. Es wird nicht wieder vorkommen."

"Du hast Recht, Evans, das wird es nicht. Ich vermerke das in deiner Akte und wenn du das noch einmal machst, landest du auf der Straße. Kapiert?"

"Ich weiß, ich weiß. Und jetzt lass mich in Ruhe", sagte Miranda und lächelte ihn süß an, während in ihrem Kopf die Worte "Andrew, das Arschloch" in einer Schleife abgespielt wurden.

Sie schaute auf ihre Füße.

Verdammt, diese Läufer sind ganz schön aufgedreht, dachte sie. Vielleicht sollte ich mir in meiner Mittagspause ein neues Paar besorgen?

Ihre Blicke trafen sich.

Andrew musterte Miranda. Er schüttelte seinen Kopf hin und her. Sie fühlte sich wie ein Kind, das gerade gescholten wurde, weil es unerlaubt einen Keks aus der Dose genommen hatte.

Nach ein paar Minuten fand Andrew, dass Miranda sich genug gewehrt hatte. "Das ist es, Miranda, du bist ein gutes Kind."

Was meinst du mit KIND! Du bist jünger als ich!

"Und ich mag dich, aber genug ist genug. Wenn du noch einmal Mist baust, Fehler machst, schlechtes Benehmen zeigst oder wieder eine Minute zu spät kommst, dann heißt es, wie der größte Schauspieler der Welt, Arnie Schwarzenegger, einmal sagte: 'Hasta la vista, Baby'. Hast du das verstanden, Evans?"

Miranda nickte.

"Glaub nicht, dass ich dich nicht feuern werde! Du lässt deine Kolleginnen und Kollegen schlecht aussehen. Du lässt mich in einem schlechten Licht dastehen. Und das alles nur, weil es dich nicht interessiert! Schlimmer noch - du übernimmst keine Verantwortung für dein Handeln. Du suchst nach Ausreden. Also, lerne daraus, Miranda. Werd erwachsen. Du hast hier eine gute Sache am Laufen. Ich weiß nicht, ob ich dir das sagen soll." Er zögerte.

"Sag es mir."

"Ich muss ein Loch im Kopf gehabt haben, denn ich habe dich persönlich für den Job des Assistant Managers empfohlen. Ich sehe Potenzial in dir, Kleiner. Wenn du nur ein wenig Engagement zeigen würdest, könntest du etwas aus deinem Leben machen. Ich habe mich für dich eingesetzt, und du schaffst es nicht einmal an einem von sieben Tagen zur Arbeit."

"Wer ich?"

"Ja, du. Jetzt geh an die Arbeit."

"Ich muss meinen Mantel hinten ablegen. Es tut mir leid, wegen allem."

Als sie an ihren Kolleginnen und Kollegen vorbeiging, hob sie den Kopf. Sie konnte es nicht fassen. Andrew hatte sie für die Stelle als Assistant Manager empfohlen - vor den anderen Mitarbeitern, die es immer geschafft hatten, pünktlich zur Arbeit zu kommen. Es war zu unglaublich, um es zu begreifen.

Miranda fragte sich, ob sie Andrew falsch eingeschätzt hatte. Sie hatte ihn immer für einen kleinen Hitler gehalten. Sie puderte sich die Nase und legte etwas Lippenstift auf, bevor sie aus dem Hinterzimmer kam, bereit, den Tag zu beginnen. Sie schaute sich um. Andrew war weg, genauso wie Sarah und Lisa.

Wie unverantwortlich! dachte Miranda und schickte alle nach Hause, während ich noch im Hinterzimmer war. Wenn mir der Laden gehören würde, wäre ich so wütend, dass die Kasse unbeaufsichtigt bleibt. Woher sollten sie denn wissen, wie lange ich noch da hinten sein würde?

Die Glocke läutete und ein Kunde trat ein. "Guten Morgen", sagte Miranda, als sie ihren Platz hinter dem Tresen einnahm. Die Kundin wusste genau, was sie suchte und wo sie es finden konnte. Sie scannte Gladiator und Casablanca ein und übergab die Videos. "Einen schönen Tag noch", sagte sie mit einem Lächeln. Was für Unterschiede es bei der Filmauswahl gibt, dachte Miranda.

In den nächsten dreißig Minuten läutete es immer wieder und Miranda schaffte es, sich zu beschäftigen. Dann gab es nichts mehr zu tun. Ich bin ein Assistent der Geschäftsführung, dachte sie, ich muss mich beschäftigen!

Nur ein weiterer Tag im langweiligen Leben von Miranda Evans. Wann wird sich mein Leben jemals ändern und aufregend werden?

Miranda seufzte laut und sah sich nach etwas anderem um, das sie beschäftigen könnte. Sie hörte, wie es an der Tür klingelte und neue Kunden in den Laden kamen. Juhu, dachte sie, etwas zu tun!

"Hallo Aldo und Allan. Ich freue mich, euch zu sehen!"

"Wo ist der alte Andrew, das Arschloch, heute?" fragte Aldo.

"Ich habe keine Ahnung. Er hat mir wieder die Verantwortung überlassen. Was kann ich für euch tun?"

"Wir wollten nur sehen, was du am Freitagabend vorhast. Wollt ihr einen Film sehen oder so?" fragte Allan.

"Du meinst ein Date?"

"Nein, verdammt, nein", sagte Allan. "Ein paar von uns Jungs treffen sich und wir dachten, ihr Mädels wollt vielleicht mitkommen. Ganz ohne Verpflichtungen, nur ein Freitagabend voller Spaß."

"Ich weiß nicht", sagte Miranda. "Vielleicht muss ich am Freitagabend arbeiten. Andrew, das Arschloch, hält mich zur Zeit ziemlich auf Trab."

Andrew stand hinter einem Regal auf. Miranda wurde scharlachrot im Gesicht. Sie würde am Freitagabend nicht arbeiten und das wusste sie. Sie benutzte ihn, um die Jungs abzuschütteln.

"Äh, ja, Leute. Miranda arbeitet am Freitagabend. Wollt ihr ein paar Videos ausleihen? Wenn nicht, solltet ihr sie wirklich wieder an die Arbeit lassen.

"Mit diesem Kater kann ich mich heute nicht auf einen Film konzentrieren", sagte Aldo. "Lass uns gehen. Bis dann, Miranda. Mach's gut, Andrew."

Allan winkte.

Andrew starrte Miranda an. Er dachte daran, wie hübsch sie aussah. Dankbar und machtlos - was für eine Kombination, dachte Andrew.

"Danke Andrew, die sind nicht gerade mein Typ."

"Jederzeit", sagte Andrew.

Miranda war verblüfft. Sie fragte sich, wie lange er schon dort gehockt hatte. Er hat ihr nachspioniert.

Was für ein Arschloch! Jetzt bin ich ihm etwas schuldig und er weiß es. Ich muss mein Leben auf die Reihe kriegen.

KAPITEL 2

FREITAGABEND WAR ES SOWEIT und Miranda wollte mit ihren beiden besten Freundinnen Cheryl und Terri in die Stadt gehen. Ihre Freundin Linda sollte eigentlich mitkommen, sagte aber in letzter Minute ab, weil sie etwas Besseres zu tun hatte. Linda hatte mal wieder ein Date mit einem Traummann ergattert, den sie vor kurzem in ihrem Joie de Vivre Cafe kennengelernt hatte. Niemand auf der Welt außer Linda hätte sein Geschäft Joie de Vivre nennen können, und sie trug den Namen mit Stolz.

Offenbar arbeitete ihr neuer Verehrer für die örtliche Zeitung. Er hatte dort schon eine Weile Kaffee getrunken und Linda beobachtet. Er versuchte, den Mut aufzubringen, sie um ein Date zu bitten.

Miranda, Cheryl und Terri fragten sich, wie Linda das schaffte! Sie hatte immer Dates. Jedes Wochenende war ausgebucht. Ihr Café hatte eine gute Lage, direkt im

Stadtzentrum, und mittags war es immer gut besucht. Ohne gehässig sein zu wollen, aber die Mädchen wussten, dass sie besser aussahen als Linda. Sie war zwar blond, drall und quirlig und - nun ja, sie wussten alle warum. Linda war eine Ja-Sagerin, und Männer wurden von ihr angezogen, als hätte sie Magneten in ihrem BH.

"Also, wo gehen wir hin?" fragte Miranda.

Cheryl und Terri antworteten mit ihrem üblichen Schulterzucken.

"Wenigstens sind wir dann alle auf der gleichen Spur... Keiner von uns hat eine Ahnung, was wir an einem Freitagabend machen sollen."

"Ich weiß, lasst uns etwas essen gehen", sagte Terri.

Was für eine neue Idee, dachte Miranda, wo wir doch in letzter Zeit immer nur essen.

"Lass uns einen Caesar Salad im Spice It Up essen gehen, dem Restaurant mit den gut aussehenden Kellnern."

"Spice It Up, ja, wir waren schon seit ein paar Wochen nicht mehr dort, um das Personal zu begaffen", sagte Cheryl. "Verdammt, ich wünschte, ich hätte mein neues rotes Seidentop an. Du weißt schon, was ich meine, Miranda? Es lässt mich aussehen, als hätte ich ein Dekolleté."

"Oh ja, schade, dass du es nicht anhattest, aber ich bin nicht aufgetakelt. Sieh mich in meiner alten Jeans und meinem T-Shirt an. Ich sehe total chaotisch aus, aber ich bin bereit für Spice It Up, wenn ihr beide es auch seid. Wir sind alle underdressed. Außerdem bin ich am Verhungern!"

"Ich auch", sagte Terri.

"Ich drei", sagte Cheryl.

Die drei Freundinnen unterhielten sich, als sie durch die Drehtüren gingen. Sie merkten schnell, dass der Laden voll war und eine lange Schlange in der Lobby gebildet wurde.

Sie bemerkten eine Frau mit einem Klemmbrett hinter dem Reservierungsschalter, die anscheinend auf dem Weg zu einem Nervenzusammenbruch war. Sie hatte mausbraunes Haar, das aussah, als hätte sie es vorher zu einem Dutt hochgesteckt. Jetzt hingen sie büschelweise heraus und die Haarspange rutschte bei jeder Kopfbewegung herunter. Jetzt hing sie um ihr Leben. Ihr Lippenstift war verschmiert und fleckig. Ihr zweiteiliger Anzug und ihre Bluse sahen aus, als hätte sie darin geschlafen und der Schweiß rann ihr über die Stirn. Sie wischte ihn mit dem Ärmel ihrer Jacke weg.

"Aber, aber, Leute", sagte sie mit einer geleeartigen Stimme. "Wir tun unser Bestes, unser Allerbestes." Der Tonfall der Frau war sympathisch, tröstlich, aber ihre Körpersprache deutete eher darauf hin, dass sie in einen See springen wollte!

Die Frau bahnte sich ihren Weg durch die Menge, kritzelte, murmelte und sprach mit sich selbst. "Wie viele?", fragte sie, als sie kurz neben den drei Freunden stehen blieb. Bevor sie deren Antwort abwarten konnte, ging sie weiter.

"Entschuldigung", sagte Cheryl und berührte die zerzauste Frau sanft am Ellbogen. "Drei. Du hast nicht gewartet, bis wir dir geantwortet haben." Cheryl las das Namensschild der Frau: Ms. Marty Mantle, S.I.U. Assistant Manager.

"Es tut mir soooooooooo leid", sagte sie. Sie brach in Tränen aus und als die Schleusen einmal geöffnet waren, konnte sie nicht mehr aufhören zu schluchzen.

Die Menge starrte Marty an. Sie flüsterten. Einige lachten.

"Marty, du brauchst eine Pause. Komm mit mir. Es wird schon gut gehen. Meine Freunde werden sich um alles kümmern. Vertrau mir", sagte Cheryl, während sie Marty das Klemmbrett aus der linken Hand nahm und es an Miranda weiterreichte, die es unter Protest wegschob. Cheryl begleitete Marty weiter aus dem Raum.

"Da ist sie wieder", sagte Miranda, "Avon Parks Sozialarbeiterin für die Welt".

"Man muss sie einfach lieben", sagte Terri. "Mal sehen, ob wir das auf die Reihe kriegen."

Cheryl brauchte ein paar Augenblicke, um Marty zu beruhigen.

"Sie haben keine Ahnung, wie es ist. Freitagabend. Eine Versammlung. Keiner wusste es. Ausgerechnet Women in Business. Der ganze Ort war ausgebucht. Nicht genug Personal da. Ein echter Stau. Die Küche ein einziges Chaos. Mindestens eineinhalb Stunden Wartezeit. Die Leute können nicht schnell genug rein und raus. Ich werde meinen Job verlieren. Ich kann meinen Job nicht verlieren, ich brauche das Geld."

"Atme tief durch", sagte Cheryl. "Ich hole dir ein Glas Wasser. Das wird schon wieder. Meine Freunde können Wunder bewirken. Du wirst schon sehen."

"Ich danke dir sehr."

"Entschuldigen Sie mich, meine Damen und Herren", sagte Miranda. "Darf ich um Ihre Aufmerksamkeit bitten? Aufgrund von unvorhergesehenen Umständen ist das Spice It Up überbucht. Es gibt eine ziemlich lange Wartezeit."

"Sie hat uns gesagt, dass es über eineinhalb Stunden dauert", sagte eine Frau in der Menge.

"Sie muss es wissen", sagte Terri. "Wenn ihr nicht warten könnt, solltet ihr heute Abend vielleicht woanders essen gehen."

"Bevor alle anderen Restaurants schließen", sagte Miranda.

Es gab ein wildes Gedränge an der Tür und schon bald verwandelte sich der Mob in eine überschaubare Meute.

Als Cheryl Marty wieder herausbrachte, traute sie ihren Augen nicht. "Alles, was ich brauchte, waren drei Engel wie dich, damit ich wieder zu Atem kommen konnte. In den letzten fünf Stunden ging es stetig bergauf und diese paar Minuten haben wirklich geholfen. Kommt ihr auch mal auf einen Drink zu mir oder wollt ihr noch warten?"

"Nein", sagte Cheryl. "Ich denke, wir werden dir aus dem Weg gehen. Ich habe Lust auf chinesisches Essen."

"Danke, Mädels, und vergesst nicht: Die Drinks gehen auf mich, wann immer ihr wollt", sagte Marty.

Sie winkten Marty zu, als wäre sie eine alte Freundin. Avon Park war so. Die Stadt mit dem Willkommensschild, auf dem ständig "27.000 Einwohner" stand, egal wie viele Menschen kamen oder gingen.

KAPITEL 3

DIE DREI FREUNDE MACHTEN sich auf den Weg zum nächstgelegenen chinesischen Restaurant, das nur drei Blocks entfernt war. Es war schon fast Mitternacht und sie waren am Verhungern!

"Ich glaube, die haben schon geschlossen", sagte Miranda.

"Ja, sie müssen geschlossen sein. Der Ort ist menschenleer", sagte Terri.

"Ich bin mir sicher, dass wir schon einmal hier waren, und zwar gegen 2 Uhr nachts. Lass uns reingehen, bevor ich in Ohnmacht falle."

"Oh, sieh mal", sagte Terri, "da ist sie, unsere Lieblingskellnerin."

May-ling sagte "Hallo", während sie die drei Speisekarten sorgfältig auf den Tisch legte. Dann verschwand sie, kam aber bald mit einem Krug mit Eiswasser zurück, in dem Zitronenscheiben schwammen. Sie gab jedem der Mädchen ein Glas und füllte es dann bis zum Rand. Dann ging sie wieder weg und kam mit einer Kanne heißen Kaffees in der Hand zurück.

"Ich liebe dieses Mädchen", sagte Terri, "sie ist so tüchtig, sie ist wie meine Mama."

"Wollt ihr bestellen?" fragte May-ling.

"Wir brauchen noch ein paar Minuten", sagte Cheryl.

"Okie dokie. Winkt einfach, wenn ihr fertig seid, dann komme ich wieder."

"Oh, warte mal - lass uns jetzt Frühlingsrollen bestellen", sagte Cheryl, "ich nehme zwei."

"Ich nehme eine", sagte Miranda. "Wir müssen Platz für die guten Sachen lassen."

"Eins für mich", sagte Terri.

"Bin in ein paar Minuten zurück", sagte May-ling.

"Ich kann nicht glauben, dass sie hier immer noch kellnert", sagte Terri. "Weißt du noch, wie sie mich die Straße runtergejagt hat und schrie: 'Wer hat die Extra-Eierspeise?' Ich wäre fast gestorben - aber ehrlich gesagt, habe ich gar nicht gemerkt, dass sie es mir nicht berechnet hat."

"Klar, klar", erwiderte Miranda. "Ich kenne dich, Terri, und deinen lebenslangen Wunsch, den großen Eierbrötchen-Coup zu landen!"

"Ja, wir wussten, dass du eine Bonnie und Clyde Seite an dir hast", sagte Cheryl.

"Ich weiß nicht, wie es euch geht, aber nach dem Tag, den ich hatte, brauche ich ein Glas Wein. Lass uns eine Flasche bestellen, wenn sie die Frühlingsrollen bringt. Oh, da kommt sie schon. Danke. Können wir eine Flasche Chardonnay bestellen?"

May-ling ging hinter die Theke. Sie hörten einen Korken knallen. Sie kehrte an den Tisch zurück und schenkte Miranda den Wein ein, damit sie ihn probieren konnte. Der Wein gefiel ihr und die Gläser wurden gefüllt.

"Danke. Wie wäre es mit einem Trinkspruch auf uns?"

"Hier, hier", sagten die drei Freunde und stießen mit ihren Gläsern an.

"Übrigens, ich habe vergessen, euch zu sagen, dass ich gestern fast gefeuert worden wäre."

"Schon wieder!" rief Terri aus.

"Was hast du dieses Mal gemacht?" fragte Cheryl.

"Nun, lasst mich ausreden, dann sage ich es euch. Gestern ist Andrew fast über mich hergefallen. Ehrlich, manchmal ist er so ein Widerling. Der Tag fing nicht gut an. Ich war im Rückstand und dann musste ich die Fenster kratzen. Ich habe mich beeilt, kam aber trotzdem zu spät und Andrew wartete an der Tür auf mich. Die kurzlebige Karriere von Miranda Evans bei Vids-R-US blitzte vor meinen Augen auf."

"Komm schon, lass uns nicht im Ungewissen", sagte Terri.

"Bist du jetzt bereit zu bestellen?" fragte May-ling.

"Ja, Almond Guy Ding, Chicken Soo-Guy - mit der Soße an der Seite bitte. Spezieller gebratener Reis und Honig-Knoblauch-Spareribs. Das sollte doch genügen, oder?" sagte Cheryl.

"Nun, ich denke, das sollte reichen und wir haben noch Platz für den Nachtisch", sagte Terri.

"Und Glückskekse", sagte Miranda.

"Also, erzähl uns, was mit Andrew passiert ist?" fragte Cheryl.

"Andrew hat mir vor zwei anderen Mitarbeitern die Meinung gesagt. Er hat mir die Leviten gelesen und mir - und ihnen - gesagt, dass er mich für die Stelle des stellvertretenden Managers empfohlen hat. Du hättest eine Stecknadel fallen hören können!"

"Meine Güte. Was für eine Wendung. Aber hast du es geschafft?" fragte Terri.

"Er sagte, ich hätte 'Potenzial', Zitat Ende. Dann kamen Aldo und Allan in den Laden und da wäre es fast wieder schief gegangen."

"Allan und Aldo, nicht die beiden Verlierer", sagte Terri.

"Ja, sie sind aufgetaucht, um uns zu einer Party einzuladen. Ich habe gelogen und ihnen gesagt, dass ich arbeiten muss. Sie nannten Andrew seinen Spitznamen und ohne dass ich es wusste, stapelte er die ganze Zeit Regale hinter einer der Vitrinen. Ich bin fast in Ohnmacht gefallen."

"Ist er da ausgeflippt?" fragte Cheryl.

"Nein, ist er nicht. Er hat Allan und Aldo erzählt, dass ich am Freitagabend arbeiten war. Eine glatte Lüge. Er hat mich gedeckt. Ich habe mich bei ihm bedankt, aber jetzt bin ich ihm etwas schuldig. Er weiß es. Ich weiß es auch."

"Ich hoffe nur, dass er seine Position nicht ausnutzt, um dich sexuell zu belästigen", sagte Terri.

"Ich glaube nicht, dass er so ein Typ ist. Er ist geizig, er ist engstirnig, aber er ist kein Frauenheld. Die meiste Zeit über ist er ein guter Chef. Er hört sich unsere Vorschläge an, auch wenn er sie nicht umsetzt. Wir haben z.B. vorgeschlagen, dass wir bei Eröffnungen und Schließungen immer zu zweit im Laden sein sollten."

"Ihr solltet immer zu zweit sein. Was ist, wenn du pinkeln musst? Müsst ihr dann alle Türen abschließen?" sagte Terri.

"Wir halten sie auf. Wenn also jemand reinkommt, um uns zu erleichtern, tut er das auf mehr als eine Art!"

"Das ist nicht gut für deine Blase", sagte Cheryl.

"Meinst du, er vergisst es oder versucht, seine Gunst zu erlangen?" fragte Miranda.

"Ist er nicht verheiratet?" fragte Terri.

"Ich glaube, ich habe irgendwo gelesen, dass er seine Jugendliebe geheiratet hat", sagte Cheryl.

"Ich wusste nicht, dass Andrew verheiratet ist", sagte Miranda.

"Er sieht nicht so schlecht aus", sagte Cheryl. "Außerdem hat er einen Job bei Vids-R-Us für den Rest seines Lebens, wenn er einen will. Sie glauben, dass ihm die Sonne aus dem Hintern scheint. Ich erinnere mich an den Artikel in der Lokalzeitung über ihn. Er hat das Potenzial, es mit Vids-R-US überall auf der Welt zu schaffen. Oh, da kommt unser Essen. Es riecht himmlisch."

Die drei Freunde stärkten sich mit Stäbchen und bereiteten sich darauf vor, das ganze Zeug zu vertilgen.

"Ich habe euch noch gar nicht erzählt, warum ich gestern Morgen verschlafen habe und zu spät zur Arbeit gekommen bin, oder? Nun, ich habe mich am Abend zuvor mit meinen Eltern getroffen und ihnen erzählt, dass ich für einen Monat nach Australien gehe. Sie waren völlig aus dem Häuschen. Es war, als ob sie dachten, ich würde sie um Erlaubnis bitten oder so. Ich bin legal! Ich kann gehen, wohin ich will und wann ich will!"

"Aber Australien", sagte Terri. "Warum so weit weg?"

"Irgendwo muss man ja anfangen, und Australien hat mich schon immer fasziniert. Ich habe es satt, über Orte zu lesen, ich will sie selbst sehen. Ich will mich nicht mit Vids-R-Us versöhnen, in der Erwartung, für immer dort zu sein. Ich will mehr von meinem Leben haben."

"Ich wollte auch schon immer nach Australien", verriet Cheryl. "Mein Vater war dort, als er bei der Armee war und hat mir oft davon erzählt. Wann hast du vor zu gehen? Brauchst du Gesellschaft?"

"Dezember/Januar und ich würde es lieben! Wir würden so viel Spaß haben!"

"Das ist perfekt für mich. Wir schließen die Fabrik im Dezember und in der ersten Januarwoche, also kannst du mit mir rechnen", sagte Cheryl.

"Ich würde auch gerne ja sagen", sagte Terri, "aber ich weiß nicht, ob Mr. Travetti einen ganzen Monat ohne mich auskommt. Er verlässt sich bei allem auf mich."

"Überleg es dir. Sag mir Bescheid. Ohne die Drei jungfräulichen Musketiere als komplettes Set wäre es nicht dasselbe."

Ich habe mir die Drei jungfräulichen Musketiere ausgedacht. Es war ein geheimer Name, den wir mit niemandem sonst geteilt haben. Heutzutage sollte man Fremden nicht unbedingt erzählen, dass man noch Jungfrau ist. Sie könnten dich für seltsam halten, wenn du einfach noch nicht den richtigen Mann getroffen hast. Ich bin fünfundzwanzig und stolz darauf, ein Teil der Drei Jungfrauen-Musketiere zu sein. Unser Motto ist: Wait 4 the 1. Manchmal mache ich mir allerdings Sorgen um uns. Mit fünfundzwanzig ist es selten, aber nicht undenkbar, noch Jungfrau zu sein. Ich glaube, es gibt noch viel mehr Mädchen wie uns, die zu viel Angst haben, zuzugeben, dass sie es noch nicht getan haben. Zu Zeiten meiner Eltern war ein Mädchen geächtet, wenn sie es vor der Hochzeit tat. Heute bist du ein Freak, wenn du es nicht tust.

"Miranda, Miranda - huhu!" sagte Terri.

"Oh, tut mir leid, ich bin auf einem anderen Planeten."

"Ich sagte, ich frage am Montag meinen Chef und melde mich bei dir. Bei mir stapeln sich eine Menge Urlaubstage. Seit ich vor zwei Jahren hier angefangen habe, hatte ich noch keinen Urlaub."

"Na also, du hast es dir verdient!" sagte Miranda.

Miranda ging auf die Damentoilette, während Cheryl und Terri sich darum stritten, wer die letzte Portion Chicken Soo Guy bekommen sollte.

"Wir sollten lieber warten, nur für den Fall, dass Miranda es will, meinst du nicht?" fragte Cheryl.

Miranda setzte sich. Sie trommelte mit den Fingern auf den Tisch, bis sie bemerkte, dass ihre beiden Freundinnen sie anstarrten.

"Was?"

"Ist es in Ordnung, wenn Cheryl die letzte Portion Soo-Guy verschluckt?"

"Oh, um Himmels willen, nur zu, nimm es! Meine Oberschenkel brauchen es sowieso nicht und ich bin satt.

Entschuldige, May-ling, könntest du mir noch eine Flasche Chardonnay bringen?"

"Wir schließen bald, sehr bald. Wir müssen schnell trinken."

"Oh, mein Gott!" rief Cheryl aus. "Es ist schon nach 14 Uhr."

"Dann vergiss den Wein. Nur die Rechnung, bitte", sagte Miranda. Ich habe "Mission Impossible II" und "Muriels Hochzeit" ausgeliehen - beide Filme wurden in Australien gedreht, wie ich hinzufügen möchte. Ich habe jede Menge Wein zu Hause."

"Das klingt gut, lass uns gehen", sagte Terri.

Sie gingen los, drei Freundinnen, hoffnungslos und datumslos an einem Freitagabend.

KAPITEL 4

D ER BODEN WACKELTE UNTER ihnen. Die Musik hämmerte. THUMP, THUMP, THUMP. Mirandas Kopf war kurz davor zu explodieren, weil sie einen schlimmen Kater hatte, der durch die laute Musik aus der Wohnung ein Stockwerk unter ihr noch verschlimmert wurde.

"Was zum?" fragte Cheryl.

"Das ist dieser Rock'n'Roll-Idiot, der unter mir wohnt. Jeden Samstag ist es genau das Gleiche. Normalerweise stört es mich nicht, aber heute bringt mich mein Kopf um."

"Meiner auch", sagte Terri. "Ich setze eine Kanne Kaffee auf. Warum gehst du nicht und schaust, ob er ihn ein bisschen leiser stellt?"

"Ich kann es ja mal versuchen. Er ist schon ein komischer Typ. Als ich ihn das letzte Mal gefragt habe, hat er es für ein paar Minuten leiser gemacht und dann noch lauter als vorher. Das war um 3 Uhr morgens."

"Lass uns eine Tasse Kaffee trinken, uns fertig machen und losgehen. Wir können in Lindas Café frühstücken und sie kann uns von ihrem großen Date gestern Abend erzählen."

"Apropos gestern Abend, es tut mir leid, dass ich so weinerlich war, wegen du weißt schon wem", sagte Miranda.

"Das ist schon okay, aber du musst wirklich loslassen, ihn loslassen. Er war sowieso nicht gut genug für dich", sagte Cheryl.

"Kaffee, Kaffee", sagte Terri, "ich brauche ihn stark. Ich brauche ihn schwarz und ich brauche ihn jetzt."

"Das klingt wie die Beschreibung des Mannes, den ich auch brauche", sagte Miranda, als sie die Jalousien im Wohnzimmer öffnete. Es war ein wunderschöner Wintertag. Sie bemerkte, dass das einzelne Ahornblatt immer noch an einem Zweig hing und um sein Leben kämpfte. Seit Herbstbeginn hatte sie jeden Tag nach ihm gesehen. Sie wusste, dass der Wind es irgendwann mitnehmen würde. Im Moment tanzte es noch vor ihrem Balkon. Sie atmete tief ein und die Winterluft brachte sie zum Husten.

In der letzten Nacht gab es ein paar Mal Streit zwischen den Mädchen. Ein hitziger Streit brach aus und es ging nur um Miranda. Die drei Freundinnen stritten sich nicht oft, aber wenn sie es taten, endete es meistens in einem großen Eklat.

"Werden wir jemals ein paar nette Jungs treffen?" fragte Miranda und sprach undeutlich. "Alles, was ich will, ist, einen guten Mann zu finden, zu heiraten, ein Haus zu kaufen, Kinder zu haben, einen Hund, vielleicht eine Katze."

"Ich glaube, wir sind wahrscheinlich die einzigen fünfundzwanzigjährigen Jungfrauen in Avon Park, geschweige denn in ganz Ontario, und wir sollten verehrt werden", sagte Cheryl.

"Jungfrau zu sein ist nicht mehr zeitgemäß", sagte Terri, "ich würde sicher nicht vor allen damit werben. Es ist eine persönliche Entscheidung."

Die Entscheidung war für alle drei Mädchen auf verschiedenen Ebenen persönlich. Es war ja nicht so, dass sie keine Verabredungen oder Gelegenheiten gehabt hätten. Sie konnten nur nicht den Einen finden. Den Mann, dessen Kuss ihre Zehen zum Kribbeln bringen würde. Den Mann, dessen Kuss ein Feuerwerk auslöst wie bei Love American Style. Den Mann, der ihnen das Gefühl gab, die einzige Frau auf der Welt zu sein. Der Mann, der nicht gleich wegrannte, wenn er das Wort "Verpflichtung" hörte.

Vor etwas mehr als einem Jahr dachte Miranda, sie hätte diesen Mann gefunden. Sein Name war Charlie Smith. Er brachte Miranda zum Lachen. Sie sprachen über alles. Ihre Beziehung war so gut, dass er zu ihrem vierten Freund wurde. Miranda und Charlie trafen sich drei Monate lang. Sie sprachen über die Ehe und darüber, Kinder zu haben. Miranda war sich sicher, dass sie ihn liebte. Sie hatte es ihm nie gesagt, aber sie hatte das Gefühl, dass er es wusste. Dann verließ er sie, ohne ein Wort.

Miranda ist nie darüber hinweggekommen. Sie sehnte sich immer noch nach ihm. Sie fragte sich, was sie falsch gemacht hatte. Sie erinnerte sich an den letzten Abend, an dem sie zusammen waren. Sie waren ins Kino gegangen. Charlie begleitete sie nach Hause. Er schaute ihr in die Augen und küsste sie leidenschaftlich. Miranda hatte keine Ahnung, dass es ein Abschiedskuss war.

"Er hatte so viele Dinge, die für ihn sprachen. Kein Wunder, dass er mich nicht wollte", sagte Miranda.

"Er ist ein feiger Mistkerl", sagte Terri. "Ende der Geschichte. Er ist es nicht wert. Lass ihn gehen."

"Ich wette, er ist jetzt verheiratet, hat Kinder und lebt unseren Traum mit einer anderen. Wahrscheinlich eine Blondine. Er hatte schon immer eine Vorliebe für Blondinen."

"Wenn es dich so sehr interessiert, warum rufst du nicht bei der Bank an und findest heraus, wo er ist? Lass die Sache jetzt und für immer ruhen. Ich werde es für dich tun", sagte Cheryl. "Das ist nicht gesund, Miranda."

"Ich muss einfach nur weg, um mich auf etwas anderes zu konzentrieren. Etwas Aufregendes in meinem Leben und dann kann ich Charlie hinter mir lassen. Diese Reise nach Australien wird mir sehr gut tun. Das ist genau das, was der Arzt verordnet hat."

"Bist du sicher, dass Andrew dich freistellen wird?" fragte Terri.

"Er muss für andere einspringen, das ist keine große Sache. Außerdem werde ich in Australien recherchieren, wie die Australier Vids-R-Us betreiben, und ihm dann Bericht erstatten. Vergiss nicht, dass ich ein potenzieller Assistent der Geschäftsführung bin. Das wird schon klappen."

Sie erreichten das Joie de Vivre. Linda war nirgends zu sehen.

"Hey, Sal, wo ist Linda?" fragte Terri.

"Äh, sie hatte eine lange Nacht."

"Das ist Linda. Sag ihr, dass wir bald vollständige Details erwarten", sagte Miranda.

Cheryl bestellte Speck und Eier, Terri ein getoastetes Westernsandwich und Miranda einen Bagel mit Frischkäse. Sie tranken so viel Kaffee, dass sie total aufgedreht waren, als die Rechnung bezahlt werden sollte.

"Macht es dir etwas aus, wenn wir im Reisebüro im Einkaufszentrum vorbeischauen? Ich würde gerne ein paar Broschüren und Angebote für Flüge einholen". sagte Miranda.

"Gute Idee", antwortete Cheryl. "Je mehr wir wissen, desto besser."

Als sie im Reisebüro ankamen, standen sie Schlange und Joe Cool hinter dem Tresen sagte, er sei "gleich bei ihnen". Sie schnappten sich ein paar australische Reisebroschüren und begannen, darin zu blättern.

"Kann ich euch helfen?" fragte Joe Cool schließlich.

"Ja, wir würden gerne im Dezember/Januar nach Australien reisen. Kannst du uns sagen, wie viel wir dafür bezahlen müssen?" sagte Miranda.

"Das ist Hochsaison, das ist die teuerste Zeit, in der man reisen kann. Drei Plätze?" Joe Cool fragte: "Habt ihr eine bevorzugte Fluggesellschaft?"

"Air Canada, vielleicht Qantas - je nach Preis", sagte Miranda.

"Air Canada arbeitet zufällig mit Air New Zealand zusammen und sie haben ein Weihnachtsangebot. Du müsstest am 1. Dezember abfliegen und entweder am 31. Dezember oder am 1. Januar zurückkehren. Der Preis beträgt 2299,00 $. Du musst allerdings rechtzeitig buchen und mir eine Anzahlung hinterlassen."

"Was für ein Angebot!" Miranda rief aus: "Was wollt ihr denn machen?"

"Ich kann heute keine Anzahlung machen", sagte Terri. "Könntest du unsere Plätze bis Montag freihalten? Ich muss das mit meinem Chef abklären. Dann kümmern wir uns um die Bezahlung."

"Ihr könnt zwei Plätze festhalten und wir geben euch unsere Anzahlungen", sagte Miranda. "Wir brauchen nur eine Bestätigung für den einen Platz."

"Habt ihr alle Pässe?" fragte Joe Cool.

"Keiner von uns hat einen!"

"Dann sind hier die Formulare. Kümmert euch so schnell wie möglich um die Fotos und gebt an, dass ihr am 1. Dezember abfliegen wollt. Dein Name wird auf die Prioritätenliste gesetzt, da du bereits einen Flug gebucht hast. Anzahlung per Kreditkarte?"

"Nein, per Interac", sagte Miranda.

"Das gilt auch für mich", sagte Cheryl.

"Danke für deine Hilfe", sagte Miranda. "Wann brauchst du den Rest des Geldes?"

"In einer Woche ab heute - dann kann ich dir auch mit deiner Agenda helfen. Es ist ein großes Land und es gibt viel zu sehen in einem Monat."

"Wir sehen uns dann."

"Wir können unsere Fotos gegenüber machen, wenn wir nächste Woche wiederkommen", sagte Miranda. "Dann läuft alles wie am Schnürchen. Wir gehen nach Australien! Wir gehen wirklich nach Australien!"

"Ich bin hungrig", sagte Terri.

Die drei Freundinnen aßen ziemlich viel, um ihr männerloses Dasein zu kompensieren.

"Lasst uns im Park einen Hotdog essen. Es ist ein perfekter Tag dafür!" sagte Terri.

"Ich kann immer noch nicht glauben, dass wir gehen", sagte Miranda. "Ich sehe es schon vor mir: Wir sitzen im weißen Sand am Strand und schauen den tollen australischen Surfern zu. Wenn ich an die Leute hier denke, die sich den Arsch abfrieren!"

Miranda setzte Cheryl bei sich zu Hause ab und Terri bei sich. Sie hielt bei 7-11 an und kaufte Schokolade, Brot und Milch und fuhr dann nach Hause.

Cheryl lebte bei ihrer Mutter und ihren zwei jüngeren Geschwistern. Terri lebte bei ihrer Mutter, ihrem Vater und ihrem älteren Bruder.

Miranda hingegen würde nie bei ihren Eltern wohnen. Sie waren ein netter Ort, um sie zu besuchen, aber seit sie ausgezogen war, war sie so viel gewachsen und sie liebte die Freiheit. Sie könnte nie wieder unter ihrem Dach und mit ihren Regeln leben. Natürlich war es nicht leicht, die seltsamen Arbeitszeiten bei Vids-R-Us zu akzeptieren und Schichtarbeit zu leisten, aber da sie bereit war, jede Stunde zu nehmen, die sie bekommen konnte, um über die Runden zu kommen, machte es ihr das Leben allein leichter. Das war der Hauptgrund, warum sie glaubte, dass Andrew-the-Asshole sie beibehielt, weil sie mehr

Stunden arbeitete als alle anderen und sich nicht darüber beschwerte.

Allerdings kam sie nie pünktlich zur Arbeit. Miranda ließ Andrew wissen, wie sehr sie zusätzliche Stunden brauchte, um über die Runden zu kommen. Sie wusste, dass er sich auf sie verlassen konnte, wenn es mal wieder eng wurde. Miranda schätzte sich glücklich. Sie arbeitete viel. Sie machte die Wohnung zu einem Zuhause. Es war Mirandas erstes Zuhause. Sie war so stolz darauf.

Sie machte es sich auf dem Sofa bequem, schaltete durch alle Fernsehkanäle und stellte fest, dass es nichts gab, was sie sich ansehen wollte. Jeder Kanal schien Sport, Sport und noch mehr Sport zu zeigen. Sie drückte auf den Aus-Knopf. Sie schaltete den CD-Player ein und hörte die Stimme von Chris DeBurgh. Sie lehnte sich auf dem Sofa zurück und las einige Kapitel aus der Poisonwood Bible. Es war dieses Buch, das in Oprahs Buchclub ausgewählt worden war, das Miranda zum ersten Mal zum Reisen inspirierte. Sie erkannte, dass es da draußen eine ganz andere Welt gibt, die nur darauf wartet, von ihr erkundet zu werden.

Wenn wir erst einmal Australien besucht haben, ist der Himmel die Grenze. Dann Afrika, Indien, China... Dann gibt es kein Halten mehr!

Während sie davon träumte, auf einem Kamel im Outback zu reiten, schlief Miranda schließlich ein.

KAPITEL 5

B EI TERRI ZU HAUSE war es nicht so ruhig und entspannt. Es war eher so, als ob der Dritte Weltkrieg ausgebrochen wäre.

"Ich verbiete dir zu gehen!", schrie Angelo, Terris Vater.

"Papa, beruhige dich. Ich bin erwachsen, ich kann gehen, wohin ich will. Ich brauche deine Erlaubnis nicht."

"Du lebst unter meinem Dach, du undankbare Tochter. Du befolgst meine Regeln. Du zahlst keine Miete und kaufst kein Essen. Du hast keine Ahnung von der wirklichen Welt."

"Ich gehe nicht allein, Papa. Ich gehe mit Miranda und Cheryl."

"Aber was ist mit deinem Job? Du hast bei Mr. Travetti gekündigt."

"Nein, ich brauche seine Erlaubnis, um zu gehen. Ich werde ihn morgen fragen. Ich wollte nur vorher mit dir und

Mom darüber reden. Ich dachte, ihr würdet euch für mich freuen."

"Teresa, Teresa", sagte Angelo.

Wenn er wütend war, nannte Angelo seine Tochter immer Teresa. Wenn Terri das hörte, wusste sie, dass ihr Vater sich auf eine gewaltige Explosion vorbereitete.

"Teresa, drei junge, auffallend junge, alleinstehende, naive Mädchen können nicht durch Australien reisen. Was wisst ihr drei schon von der Welt? Ihr arbeitet, ihr wisst nichts über Männer."

"Aber Papa, ich bin fünfundzwanzig Jahre alt."

"Egal wie alt du bist, Teresa, solange du unter meinem Dach lebst, wirst du meine Regeln befolgen. Vergiss es jetzt. Es ist nur zum Besten. Du wirst es mir danken."

"Papa, ich werde dich jeden Tag anrufen."

"NEIN!"

flehte Terri und schaute zu ihrer Mutter, um Unterstützung zu bekommen. Terris Mutter blieb stumm.

Maria wusste, dass Angelo seinen Siedepunkt noch nicht erreicht hatte. Sie wartete still an der Seitenlinie, mit gesenktem Kopf, als ob ihre ganze Aufmerksamkeit dem Kreuzstich auf ihrem Schoß galt.

Terri beobachtete ihre Mutter, die mit der Handarbeit herumhantierte, und wurde wütend auf sie. Sie wünschte sich eine Verbündete, jemanden, der auf ihrer Seite war. Sicherlich konnte ihre Mutter das nachempfinden. Terri wusste sogar, dass sie Mitgefühl hatte, aber im Moment saß ihre Mutter wie eine unsichtbare Frau auf der anderen Seite des Familienzimmers.

Terri sah ihren Vater an, der einen roten Kopf hatte. Angelo schritt im Zimmer auf und ab wie ein werdender Vater. Ab und zu setzte er sich hin, schlug mit der Faust auf den Tisch wie ein Kind, das seinen Willen nicht durchsetzen kann, sprang dann auf und fing wieder an zu laufen.

Es war ein Kampf des Willens. Für Terri war es der Beweis, dass sie erwachsen war. Für Angelo war es die Zustimmung, seine Tochter gehen zu lassen.

"Papa, ich werde anfangen, dir Miete zu zahlen."

"Teresa! Nein! Es geht nicht um das Geld. Ich will nicht, dass du gehst!"

Terris großer Bruder Giovanni betrat das Zimmer. "Wohin gehen? Papa, ich konnte dich die ganze Straße runter schreien hören."

"Deine Schwester will uns verlassen, um mit ihren Freundinnen nach Australien zu gehen."

"Auf keinen Fall, ihr Mädchen könnt da nicht alleine hin. Es ist gefährlich. Es ist ein hartes Land und ihr drei werdet keine Ahnung haben, wie ihr im Outback überleben könnt. Keinen blassen Schimmer."

"Wir werden nicht Teil der Survivor-Besetzung sein, weißt du, Giovanni! Wir haben vor, in Herbergen und Pensionen zu übernachten, wo wir absolut sicher sind."

Als das Wort Herbergen aus ihrem Mund fiel, sah Terri Giovannis Reaktion. Sie wünschte, sie könnte diese Worte zurücknehmen. Heiße Tränen liefen ihr über die Wangen.

"Herbergen!" Er lachte. "Ihr drei würdet ohne euer eigenes Bad nicht zurechtkommen. Ihr habt keine Ahnung, überhaupt keine Ahnung."

Maria stand ruhig auf.

Sie drehten sich zu ihr um und beobachteten, wie sie ihre Handarbeiten sanft auf den Tisch legte. Ihr Blick blieb niedergeschlagen, als sie durch den Raum ging.

"Geh in dein Zimmer, Kind, und überlass sie mir. Es wird alles gut werden. Geh jetzt."

Terri wusste, dass es sinnlos war, sich zu streiten. Sie glaubte, dass ihre Mutter alles tun würde, um ihren Vater zu überzeugen. Zurück in ihrem Zimmer, kletterte Terri in ihren Schlafanzug und zog die Decke bis zum Kinn hoch. Sie spendeten ihr keinen Trost. Sie starrte an die Decke und driftete in den Schlaf.

Terri war mit ihren beiden Freunden im australischen Outback. Sie waren sehr durstig. Der rote Staub wehte ihnen entgegen und Steppengräser grüßten sie. Sie waren per Anhalter unterwegs.

In der Ferne bahnte sich ein himmelblauer Pickup-Truck, der mit roter Erde bedeckt war, seinen Weg zu den drei Freundinnen. Als das Auto die Mädchen erreichte, schwang der Marlboro-Mann die Tür auf und bat sie hinein.

"Wollt ihr mitfahren?" fragte er.

"Danke, wir haben uns verfahren", sagte Terri, als sie neben ihm einstieg, gefolgt von Cheryl und Miranda. Es war ein enges Gedränge.

Durchgeschwitzt, Körper an Körper, die Hitze war erdrückend. Terris rechte Seite lag an dem Marlboro-Mann an. Sie konnte die Bartstoppeln auf seinem Kinn sehen und seinen Moschusduft riechen.

"Woher kommt ihr?", fragte er.

"Wir kommen aus Kanada und haben uns verlaufen." Terri konnte nicht aufhören, auf seinen Mund zu schauen.

"O I C, ihr Sheilas solltet nicht hier draußen sein, ich bringe euch zurück nach A Town Called Alice."

A Town Called Alice? dachte Terri. Ich kenne diesen Ort. Ich habe einen Fernsehfilm darüber auf PBS gesehen.

Das Auto fing an zu klopfen und zu schaukeln. Das Klopfen wurde lauter und lauter.

Jemand war an der Tür. Es war Maria.

"Dein Vater ist ein stolzer Mann, aber er ist ein sehr sturer Mann. So, so, du kannst gehen. Du kannst gehen, jede Woche anrufen und deinem Vater ein Geschenk kaufen."

"Danke, Mama", sagte Terri und umarmte sie fest.

"Geh jetzt schlafen. Sprich morgen früh nicht mehr darüber. Gib der Sache Zeit."

Terri legte sich zurück und versuchte, in ihren Traum zurückzukehren. Der Marlboro-Mann war verschwunden.

Manchmal hatte Terri das Gefühl, dass ihr Verlangen nach einem Mann so stark war, dass sie gleich platzen würde. Ihre Eltern würden eines Morgens kommen und sie finden - in Stücken.

Würde mich jemand vermissen, wenn ich in die POP gehen würde?

Ihre Eltern schon. Ihr Bruder würde es. Ihr Chef würde es. Wie würde er ohne sie zurechtkommen? Er gab Geld aus, als ob es aus der Mode käme, und Terri musste ihm sagen, dass er aufhören sollte.

Terri erinnerte sich an den Abend, als Mr. Travetti ihr von der Geschichte seiner Familie erzählte:

"Meine Eltern kamen 1921 aus Italien. Sie hatten kein Geld. Papa war ein Schneider, Mama war eine Schneiderin, sie haben Gepäck hergestellt. Jetzt, fünfzig Jahre später, stellen wir immer noch Gepäck her. Ohne sie wäre ich ein Nichts."

Terri wusste sofort, dass sie für Herrn Travetti arbeiten wollte, um ein Teil der Vision seiner Familie, ihres Traums, zu sein.

Wenn ich morgen mit Herrn Travetti spreche und er ja sagt, werde ich sehen, ob wir ein paar hervorragende Angebote für Gepäckstücke bekommen.

Terri war so aufgeregt!

Zuerst konnte sie nicht schlafen, aber als sie es dann doch tat, träumte sie von kuscheligen Koalas.

KAPITEL 6

"MAMA, ICH HABE AUFREGENDE Neuigkeiten", sagte Cheryl. "Ich bin kurz davor zu platzen!"

"Was ist es?" fragte Janet.

"Sind Craig und Evelyn schon zu Hause? Ich möchte es euch allen zusammen sagen."

"Ja, Craig ist im Wohnzimmer und sieht fern und Evelyn ist in ihrem Zimmer. Craig! Evelyn! Komm raus, deine Schwester hat eine Ankündigung zu machen."

"Ihr wollt heiraten?" fragte Craig.

"Du bist schwanger", sagte Evelyn.

"Evelyn, du freches kleines Ding", sagte Janet, "Ignorier sie einfach, Cheryl. Und was ist das große Geheimnis?"

"Ich wünschte nur, Papa könnte auch hier sein", sagte Cheryl.

"Er ist hier, Liebes", sagte Janet. "Sprich weiter, wir hören alle zu."

"Ich gehe nach Australien!"

"Was?"

"Wann?"

"Im Dezember. Wir haben schon etwas Geld für die Flüge bezahlt. Ich fliege auf jeden Fall mit Miranda und vielleicht mit Terri. Sie hofft, dass sie sich von der Arbeit freistellen lassen kann."

"Das ist sehr aufregend!" rief Janet aus. "Dein erster Urlaub in Übersee, und ich verstehe, warum du jetzt an deinen Vater denkst. Er hat Australien geliebt. Es war etwas ganz Besonderes für ihn."

"Würdest du mir einen Bumerang mitbringen?" fragte Craig, Cheryls siebzehnjähriger Bruder.

"Klar doch. Es wird leicht sein, in Australien ein paar Bumerangs zu finden."

"Bring mir den Schwimmer Ian Thorpe mit. Ja, das wäre schön", sagte Evelyn, sechzehn Jahre alt und bald fünfundzwanzig.

"Schön." Janet fragte: "Wo würdest du ihn unterbringen?"

"Ich würde einen Platz finden, Mama, keine Sorge."

"Wenn ich Ian Thorpe treffe, frage ich ihn, ob er einen älteren Bruder für mich hat - dann sind wir beide versorgt."

"Oh, mein Gott. Mir ist gerade etwas eingefallen. Ich bin gleich wieder da", sagte Janet.

"Was ist los?" fragte Craig.

"Ich hoffe, sie weint nicht, wir werden dich vermissen", sagte Evelyn.

"Ich gehe nur für einen Monat weg. Ich bin im Handumdrehen wieder da."

"Aber du wirst Weihnachten verpassen", sagte Evelyn.
"Ich weiß, aber es lässt sich nicht ändern. Wir haben ein tolles Angebot für diese Flüge bekommen und es ist Hochsaison. Ganz zu schweigen davon, dass es perfektes Timing ist, da die Fabrik im Dezember schließt. Das Timing ist perfekt. Diese Chance ist zu gut, um sie zu verpassen." Sie hörten Schritte, die aus dem Keller nach oben kamen. Janet trug eindeutig etwas Schweres.

"Brauchst du Hilfe, Mama?" fragte Craig.

"Ja, das wäre nett, Craig", sagte Janet, während sie ihrem Sohn etwas von dem Gewicht des alten Koffers überließ.

"Puh, das ist schwerer, als ich es in Erinnerung habe."

"Ja, Mama, du hättest mich anrufen sollen", sagte Craig.

"Gut, wir sind jetzt oben - lass es uns hier absetzen, okay. Eins, zwei, drei. Gut, mal sehen, ob ich noch weiß, wo der Schlüssel ist. Oh, ich erinnere mich, er ist im Toby-Glas im Porzellanschrank. Ja, hier ist er. Versammelt euch. Wie ihr alle wisst, gehörte das einmal eurem Vater. Lasst mich sie öffnen und ja, hier ist etwas für dich, Cheryl. Ich glaube, dein Vater hätte gewollt, dass du es für deine Reise bekommst."

Es war die Navy-Tasche ihres Vaters. Cheryl hielt sie an ihre Wange. Sie roch immer noch nach ihm - Irish Springs.

"Danke, Mom. Ich, ich weiß nicht, was ich sagen soll. Ich war schon glücklich, aber jetzt hast du mich noch glücklicher gemacht." Sie küsste Janet und umarmte sie.

"Es gibt auch ein paar Fotos, lass uns mal schauen. Ja, hier ist dein Vater auf der Sydney Harbour Bridge, in den Blue Mountains und im Sydney Opera House. Er sieht so gut aus. Er war erst fünfundzwanzig, als diese Fotos gemacht wurden."

"Papa war so alt wie ich, als er nach Australien ging?"

"Ja, daran hatte ich noch gar nicht gedacht. Vielleicht ist es dein Schicksal, dorthin zu gehen, und da du der Älteste bist, ist es an der Zeit, dass du diese Tasche einsetzt. Dein Vater ist im Geiste immer bei dir und jetzt kann auch seine Tasche bei dir sein. Sie wird dir viel Glück bringen. Gerade jetzt - sieh nur auf die Uhr. Es ist fast Mitternacht."

Craig, Evelyn und Cheryl gingen an ihrer Mutter vorbei und küssten sie auf die Wange.

Janet blieb stundenlang bei dem Kofferraum. Sie holte alles heraus. Sie fand einen Liebesbrief, den sie an Martin geschrieben hatte. Tatsächlich war jeder einzelne Brief, den sie ihm je geschrieben hatte, mit einer Schleife zusammengebunden. Sie drückte sie eng an ihr Herz und die Tränen begannen zu fließen.

Manche sagen, dass die Zeit alles heilt, aber Janets Herz schmerzte weiter. Sie räumte die Küche auf und stellte die Frühstücksteller für den nächsten Morgen bereit. Sie ging erst ins Bett, als sie völlig erschöpft war. Sie konnte es nicht ertragen, noch eine Nacht allein in dem Bett zu verbringen, das sie und Martin einst geteilt hatten.

Cheryl legte die Tasche über ihre Brust und schlief damit ein.

Sie träumte, dass ihr Vater bei ihr war und ihr von seinen Abenteuern in Australien erzählte: "Es kann ein sehr raues und gefährliches Land sein, Cher. Sieh dir auf jeden Fall die Blue Mountains an und wenn du die Brücke zur

Felsformation der Three Sisters überquerst, dann denk an
mich. Ich werde mit dir dort sein. Ich werde der Wind sein,
der dein Gesicht berührt."

Cheryl wachte auf.

Es war alles so real, so sehr real. Ich vermisse ihn so sehr.

Dad, ich vermisse dich so sehr. Keiner nennt mich mehr Cher.

Es ist nicht fair, dass du weg bist und wir hier sind.

KAPITEL 7

SONNTAGMORGEN UM 10 UHR und es war Mirandas Tag, an dem sie bei Vids-R-Us öffnen sollte. Andrew war heute nicht da, aber sie wusste, dass er immer darauf achtete, dass derjenige, der öffnete, pünktlich war. Sie war um 9:50 Uhr da und hatte alle Hände voll zu tun, die Regale mit den Videos aufzufüllen, die über Nacht zurückgegeben worden waren.

Um 10:03 Uhr kam ihr erster Kunde. Er wählte zwei Videos aus und bemerkte, dass er seinen Ausweis vergessen hatte.

"Tut mir leid", sagte Miranda. "Firmenpolitik. Keine Karte, keine Videos."

"Miststück", sagte er, als er sich durch die Drehtüren schob.

"Schönen Tag noch", sagte Miranda.

Heute wird mich nichts aus der Ruhe bringen. Denn ich fliege nach Australien in einen richtigen Urlaub. Mein erstes Mal in einem Flugzeug. Mein erstes Mal in Übersee. Nichts wird mir das verderben.

Das Telefon klingelte um 10:05 Uhr und sie ging gleich nach dem ersten Klingeln ran.

"Hi Andrew. Ja, ich bin schon seit einer Viertelstunde hier. Du hast dich aber verspätet, um nach mir zu sehen. Das muss ich in deiner Akte vermerken. Ha ha. Genieße deinen freien Tag und mach dir keine Sorgen. Es ist alles in Ordnung. Vergiss nicht, ich habe das Potenzial zur Direktionsassistentin."

"Mach weiter so, Evans."

"Oh, ich muss los. Ein neuer Kunde ist gerade eingetroffen." Miranda legte den Hörer auf und begrüßte den Kunden mit einem herzlichen "Guten Morgen".

Die Antwort des Mannes war ein Grunzen. Sein Körpergeruch wehte vorbei und blieb, auch wenn er jetzt auf der anderen Seite des Raumes war. Miranda sprühte Windex auf den Tresen, um den Geruch zu vertreiben. Als sie den Tresen abwischte, bemerkte sie, dass der Mann scheinbar nicht mehr weiter wusste.

Sie beobachtete, wie er die Neuerscheinungen durchstöberte und Videos auf den Boden warf. Er war Ende dreißig, blond, trug eine Lederjacke und schäbige alte Lederstiefel. Er schien aufgeregt zu sein, wenn er einen bestimmten Titel nicht finden konnte.

"Kann ich dir bei der Suche helfen?" fragte Miranda.

"Nein", sagte er, schüttelte seinen Arm und verströmte noch mehr Körpergeruch in ihre Richtung. In diesem Moment nahm sie einen weiteren Geruch wahr: Whiskey. Sie hielt den Atem an.

Hinter dem Tresen war Miranda damit beschäftigt, die DVDs zu den Akten zurückzubringen. Sie stand mit dem Rücken zur Kasse, als sie Schritte hörte. Er war mit ihr auf dem Weg hinter den Tresen.

"Gib das Geld her, Puppengesicht. Ich habe eine Waffe unter meiner Jacke und werde sie benutzen."

Zuerst dachte Miranda, dass sie mit versteckter Kamera gefilmt wurde oder so. Ich meine, Puppengesicht. Wo war dieser Typ in den letzten fünfzig Jahren, in einer Zeitschleife, in der er sich Al Capone-Filme ansah oder so?

"Es ist noch nicht viel in der Kasse. Wirklich, alles was ich habe, ist eine Wasserleiche. Wir haben seit weniger als einer Stunde geöffnet. Warum gehst du nicht einfach, und wir vergessen die ganze Sache? Ich werde es niemandem sagen."

"Gib mir das Geld!"

Miranda reichte ihm die 50,00 Dollar in bar.

"Das ist alles? Wo ist der Safe?"

Miranda zeigte auf das Schild an der Wand, auf dem stand, dass es in dem Gebäude keinen Safe gab.

"Geh aus dem Weg", sagte der Mann, schob Miranda zur Seite und griff nach ihrer Handtasche. Er durchwühlte den Inhalt und fand weniger als 10,00 $. Frustriert schlug er auf den Tresen.

In der Zwischenzeit überlegte Miranda, welche Möglichkeiten sie hatte #1. Um Hilfe schreien. Draußen gab es keine einzige Sohle. Keiner würde sie hören. #2. Den Notruf wählen. Das Telefon lag auf der anderen Seite des Tresens. Konnte sie sich wie ein Elefant im Porzellanladen auf ihn stürzen, ihn umstoßen und noch genug Zeit haben, den Notruf einzugeben, bevor er aufstand? Nö. #3. Beten. Das war die beste Option von den dreien und Miranda begann, das "Vaterunser" zu beten.

Der Mann trat gegen die Kasse und ließ den Computer zu Boden stürzen.

Hilf mir, Gott. Schicke jemanden. Andrew? Andrew. Mirandas Gebete wurden nicht erhört.

Der Mann packte sie an den Schultern und einen Moment lang dachte sie, er würde ihr einen Kopfstoß verpassen. Stattdessen schlug er sie so fest, dass sie umkippte.

"60,00 Dollar!", rief er und ballte die Fäuste. "Nur 60,00 Dollar!"

"Hör mal, wir machen alle Fehler. Nimm die 60.00 Dollar und geh, ich verspreche, dass ich niemandem etwas sagen werde. Du kannst von hier verschwinden."

Miranda konnte sehen, dass ihre Worte auf taube Ohren stießen. Er geriet in Panik.

"Gib mir deine Kreditkarten!"

"Ich..., ich habe keine", sagte sie. Notiz an mich selbst - Kreditkarte für Notfälle besorgen. Sie erschrak bei dem Gedanken, als ihr ein kleines Lachen über die Lippen kam. Sie versuchte, es wieder einzufangen, aber er hörte es und rastete aus. Sie stand so schnell wie möglich auf und versuchte, zur Tür zu rennen, aber es war zwecklos. Er hatte sie innerhalb von Sekunden.

Er legte seinen linken Arm um ihren Hals und hielt seine Gefangene in seinem Griff. Mit der anderen Hand durchwühlte er ihre Taschen, bis er fand, was er suchte. Die Schlüssel.

Er zerrte sie zur Eingangstür, schloss sie ab und stieß sie dann hinter dem Tresen auf den Boden. Sie suchte nach irgendeiner Waffe, fand aber nichts. Sie wehrte sich, als er ihr die Knöpfe ihrer geliebten weißen Bluse abriss und an ihrem BH herumfummelte, bis ihre Brüste nach vorne hüpften. Sie tastete nach ihnen und bekam Speichelfluss. Der Geruch des B.O. und des Whiskeys drehte ihr den Magen um.

Sie schrie auf, aber es war der letzte Schrei, der an diesem Morgen zu hören sein würde, als er ihr den Lappen, mit dem sie den Tresen abgewischt hatte, in den Mund schob. Es roch und schmeckte nach Windex und Staub.

Er riss an ihr und sie wehrte sich, als er ihr den Rest ihrer Kleidung vom Leib riss. Er benutzte ihren BH, um ihre Hände hinter ihrem Kopf zu fesseln, damit sie sich nicht wehren konnte. Sie war hilflos, als er an ihren Brüsten leckte. Sie schrie, aber nur für sich selbst, denn ein Schrei mit Maulkorb ist kein Schrei, als er in ihr kam.

Als es vorbei war, sagte er. "Das Geld war alles, was ich wollte, aber danke." Er schaute auf ihr Namensschild und las ihren Namen.

Eine Sekunde lang dachte Miranda, er würde sie küssen. Ihr Magen kribbelte.

Er lehnte sich zu ihr und schlug ihr auf den Mund.

"Ruf nicht die Polizei an, sonst komme ich zurück und hole dich wieder. Du bist ein kleiner Leckerbissen."

Er zog seine Hose hoch und zog seine Jacke an. Er griff in Mirandas Handtasche und nahm ihr Portemonnaie. Er steckte sie in seine Tasche.

"Denk dran, ich werde dich finden und dich und alle, die du liebst, töten, wenn du es den Bullen erzählst."

Es war vorbei. Er war weg.

Miranda schaffte es nach kurzer Zeit, ihre Hände zu befreien. Während er sie vergewaltigte, war sie in ihren sicheren Mauern verschwunden. Dort konnte er sie nicht berühren. Als sie frei war, sammelte sie alle ihre Kleider wie Blütenblätter vom Boden auf und zog sich an.

Sie wusste, dass sie in Schwierigkeiten steckte; großen Schwierigkeiten und sie wusste nicht, wie sie damit umgehen sollte. Er hatte ihren Ausweis, er hatte ihre Adresse.

Nicht länger eine Jungfrau. Nicht länger eine der drei jungfräulichen Musketiere.

Sie war sich nicht sicher, ob sie es laut ausgesprochen hatte oder nicht, aber die Worte schienen im ganzen Raum widerzuhallen. Sie war sein Trostpreis gewesen. Sie hatte fünfundzwanzig Jahre lang gewartet und er hatte sie gegen ihren Willen genommen. Sie lachte und begann dann unkontrolliert zu schluchzen.

Sie stand auf und sah zwei Personen, einen Mann und eine Frau, die mit ihren Gesichtern gegen das Glas drückten. Sie wollten rein.

Besser spät als nie.

Sie bemerkte den erschrockenen Gesichtsausdruck der Frau, als ihr bewusst wurde, dass eine ihrer Brüste immer noch völlig entblößt war. Sie wusste, dass sie ein toller

Anblick sein musste. Sie spürte noch immer, wie ihr das Blut ins Gesicht schoss. Sie war völlig verwirrt und stand wahrscheinlich unter Schock.

Miranda nahm den Hörer ab und atmete erleichtert auf, als sie das Freizeichen hörte. Sie drückte die Schnellwahltaste, Andrews Nummer. Er nahm ab. Sie gab sich nicht zu erkennen.

"Ich kündige! Ich bin gerade vergewaltigt worden, während ich meine Schicht übernommen habe! Wir haben dir immer gesagt, dass zwei Leute für Eröffnungen und Schließungen da sein sollten!"

Sie legte auf, ohne auf eine Antwort zu warten.

Sie wählte den Notruf und erzählte einer netten Dame, was passiert war. Die Frau sagte, sie würde einen Krankenwagen und die Polizei vorbeischicken. Die Frau fragte, ob es ihr gut gehe.

"Nein, mir geht es nicht gut. Mir geht es überhaupt nicht gut! Es wird mir wahrscheinlich nie wieder gut gehen!" schrie Miranda in den Hörer.

Sie ließ sich auf den Boden fallen. Sie konnte an nichts anderes denken als an Wasser. Heißes Wasser. Kochendes Wasser. Es lief von ihr ab. Überall auf ihr. Am liebsten hätte sie sich die ganze Haut vom Körper gerissen. Sie fragte sich, ob Bleichmittel seinen Gestank entfernen würde.

Dann dachte sie an Australien. In ein paar Wochen würde sie hinfahren. Sie würde nie wieder zu Vids-R-Us zurückkommen.

Als sie ankamen, saß sie in der Nähe der Tür in Fötusstellung und summte ein Lied über Australien.

KAPITEL 8

E S DAUERTE NICHT LANGE, bis Miranda sich wünschte, sie hätte den Mund gehalten. Andrew versuchte, sie mit einer Umarmung zu trösten. Sie wich vor ihm zurück.

Die Polizei schickte eine Frau und einen Mann: Sergeant Jim Miller und Officer Gerri Mitchell. Sie spielten das Spiel "guter Bulle, böser Bulle". Sergeant Miller war gut, und Officer Mitchell war eine völlig unsensible Hexe. So sehr, dass Miranda am liebsten geweint hätte.

Miranda erzählte ihnen wiederholt, was passiert war. Sie wünschte sich, sie würden ihr nicht immer wieder die gleichen Fragen stellen. Was passiert war, war passiert und das würde sich auch nicht ändern, egal wie oft sie es wiederholen mussten.

"Du hast den Mann vor heute noch nie gesehen?"

"Nein."

"War er ein Mitglied?"

"Ich weiß es nicht. Er wollte keine Videos. Er wollte Bargeld."

"Was hatte er an? Blaue Jeans? Hatte er Boxershorts oder Slips an?" fragte Officer Mitchell.

"Er trug eine Lederjacke. Er stank nach Körpergeruch und abgestandenem Whiskey. Er trug Bluejeans und Stiefel. Cowboystiefel, glaube ich. Ich habe nicht bemerkt, ob er Boxershorts oder Slips trug."

Miranda schloss sie aus und sang in ihrem Kopf ein Lied von U2.

Als das Verhör nach etwa dreißig Minuten beendet war, sagte Sergeant Miller: "Sie haben uns sehr geholfen, Ms. Evans. Bringen wir dich jetzt in einen Krankenwagen. Dort kannst du dich waschen. Dann wird es dir besser gehen."

Miranda dachte, sie würde sich nie wieder besser fühlen. Sie war froh über die Ruhe und den Frieden, den die heulende Sirene im Krankenwagen vermittelte. Alles war besser, als von Officer Gerri Mitchell verhört zu werden.

Im Krankenhaus zog sie sich aus und wartete auf einen Arzt, der sie untersuchte.

"Entschuldigen Sie, Ms. Evans", sagte Officer Gerri Mitchell. "Ich bin hier, um Ihre Kleidung für einige Tests abzuholen."

"Sie können sie verbrennen, wenn Sie mit ihnen fertig sind."

"Du musst sie nie wieder sehen."

"Danke."

Eine körperliche Untersuchung wurde durchgeführt und es wurden Proben für Beweise genommen. Es wurde ein

Bluttest gemacht, um sicherzustellen, dass der Täter keine Geschlechtskrankheiten oder HIV hat. Der Arzt sagte, dass sie in den nächsten zwei Jahren einmal im Monat zur Untersuchung kommen müsse, bevor sie zu 100 % sicher sein könnten, dass sie frei von dem Aids-Virus sei.

Endlich durfte Miranda unter die Dusche gehen.

"Gibt es jemanden, den du anrufen möchtest, Ms. Evans, Eltern, Freunde? Ich kann sie für dich anrufen, wenn du möchtest". fragte Officer Gerri Mitchell.

Miranda sagte: "Nein."

"Aber, Ms. Evans, du brauchst etwas zum Anziehen. Kann ich ein paar Klamotten für dich mitnehmen? Irgendetwas?"

"Meine Schlüssel, er hat meine Schlüssel genommen."

"Hat sonst noch jemand einen Satz?"

"Meine Vermieterin, Mrs. Pierce, hat eins."

"Okay, Ms. Evans, ich hole dir ein paar Sachen zum Anziehen, wenn das für dich in Ordnung ist?"

"Ja, danke."

"Und ich werde die Vermieterin bitten, auch die Schlösser auszutauschen, wenn ich schon mal da bin."

"Aber du wirst ihr nichts davon erzählen, was mit mir passiert ist?"

"Kein einziges Wort, Ms. Evans. Jetzt gehst du duschen. Ich lege deine Sachen vor die Tür."

"Officer Mitchell, danke."

"Ich mache nur meinen Job."

Sie drehte das heiße Wasser auf volle Kraft. Sie ließ das Wasser von ihrer Haut abperlen, den Abfluss hinunter und hinaus ins Meer. Als sie sich nicht mehr verschmutzt fühlte, bemerkte sie, dass Officer Mitchell ihre Übernachtungstasche auf den Stuhl vor der Tür gestellt hatte. Sie war dankbar, dass sie ihre Sachen hatte und drückte sie kurz an sich, bevor sie sich anzog.

Dann kam ihr ein Gedanke in den Sinn: In der einen Minute noch Jungfrau, in der nächsten wie ein Frosch auf einem Untersuchungstisch, den jeder betatschen kann. Sie erschauderte bei dem Gedanken, kämpfte gegen die Tränen an und beschloss, dass eine Beratung vielleicht angebracht wäre.

Wenn ich ihn jemals wiedersehe, wird er tot sein. Das verspreche ich dir! sagte Miranda zu ihrem Blick in den Spiegel.

Officer Mitchell fuhr Miranda in ihrem schwarz-weißen Wagen nach Hause.

"Gibt es jemanden, der heute Nacht bei dir bleiben kann? Mrs. Pierce kann die Schlösser erst morgen austauschen lassen."

"Nein, ich werde die Tür doppelt verriegeln. Es wird schon gehen. Ich danke dir für alles. Es tut mir leid, dass ich dich vorhin falsch eingeschätzt habe, als du mich befragt hast. Ich war wohl etwas zu sensibel."

"Tut mir leid, dass ich so hart zu dir sein musste. Ich habe nur meinen Job gemacht. Pass auf dich auf."

Mirandas Hände zitterten, als sie die Tür öffnete. Als sie drinnen war, goss sie sich eine dampfend heiße Tasse Tee ein. Sie überlegte, ob sie einen Schuss Whiskey hineinschütten sollte, aber der Geruch davon brachte sie zum Kotzen.

Who Wants to Be a Millionaire lief im Fernsehen. Regis versuchte verzweifelt, das Geld zu verschenken. Sie versuchte, sich zu konzentrieren, aber ihre Gedanken schweiften immer wieder zu den Ereignissen des Tages zurück.

Sie machte eine Telefonkonferenz mit Terri und Cheryl. "Ich möchte, dass ihr beide sofort zu mir kommt. Ich kann es nicht erklären."

Innerhalb von zehn Minuten waren sie bei ihr.

Miranda konnte es nicht ertragen, noch einmal alle Details durchzugehen. Sie erzählte ihren Freundinnen so viel sie konnte und weinte sich dann auf der Couch in den Schlaf.

Terri und Cheryl gingen in die Küche. Sie kannten zwar nicht alle Details, aber sie wussten genug. Es war obszön.

"Meinst du, wir sollten ihre Eltern anrufen?" fragte Cheryl.

"Nein, Miranda steht ihnen nicht nahe. Es liegt an ihr, ob und wann sie ihnen erzählt, was heute passiert ist."

"Aber sie sollten es wirklich erfahren. Sie sind ihre Eltern", erklärte Cheryl.

"An meiner Stelle würde ich ja sagen, aber Miranda würde nicht wollen, dass wir es ihnen sagen."

"Okay", sagte Cheryl, bot Terri einen Brandy an und schenkte sich selbst einen ein.

"Tiere wie er gehören in einen Zoo. Er ist nicht geeignet für die Welt da draußen", sagte Terri.

"Eine Kastration wäre zu gut für ihn."

Auf dem Sofa hörte Miranda die Kommentare ihrer Freundinnen. Sie hoffte, dass alles nur ein böser Traum gewesen war, aber ihr Körper schmerzte und sie wusste, dass es die Realität war. Sie bemühte sich, nichts zu spüren.

Betäubt zu sein, war der Zustand, den sie sich wünschte.

KAPITEL 9

"HALLO ROSA, IST MR. Travetti beschäftigt? Ich muss dringend mit ihm sprechen", sagte Terri.

"Er telefoniert gerade mit Rom. Es wird aber nicht lange dauern. Setz dich."

"Danke, Rosa."

"Mr. Travetti, Terri möchte Sie sprechen."

"Schick sie rein." Er freute sich, sehr sogar, denn sein Sohn Amadeo kam über die Feiertage nach Hause. Amadeo leitete die Tochtergesellschaft des Unternehmens in Italien und war seit fast zwei Jahren nicht mehr zu Hause gewesen. Er lehnte sich in seinem Stuhl zurück und zündete sich eine Zigarre an. Er nahm einen langen Zug. "Terri, wie geht es meinem fleißigsten Mitarbeiter heute?"

"Mir geht es sehr gut, danke, und dir?"

"Ich bin überglücklich! Mein Sohn kommt über die Feiertage nach Hause. Ich kann es kaum erwarten, es meiner

Frau und dem Rest der Familie zu sagen. Es ist schon zwei Jahre her, dass er zu Hause war. Er leitet unser Geschäft in Rom."

"Ich freue mich so sehr für dich und Frau Travetti. Darf ich dich um einen Gefallen bitten?"

"Wenn ich jemandem einen Wunsch erfüllen könnte, dann würde der Wunsch an dich gehen, Terri."

"Danke, Sir. Ich würde gerne im Dezember einen Monat Urlaub nehmen, um mit meinen Freunden nach Australien zu fahren."

"Abgemacht."

"Soll ich mit der Arbeitsagentur sprechen? Soll ich mit der Arbeitsagentur sprechen und fragen, ob sie jemanden für mich finden können?"

"Nein, Terri, das wird nicht nötig sein. Mein Sohn kann mir helfen, während du weg bist. Mach dir keine Sorgen, hab einfach eine schöne Zeit."

"Vielen Dank, ich gehe jetzt besser wieder an die Arbeit."

Juhu! Ich fahre nach OZ!

KAPITEL 10

DIE ZEIT SCHREITET VORAN und Miranda zieht weiter. Ein paar Monate später sieht das Leben für sie ganz anders aus. Es ist eine erstaunliche Veränderung.

Miranda widmete ihr Leben zu 100 % der Recherche für ihre Reise. Sie trat der Bibliothek bei. Sie vertiefte sich in alles, was mit Australien zu tun hatte. Lehrbücher, CDs, Filme, Dokumentarfilme und Zeitungen. Sie lebte und atmete Australien. Tatsächlich war es alles, worüber sie sprechen konnte.

Ihr Enthusiasmus war ansteckend, und das half ihr, als sie zu einem Vorstellungsgespräch ging. Die Stelle war bei einer Tochtergesellschaft von Herrn Travettis Unternehmen. Terri empfahl Miranda für die Stelle, für die sie Erfahrung als Sekretärin und Empfangsdame brauchte.

Miranda war besorgt, dass sie nicht über die erforderlichen Qualifikationen verfügte, aber Herr Travetti und ihr neuer Chef Herr Mandelbaum waren überzeugt, dass sie ihrem Unternehmen viel zu bieten hatte.

"Allein ihr Enthusiasmus verleitet dazu, dieses Mädchen einzustellen", sagte Mandelbaum.

"Aber sie kann erst im Januar anfangen", sagte Herr Travetti.

"Wir können warten; ich habe ein gutes Gefühl bei diesem Mädchen."

Ein Urlaub in Australien. Ein neuer Job. Das Leben war besser, als sie es sich jemals vorgestellt hatte. Sie machte einen Gesundheitskick und begann zu joggen. Sie begann mit Yoga. Sie lernte schwimmen.

Miranda Evans hatte zum ersten Mal einen Sinn in ihrem Leben.

KAPITEL II

WENN DIR DER GEDANKE durch den Kopf gegangen ist und du dir Sorgen um Miranda machst, musst du das nicht tun. Sie hat sich nicht vor der Wahrheit versteckt. Sie hat sich ihr sogar gestellt, als sie ihren Eltern die Details des Raubüberfalls erzählte. Sie beschloss, ihnen nicht von der Vergewaltigung zu erzählen. Das würde sie nur verletzen.

Wenn man bedenkt, dass Miranda ihren Eltern nicht sehr nahe stand, zeigt ihre Absicht, sie vor Schmerz zu bewahren, eine enorme Entwicklung. In der Vergangenheit hätte sie sich wahrscheinlich über die emotionale Erschütterung gefreut, die sie in ihrem Leben hätte verursachen können. Sie hätte das Gefühl gehabt, dass es Zeit für eine Revanche war.

Miranda Evans kam am 1. August 1977 um 5:22 Uhr im Avon Park Hospital zur Welt. Sie wog 7 lbs., 2 oz. Sie war ein hartnäckiges Baby, zwei Wochen überfällig und Elizabeth und Tom Evans waren sehr erleichtert und aufgeregt, als sie endlich ihr Debüt gab.

Elizabeth und Tom waren beide Ende vierzig und Miranda war ein ungeplantes Baby gewesen. Schon bald wurde ihnen klar, wie viel Arbeit der Alltag mit einem Baby mit sich bringt, und sie waren überwältigt.

Als Miranda aufwuchs, wurde der Altersunterschied zwischen ihren Eltern und anderen Eltern deutlich, als sie eingeschult wurde.

Es ist so schön, dass deine Großeltern dich zur Schule bringen", sagten die anderen Kinder immer.

Sie lachten, als sie die Wahrheit erfuhren, und Miranda schämte sich.

"Ich gehe jeden Tag mit meinen Freunden nach Hause", sagte Miranda zu ihren Eltern. Oft ging sie auch allein nach Hause. Das wussten sie nie.

"Wenn du nicht darüber sprichst, dann ist es nie passiert", sagten Elizabeth und Tom Evans oft.

"Aber Papa, es ist doch passiert", antwortete Miranda.

"Macht nichts. Ignoriere sie einfach und sie werden morgen jemand anderen finden, auf dem sie herumhacken können", antwortete Elizabeth.

Aber das taten sie nie. Kinder tun, was Kinder tun. Sie sahen eine sensible Blume. Jemanden, der anders war. Jemand, der sein Herz auf der Zunge trug. Und die Kinder waren unerbittliche Tyrannen.

"Ich will nie wieder zur Schule gehen - nie wieder!" sagte Miranda eines Morgens zu ihrer Mutter.

"Was ist denn los?" fragte Elizabeth, während sie die Haare ihrer Tochter kämmte.

"Es sind die anderen Kinder. Sie nennen mich Kupferkopf und schubsen und schlagen mich. Ein Mädchen hat gesagt, dass sie mich heute verprügeln wird, wenn ich nicht einen Dollar für sie mitbringe.

"Ignoriere sie einfach und sie wird verschwinden. Ich wurde auch gemobbt, als ich in deinem Alter war. Das hat mich zu einem stärkeren Menschen gemacht."

"Aber Mama!" rief Miranda, als ihre Mutter sie zur Haustür hinausschob und zum Abschied winkte.

An diesem Abend setzte sich Miranda an den Esstisch. Sie hatte ein blaues Auge. Keiner ihrer Eltern erwähnte es. Sie sah, wie sie sie ansahen. Sie ignorierten es. Sie aßen weiter. Sie reichten Brot, Salz und Pfeffer. Sie aßen und redeten nicht.

An anderen Abenden saßen Mirandas Eltern am Tisch und unterhielten sich über unwichtige Dinge wie das Wetter oder was im Fernsehen lief.

Nach dem Vorfall mit dem blauen Auge wurde Miranda klar, dass es keinen Sinn hatte, Gefühle zu zeigen. Stattdessen baute sie eine Mauer auf.

Als sie älter wurde, akzeptierte sie ihre Eltern so, wie sie waren, denn sie wusste nicht, wie unterschiedlich ihre Beziehung zu ihren Eltern im Vergleich zu anderen Teenagern war.

Dann lernte sie Terri und Cheryl kennen. Sie sah die Art und Weise, wie ihre Familien miteinander umgingen. Spaß miteinander hatten. Sie verehrten sich gegenseitig und wollten mehr. Sie wollte, dass ihre Familie so ist wie andere Familien.

Mirandas Eltern haben sich nie um sie gekümmert, und in vielerlei Hinsicht wusste sie, dass ihre Geburt ein Fehler gewesen war. Ihre Eltern sagten das Wort nie zu ihr, aber sie wusste, dass es wahr war. Ihre Eltern wollten kein Kind haben. Ihre Mutter war in der ersten Phase der Menopause, als sie schwanger wurde. Eine Abtreibung muss ihnen in den Sinn gekommen sein.

All diese Fakten kannte und akzeptierte Miranda. Sie akzeptierte auch die Lücken in ihrer Kindheit. All die Jahre, in denen sie sich an nichts erinnern konnte. Ihre Freundinnen konnten sagen, was sie an diesem und jenem Tag und zu dieser und jener Zeit gemacht hatten, weil ihre Eltern darüber sprachen. Miranda hatte das Gefühl, dass ihre Erinnerungen gelöscht worden waren.

Und so wurden Mirandas Freunde zu ihrer Familie und ihre Familien zu ihrer Familie.

Einmal hatte Miranda einen verrückten Plan. Sie dachte, wenn sie die Familien ihrer Freunde mit ihren Eltern zusammenbringen würde, würden sie vielleicht erkennen, wie anders ihre Familie war und versuchen, sie zu ändern. Elizabeth und Tom Evans gingen gleich nach dem Abendessen nach Hause.

Miranda dachte seit der Vergewaltigung mehr an ihre Mutter. Sie dachte darüber nach, wie es für ihre Mutter gewesen sein musste, als sie erfuhr, dass sie schwanger war. Miranda dachte darüber nach, weil sie vielleicht auch

schwanger geworden wäre. Hätte sie das Baby abgetrieben?
Eine Frage, auf die sie nie die Antwort erfahren würde.

KAPITEL 12

MIRANDA JOGGTE DIE TREPPE zu ihrer Wohnung hinauf. Sie entdeckte einen Zettel, der an die Eingangstür geheftet war. Er war von ihrer Vermieterin Mrs. Pierce. Eine sanfte Mahnung, dass ihre Miete überfällig war.

Miranda kramte ihr Scheckheft aus der Schreibtischschublade und joggte die Treppe wieder hinunter. Sie würde ihre Miete bezahlen und die Gelegenheit nutzen, um mit Mrs. Pierce über eine Idee zu sprechen.

"Hallo Mrs. Pierce", sagte Miranda. "Hier ist der Scheck für die Miete. Tut mir leid, dass es so spät ist."

"Oh, ich verstehe, meine Liebe, du hattest in letzter Zeit viel zu tun."

"Ja, das stimmt."

"Du siehst aber sensationell aus, Miranda, du hast dich verändert, nicht wahr?"

"Die Welt hat mir Zitronen gegeben, also habe ich Zitronenbaiserkuchen gemacht."

"Gut für dich, Miranda, gut für dich. Willst du auf eine Tasse Tee reinkommen?"

"Ja, danke, wenn es keine Umstände macht. Ich muss dich etwas sehr Wichtiges fragen."

"Komm rein, Liebes, setz dich, ich setze den Kessel auf."

Miranda war schon öfter in Mrs. Pierces Wohnung gewesen. Sie hatte immer einen muffigen Geruch, wie Pflanzen und Talkumpuder zusammen.

"Möchtest du einen oder zwei Kekse?"

"Du kannst mich mit einem verführen, aber sag es keinem, ja? Ich versuche, in Form zu kommen, damit ich nicht alle erschrecke, wenn ich einen Badeanzug anziehe."

"Du hast eine tolle Figur. Also, was wolltest du mich fragen?"

"Ich habe einen Freund, der meine Wohnung untervermieten möchte, während ich weg bin. Wäre das okay für dich?"

"Wie ist ihr Name?"

"Christina."

"Wie lange kennst du sie schon?"

"Wir kennen uns noch nicht - eigentlich ist sie die Freundin eines Freundes eines Freundes. Sie hat eine teure Wohnung in Toronto. Sie arbeitet in der größten Buchhandlung des Universums. Sie hat Freunde hier und braucht eine Bleibe für Weihnachten."

"Nun, Miranda, wenn du dafür sorgst, dass sie die Regeln kennt und weiß, wo sie mich finden kann, wenn sie mich braucht, dann ist das in Ordnung für mich. Danke, dass du mich gefragt hast. Viele hätten das nicht getan."

"Danke, Mrs. Pierce, ich werde vorbeikommen, wenn sie kommt und dich Christina vorstellen. Ich habe die Tasse Tee und das Gespräch genossen, aber ich muss jetzt los. Ich muss noch packen."

"Wir sehen uns morgen. Dann wünsche ich dir eine gute Reise."

Auf dem Weg zu ihrer Wohnung hatte Miranda ein schlechtes Gewissen. Sie hatte Mrs. Pierce nicht alles erzählt. Ursprünglich hatte Christina vorgehabt, in einem Hotel zu übernachten. Miranda hörte, wie die Freundin einer Freundin dies erklärte und überredete sie, Christinas Telefonnummer weiterzugeben. Miranda rief sie an, stellte sich vor und erklärte, dass sie nach Übersee gehen würde und ihre Wohnung während der Ferienzeit zur Untermiete zur Verfügung stünde. Es schien eine perfekte Lösung zu sein. Miranda machte sogar einen kleinen Gewinn, als sie einen Aufschlag von 50,00 $ pro Monat für die Miete verlangte. Christina machte das nichts aus - schließlich waren die Preise in Toronto viel höher.

"Bei mir hast du alle Annehmlichkeiten eines Zuhauses", sagte Miranda. "Und du kannst auch meine Pflanzen für mich gießen."

"Oh je", sagte Christina, "ich bin nicht gut mit Pflanzen. Ich bringe sie sogar um."

"Vielleicht sollten wir Mrs. Pierce die Pflanzenabteilung überlassen. Sie ist meine Vermieterin. Sie möchte dich unbedingt kennenlernen."

"Ich bin gespannt, ob du so aussiehst, wie ich mir das vorstelle", sagte Christina. "Du klingst wie ein roter Kopf."

"Woher weißt du das? Hast du eine übersinnliche Verbindung oder so?"

"Nein. Denk daran, dass du der Freund eines Freundes eines Freundes bist - er hat deine Haare erwähnt."

"Ich freue mich darauf, dich kennenzulernen. Mach's gut."

KAPITEL 13

"Terri", sagte Mr. Travetti. "Ich habe heute alle zusammengerufen, um eine Ankündigung zu machen. Habt ihr alle eure Gläser mit Champagner gefüllt? Dann erhebt eure Gläser mit mir und stoßt mit mir auf unsere neue Vizepräsidentin der Buchhaltung, Terri Russo, an!"

"Ach du meine Güte", sagte Terri, "ich weiß nicht, was du sagen willst. Vielen Dank, Mr. Travetti, vielen Dank."

"Danke, liebes Mädchen. Du hast mit beiden Firmen die doppelte Arbeitsbelastung und es ist an der Zeit, dass sich das in deinem Gehalt widerspiegelt. Ich werde die Details deiner Gehaltserhöhung hier nicht verraten, es sei denn, du möchtest das natürlich?"

"Nein, ich denke, wir können die Details für uns behalten. Ich kann nicht glauben, dass du all das hier, diese Party und den Champagner, für mich gemacht hast."

"Wir werden versuchen, nicht auseinanderzufallen, wenn du weg bist, meine Liebe. Und jetzt geh und gute Reise!"

"Bon voyage", riefen Terris Kolleginnen und Kollegen. Dann fingen alle an zu singen: "Denn sie ist ein toller Kerl, denn sie ist ein toller Kerl, denn sie ist ein toller Kerl, den niemand leugnen kann."

Terri verließ den Raum und sie sangen immer noch, als sie in den Aufzug stieg. Sie konnte ihr Glück kaum fassen, Vizepräsidentin der Buchhaltung zu sein. Sie konnte es kaum erwarten, ihrer Familie und ihren Freunden die Nachricht zu überbringen.

KAPITEL 14

MIRANDA, TERRI UND CHERYL freuten sich riesig auf ihre Reise und waren auf dem Rücksitz des Kombis von Terris Eltern auf dem Weg zum Flughafen.

"Was macht ihr, wenn ihr ankommt?" fragte Angelo.

"Wir fahren direkt zum Hotel, buchen uns ein und rufen dich an. Okay, Dad?"

"Genau, keine Gespräche mit Fremden."

"In Australien wird jeder ein Fremder sein", sagte Maria. "Mach dir keine Sorgen. Die Mädchen werden Spaß haben und sie werden vorsichtig sein. Stimmt's, Mädels?"

"Ja", sagten sie und nickten mit den Köpfen wie drei Hundeknirpse.

"Mama, Papa, danke, dass ihr uns zum Flughafen gebracht habt. Wir sehen uns im neuen Jahr wieder."

"Ja, danke, Mr. und Mrs. Russo", sagten Miranda und Cheryl.

Angelo hatte Tränen in den Augen. Maria auch.

"Seid vorsichtig, Mädchen", sagte Angelo.

"Das werden wir, Papa, mach dir keine Sorgen."

Sie gingen durch den elektronischen Torbogen und Cheryl piepte.

Eine Frau mit einem elektronischen Stab richtete ihn auf sie. Sie blieb stehen, um nachzusehen, entschied sich dann aber, sie durchzulassen.

"Deine Eltern sind zu süß, Terri. Man könnte meinen, sie würden dich nie wieder sehen", sagte Miranda.

"Ja, sie sind seltene Juwelen", sagte Terri. "Wir haben noch etwas Zeit zu töten. Willst du etwas essen gehen? Ich habe gehört, dass das Essen in Flugzeugen schrecklich ist.

"Hey, schaut mal, Swiss Chalet, wir könnten genauso gut eine hervorragende letzte Mahlzeit auf kanadischem Boden haben", sagte Miranda.

"Swiss Chalet, wir kommen!" rief Terri aus.

"Ich esse nur eine Suppe. Ich kann nicht glauben, dass das Essen im Flugzeug so schlecht sein kann, wie die Leute sagen", sagte Cheryl.

"Nun, das werden wir bald herausfinden, aber ich gehe kein Risiko ein", sagte Miranda. "Danach werde ich mich mit Junk Food eindecken. Dieser Flug ist viel zu lang, um ohne Essen gefangen zu sein!"

Die Handgepäckstücke waren voll und quollen über mit Romanen und jeder Art von Junk Food, die man sich vorstellen kann. Sie stiegen in den Flieger, nahmen ihre Plätze ein und bald war das Flugzeug in der Luft.

"Du weißt schon." Terri lachte. "Ich musste versprechen, meinen Vater jeden Sonntagabend anzurufen, egal was passiert. Er kennt unsere Termine und weiß jede Minute, wo wir sein werden. Wenn ich ihn nicht zur vereinbarten Zeit anrufe, kannst du darauf wetten, dass er mit der australischen Polizei telefoniert. Ehrlich, er ist eine solche Warze!"

"Ich finde, deine Eltern sind süß, Terri. Sie sorgen sich wirklich um dich und haben keine Angst, das zu zeigen. Das bewundere ich", sagte Miranda. Miranda beobachtete die vorbeiziehenden Wolken, während sie an ihre Eltern dachte. Sie wussten, dass sie verreisen würde und wünschten ihr eine gute Reise. Sie fragten sie, ob sie ihnen eine Postkarte schicken würde.

Cheryls Mutter wollte sich auch von den Mädchen verabschieden, aber nicht alle konnten mitkommen. Janet machte sich keine Sorgen, dass die Mädchen in Schwierigkeiten geraten könnten. Sie fühlte sich sicher, da Miranda bei ihnen war. Schließlich war Miranda viel unabhängiger als ihre beiden Freundinnen. Sie lebte für sich allein. Sie zahlte für sich selbst.

Jeder, der schon einmal nach Australien geflogen ist, wird wissen, dass das eine Selbstverständlichkeit ist, aber der Flug war LANG. Die Mädchen waren ganz aufgeregt und freuten sich über die kleinen Neuerungen wie Erdnüsse und Orangensaft und die Möglichkeit, an Bord Duty Free zu kaufen. Aber nach zwölf Stunden, fünfzehn Stunden, usw., usw., verliert die Neuheit ihren Glanz.

Der Film war für sie nicht wirklich interessant, da sie ihn schon vor Wochen gesehen hatten. Miranda holte ein Kartenspiel heraus und sie begannen eine Partie Herz zu spielen.

"Oh, da kommt das Essen. Mal sehen, was es ist", sagte Cheryl.

"Es riecht gut", sagte Terri.

"Ich rühre es nicht an", sagte Miranda. "Gummiartiges Hühnchen gehörte noch nie zu meinen Vorlieben. Das Brötchen sieht essbar aus. Schau, unsere erste neuseeländische Butter und Käse."

Während des gesamten Fluges griffen die Mädchen in ihren endlosen Vorrat an Junk Food und probierten alles von Käsebällchen über Twizzlers bis hin zu Mars Bars und Maynard's Wine Gums. Als der Sinkflug nach Sydney begann, war ihr Vorrat völlig aufgebraucht.

Als sie nach einem fast 24-stündigen Flug endlich in Sydney ankamen, kämpften sie um Positionen, um einen Blick auf die Sydney Harbour Bridge und das Sydney Opera House zu erhaschen. Das Wasser des Hafens von Sydney glitzerte.

"Weißt du", sagte Terri, "das Haus von Nicole Kidman und Tom Cruise ist hier irgendwo in der Nähe!"

"Tom wohnt aber nicht mehr dort. Ich kann nicht verstehen, wie Nicole ihn entkommen lassen konnte", sagte Miranda.

"Ich bin mir sicher, dass da mehr dahinter steckt, als wir wissen. Niemand verlässt eine Ehe, wenn Kinder im Spiel sind, es sei denn, er hat keine andere Wahl. Das glaube ich wirklich", sagte Cheryl, als sie aus dem Flugzeug stiegen.

Kaum waren sie draußen, schlugen ihnen die Feuchtigkeit und die Schwüle wie eine Mauer entgegen. Es war stinkend heiß!

"Igitt! Ist dir klar, dass wir seit über 24 Stunden die gleichen Klamotten anhaben? Ich glaube, wir sollten uns lieber in den Wind stellen", sagte Miranda.

"Was für ein Glück, dass ich jetzt den Mann meiner Träume treffe", sagte Cheryl.

"Oh, ich bin so froh, dass uns niemand am Flughafen abholt", sagte Terri. "Wie peinlich wäre das denn?"

"Mein Glück, dass Tom Cruise da draußen steht", sagte Miranda, während sie sich die Schilder ansah, um herauszufinden, wohin sie gehen sollten, um den Zoll zu passieren und ihr Gepäck abzuholen.

"Hey, sieh dir die Mädchen an, die waren doch auf unserem Flug, oder?" fragte Terri. "Aber jetzt haben sie andere Sachen an."

"Sie müssen sich auf der Toilette im Flugzeug umgezogen haben", sagte Miranda.

"Auf diese Idee bin ich nicht gekommen!" sagte Cheryl. "Die Toiletten sind nicht groß genug, um eine Katze hineinzuschaukeln!"

"Na ja", flüsterte Terri, "für manche Leute sind sie groß genug, um dort Sex zu haben. Das habe ich irgendwo gelesen."

"Auf keinen Fall!" sagte Cheryl. "Ekelhaft. Das nenne ich mal verzweifelt!"

"Ich wechsle das Thema, aber ich glaube, wir brauchen etwas Geld", sagte Terri. "Ich habe ein paar hundert kanadische Dollar. Lass uns das in australische umtauschen. Das reicht, bis wir es zu einer Bank schaffen", sagte Miranda.

"Gute Idee, das wird uns über die Runden bringen", sagte Cheryl.

Vor dem Flughafen hielten sie ein Taxi an, das sie zum Sydney Hilton brachte. Miranda nahm die Dusche in Beschlag, gefolgt von Terri und dann Cheryl.

"Wir sind auch gerade rechtzeitig zum Mittagessen angekommen, wie perfekt für uns, um unser erstes australisches Essen einzunehmen. Lass uns den Mann an der Rezeption fragen, ob er uns etwas empfehlen kann", schlug Terri vor.

"Unser Hotel bietet die beste Küche mit traditionellen australischen Gerichten und einer großen Auswahl an internationalen Gerichten", riet der Concierge.

"Danke", sagte Terri. "Lass uns einfach hier essen und dann können wir Sydney erkunden, ohne uns Sorgen um unsere Bäuche zu machen."

Sie setzten sich in ein Restaurant mit Blick auf die Skyline von Sydney.

"Darf ich euch etwas Wein anbieten, bevor ihr mit dem Essen beginnt?"

"Ja", sagte Miranda. "Wir würden gerne eine Flasche Cabernet Sauvignon probieren, bitte empfehlen Sie uns einen australischen Wein."

"Ich höre einen Akzent, seid ihr Amerikaner?"

"Nein, aber ihr seid nah dran", antwortete Cheryl. "Wir sind Kanadier."

"Oh, das tut mir leid. Ich hoffe, ich habe euch nicht beleidigt."

"Nein, das ist schon okay. Sie sind unsere Nachbarn - das ist eine Tatsache. Außerdem haben wir Freunde und Verwandte in den Vereinigten Staaten", sagte Terri.

"Wir würden auch gerne einige eurer einheimischen Gerichte probieren, was empfiehlst du?"

"Wenn ihr Huhn mögt, dann probiert Krokodil oder Emu. Wenn du Rindfleisch magst, dann probiere Känguru. Wenn du Fisch bevorzugst, sind Calamari oder Barramundi eine gute Wahl. Hummer ist auch gut, wir machen exzellenten Hummer Mornay, aber er ist furchtbar teuer."

"Was ist Hummer Mornay?" fragte Cheryl.

"Das ist Hummer in einer cremigen Sauce. Sehr lecker."

"Ich werde es probieren", sagte Cheryl.

"Ich hätte gerne den Barramundi", sagte Terri.

"Ich mag die Vorstellung nicht, Emu oder Känguru zu essen. Ich probiere bitte das Krokodil."

Der Kellner schlug eine Flasche Brown Brothers Cabernet Sauvignon vor, die Miranda probierte.

"Er ist wunderschön", sagte sie.

"Mit Brown Brothers kannst du nichts falsch machen, solange du hier bist", sagte der Kellner. "Dein Essen kommt gleich."

"Ich kann nicht glauben, dass wir wirklich hier sind", sagte Miranda und hatte Tränen in den Augen.

"Ich weiß, wie du dich fühlst. Das war schon so lange unser Ziel, und jetzt hier zu sein, australisches Essen zu essen und australischen Wein zu trinken, das ist schon etwas Besonderes", sagte Cheryl.

"Heben wir uns den Nachtisch für später auf", sagte Terri. "Ich will unbedingt raus und mir das bunte Treiben in Sydney ansehen. Wir müssen uns auch eine Karte beim Concierge besorgen, falls wir uns verirren. Dann können wir uns auf den Weg zu den nächstgelegenen Sehenswürdigkeiten machen.

Das Essen kam und die drei Freunde stürzten sich darauf. Alle drei Gerichte waren saftig und lecker.

"Auf der Internetseite, die ich gefunden habe, mit Vorschlägen für Touristen, stand, dass man kein Trinkgeld geben soll. Die Kellner bekommen hier genug bezahlt und würden es als Beleidigung empfinden. Aber schau mal, neben der Kasse steht ein Trinkgeldteller. Sollen wir, oder sollen wir nicht? Ich möchte niemanden beleidigen", sagte Miranda.

"Ich denke, wir sollten es tun. Immerhin war der Kellner ausgezeichnet", schlug Cheryl vor.

Am Concierge-Schalter holten sie sich eine Karte und stellten fest, dass die wichtigsten Touristenattraktionen wie die Sydney Harbour Bridge zu Fuß zu erreichen waren.

"Lass uns zum Circular Quay (sprich: KWAY) gehen, was für ein komischer Name. Dann zum Opernhaus und dann weiter zur Sydney Harbour Bridge", schlug Terri vor.

"Ich glaube, man spricht es KEY aus", sagte Miranda. "Ja, hier ist die Aussprache in dem Buch, das wir über die australische Terminologie gekauft haben."

"Wenigstens steht da ein U drin. Ich habe nie verstanden, warum man Qantas ohne U schreibt", sagte Cheryl.

"Es ist ein Rätsel, doo-do-doo-do-do-do-do-do-do", sagte Terri.

"Schau, das ist der Circular Quay und alles andere ist genau hier. Wie cool!" sagte Terri.

"Schau, Sterne entlang des Weges für verschiedene Schriftsteller, die hier waren. Mark Twain ging denselben Weg entlang, auf dem ich jetzt gehe", sagte Miranda.

"Wow, sieh dir all die Fähren an, wir müssen eine Bootsfahrt machen", sagte Cheryl.

"Als Erstes sollten wir uns das Opernhaus von Sydney genauer ansehen und sehen, ob wir eine Tour hinein machen können", sagte Terri. "Es sieht fantastisch aus, wie Wolkenformationen."

Sie spazierten am Ufer entlang und hinauf in den Royal Botanical Gardens, dann weiter durch das Viertel The Rocks und zur Sydney Harbour Bridge. Sie buchten eine Sydney Harbour Bridge Climb in zwei Tagen und fuhren dann mit dem Taxi zurück zum Hotel. Sie waren erschöpft.

KAPITEL 15

"OH MEIN GOTT!" RIEF Miranda aus. "Wir haben den ganzen Tag verschlafen! Sieh dir das an, es wird schon dunkel. Wach auf, Terri, wach auf, Cheryl!"

"Was ist denn los?" fragte Terri.

"Was ist denn los? Wir haben geschlafen und jetzt haben wir einen ganzen Tag in Sydney verloren."

"Das gibt's doch nicht", sagte Cheryl, "das ist doch nicht möglich."

"Nun, sieh dir die Beweise an. Es war fast Mitternacht, als wir ins Bett gingen, und jetzt zeigt die Uhr 17 Uhr.

"Ich denke, wir sollten einen täglichen Weckruf organisieren", schlug Terri vor.

"Wir haben noch diesen Abend. Wir sollten das Beste daraus machen. Alle aufstehen und atomisieren!"

KAPITEL 16

"**K**ÖNNTEN SIE UNS BITTE sagen, wo die nächste Bank ist?" fragte Terri den Concierge. "Wir müssen ein paar Traveller's Checks einlösen."

"Die nächste Bank ist nur ein paar Blocks entfernt, aber ich fürchte, sie ist geschlossen.

"Okay, dann nehmen wir jede Bank - auch wenn wir ein Taxi nehmen müssen", sagte Miranda.

"Ich fürchte, alle Banken sind geschlossen. Einige schließen um 17:00 Uhr, andere um 16:30 Uhr, aber danach ist keine mehr offen - außer Eftpos."

"Eftpos, das ist wie unser Interac", sagte Miranda. "Gut, dass wir Mädchen Kreditkarten haben."

"Ich kann euch helfen, einige eurer Reiseschecks hier im Hotel einzulösen, falls es einen Notfall gibt. Wir haben eure Pässe schon auf Ausweise überprüft."

"Nun, ich denke, es handelt sich um einen Notfall. Es wäre toll, wenn du uns helfen könntest", sagte Cheryl.

"Kommen Sie mit mir."

Der Concierge ging in den Bankraum und kam dann mit einem offiziell aussehenden Mann, dem Hotelmanager, zurück. Er war froh, ihnen helfen zu können.

Endlich hatten sie Geld in der Tasche und waren bereit, sich Sydney anzuschauen.

Wieder einmal erwischte sie die Feuchtigkeit wie ein Schlag ins Gesicht.

"Ich wollte es vorhin nicht sagen, aber das sieht wirklich nach lustigem Geld aus", sagte Terri.

"Ich finde, es sieht hübsch aus", gab Cheryl zu, "aber es fühlt sich komisch an."

"Es ist aus Plastik", sagte Miranda, nachdem sie die Seiten der Broschüre durchgeblättert hatte.

"Das ist es nicht wirklich", sagte Terri. "Du nimmst uns doch auf."

"Nein, das tue ich nicht. Hier steht, dass bis 1996 alle Australier Plastikgeld benutzt haben. Es hat eine Schutzschicht, damit es keine Feuchtigkeit aufnimmt, und ein Geldschein hält bis zu vierzig Monate, im Gegensatz zu einem Papierschein, der nur etwa sechs Monate hält", las Miranda vor. "Wow, was für eine coole australische Erfindung."

"Sieh mal, du kannst ihn nicht zerreißen", sagte Terri.

"Ich mag unser kanadisches Geld, aber das würde wirklich Bäume sparen. Ich finde, wir sollten ein paar

Scheine zurücknehmen und sie an Premierminister Chretien schicken", schlug Miranda vor.

"Wir müssen daran denken, dass die Mehrwertsteuer bereits auf den Preis aufgeschlagen wurde. Wir müssen es nicht selbst herausfinden wie zu Hause", sagte Terri. "Es gibt so viel für uns zu lernen. Ist das nicht aufregend! Und hier ist noch etwas. Wusstest du, dass es hier keine Pfennige gibt?"

"Wirklich, wie soll das gehen?" fragte Cheryl.

"Alles, was du kaufst, wird entweder auf- oder abgerundet", sagte Terri.

"Wenn die Kasse also 1,99 Dollar anzeigt, muss ich 2,00 Dollar bezahlen?" fragte Cheryl.

"Ja, das finde ich cool und ich wette, das gleicht sich am Ende aus", sagte Miranda. "Ich sterbe vor Hunger! Sagen wir, wir gehen in das erste Restaurant oder Café, das wir sehen."

"Da ist eins, gleich die Straße runter. Lass uns rübergehen", sagte Cheryl.

"Sie servieren nur Kuchen und Kaffee, aber das ist okay. Das kann unser Snack sein, bis wir etwas anderes finden. Ist das für alle in Ordnung?" fragte Terri.

"Würde jemand von uns die Gelegenheit ausschlagen, australische Desserts zu probieren? Auf keinen Fall", sagte Miranda. "Ich hätte gerne einen Kaffee."

"Was für einen?" fragte der Mann hinter dem Tresen.

"Einen normalen", sagte Miranda.

"Möchten Sie Café Latte, Cappuccino, Skinny Latte, Skinny Cappuccino, Vollmilchkaffee?"

"Das ist zu kompliziert", sagte Miranda. "Ich nehme einen Cappuccino und ein Stück Aprikosenkuchen, bitte."

"Ich werde den Café Latte probieren", sagte Terri. "Mit einem Stück Käsekuchen."

"Möchtest du lieber Sahne oder Eis dazu?"

"Äh, weder noch", sagte Terri.

"Okay", sagte der Mann.

"Ich hätte gerne einen Eiskaffee mit einem Lamington, bitte", sagte Terri.

Sie wurden um sofortige Bezahlung gebeten und bekamen dann eine Nummer auf einem Stock, damit die Kellnerin sie finden konnte.

"Wow, das Wechselgeld ist ganz schön schwer", sagte Cheryl. Sie war von allen mit den Münzen entschädigt worden.

"Lass mich mal sehen", sagte Terri. "Oh, schau dir all die süßen kleinen Tiere an."

"Du hast Recht, Terri, sie sind wirklich niedlich", sagte Cheryl, "aber du willst doch nicht, dass zu viele dieser Münzen in deinen Taschen herumklirren, oder? Es braucht nicht viele von ihnen, um deinen Geldgürtel in Stücke zu reißen."

Schon bald war es 20 Uhr.

"Lass uns einfach den Zimmerservice bestellen", sagte Terri. "Meine Füße bringen mich um und ich bin es leid, herumzulaufen.

"Zuerst müssen wir zurück zum Hotel laufen", sagte Miranda. "Wenn wir unterwegs etwas sehen, das uns gefällt, können wir dorthin gehen, ansonsten ist der Zimmerservice für mich in Ordnung."

"Oh, mein Gott, was ist DAS auf meinem Cheeseburger?" rief Cheryl.

"Sie haben ein Ei draufgetan und Rübenkraut, igitt", bedauerte Miranda. "Ich bin froh, dass ich nicht so einen bestellt habe. Ich schätze, das ist es, was sie mit den Werken meinen."

Cheryl öffnete das Brötchen und begann, ihren Burger auseinander zu ziehen. "Die Pommes sind aber wirklich lecker, sie schmecken irgendwie nach Hühnchen."

"Das muss dieses orangefarbene Zeug sein, das sie da drauf tun", sagte Miranda, als sie den Deckel anhob und ihren Caesar Salad enthüllte. "Oh je, was ist das denn?" Ganze Sardellen waren über den Salat verstreut. Ein Ei, das schon fast hartgekocht war, lag wie Gelee auf dem Salat. Es war noch warm.

"Ich habe Angst, den Deckel von meinem Salat zu nehmen", sagte Terri. "Aber ich habe ein Club-Sandwich bestellt. Mit einem Club-Sandwich kann man doch nichts falsch machen?" Sie hob den Deckel an. Sie hatten den Teil mit den Tomaten und dem Salat richtig gemacht. Anstelle des Truthahns gab es eine volle Hühnerbrust. Anstelle von Speck gab es eine Scheibe Schinken.

"Wenn wir alle wie Chirurgen vorgehen und die schlechten Teile herausnehmen, wird es schon gehen. Außerdem dauert es nicht mehr lange bis zum Frühstück", schlug Miranda vor.

Sie riefen den Concierge an, der einen Weckruf für 7:00 Uhr arrangierte.

Die drei Freunde schliefen mit knurrendem Magen ein. Vielleicht träumten sie alle von der gleichen Sache: dem Frühstück.

KAPITEL 17

AM NÄCHSTEN MORGEN WAREN sie gut ausgeruht, aber ausgehungert. Sie aßen im Hotelrestaurant und machten sich dann auf den Weg zur Sydney Harbour Bridge. Ihr Aufstieg begann um 9 Uhr, und sie mussten um 8:45 Uhr dort sein, um sich vorzubereiten.

"Der Aufstieg dauert 3 Stunden", sagte der Mann, der ihnen die Tickets gab, zu ihnen.

Die drei Freunde sahen sich an. Sie hatten nicht damit gerechnet, dass der Aufstieg so lange dauern würde.

Sie begaben sich zu einer Wartebucht, um auf den Aufruf für ihre Aufstiegszeit zu warten. Ein verrückter Gang zur Toilette und ein schneller Schluck eines Energydrinks brachten sie gerade noch rechtzeitig zurück in die Wartebucht.

Sie wurden einem Atemtest unterzogen und unterschrieben eine Erklärung über ihren Gesundheitszustand. Danach wurde ein Versicherungsformular unterschrieben. Dann wurden sie mit Raumanzügen ausgestattet, wie sie die Astronauten der NASA tragen. Sie wählten Mützen und Armbinden. Dann begann der technische Teil. Sie durften ein Verbindungsgerät testen, mit dem sie an der Brücke und an ihrer Klettergruppe befestigt waren.

Cheryl, die keine große Höhenangst hatte, war etwas mulmig zumute, als sie probeweise eine Leiter hoch- und runterklettern mussten. Der Aufstieg gelang ihr ganz gut, aber als sie rückwärts hinunterklettern musste, hätte sie fast gekniffen.

"Ich glaube nicht, dass ich das schaffe", sagte Cheryl.

"Komm schon Cheryl, du schaffst das. Denk dran: Die drei Musketiere! Wir können alles schaffen!" sagte Miranda.

"Beinahe alles. Das hier nicht."

"Komm schon Cheryl, wenn du erst einmal draußen bist und die Aussicht siehst, wird es dir gut gehen. Du bist absolut sicher", erklärte Terri.

"Was ist los?" fragte ihre Anführerin.

"Ich glaube, ich schaffe das nicht", sagte Cheryl.

"Komm nach vorne, bleib bei mir, ich helfe dir, es durchzustehen", sagte ihr Führer. "Noch etwas: Es gibt keine Rückerstattung. Ihr würdet euer Geld verlieren. Ihr seid schon so weit gekommen, ihr könnt es schaffen!"

Sie wurden mit fünf anderen Personen in Gruppen eingeteilt. Sie standen zusammen und erzählten einander, woher sie kamen und warum sie den Aufstieg machen wollten. Da war ein Paar aus England, das schon seit Jahren davon träumte, die Sydney Harbour Bridge zu besteigen, ein älteres Ehepaar aus Queensland, das das schon immer tun wollte, ein fünfzehnjähriges Mädchen aus Sydney, das es schon einmal getan hatte und so begeistert war, dass sie es wieder tun wollte, und dann Miranda, Cheryl und Terri.

Ihre Anführerin war ein Mädchen Mitte zwanzig, das den Spitznamen Mac trug. Sie erklärte ihnen, wie sie den Leuten vor ihnen helfen sollten, ihre Funkgeräte zum Laufen zu bringen, und schon bald waren sie auf dem Weg. Mac sorgte dafür, dass Cheryl an der Spitze stand, während das ältere Paar folgte, dann kamen Terri und Miranda, das Paar aus London und schließlich das Teenagermädchen. Ihre Schicksale waren alle miteinander verbunden.

Cheryl konzentrierte sich, damit sie nicht in Versuchung kam, nach unten zu schauen. Währenddessen beobachteten Terri und Miranda aufmerksam, wie die Autos unter ihnen durchrasten, gefolgt von den Zügen. Das Wasser tanzte und glitzerte unter den kräftigen Sonnenstrahlen. Während sie sich an der riesigen Metallkonstruktion entlang tasteten, hatten sie nun auch das Opernhaus von Sydney im Blick. Es sah so klein aus.

Mac sprach in das Mikrofon und erzählte ihrem Team von der Geschichte Sydneys und seinen Attraktionen. Ihre Stimme hielt Cheryl bei der Stange.

Als sie sich den Flaggen näherten, die ganz oben auf der Brücke auf sie warteten, stieß jeder einen Seufzer angesichts der spektakulären Aussicht aus. Mac machte Fotos, und die drei Freundinnen waren so synchron, dass sie in den Refrain von Celine Dions Lied einstimmten.

"Ich bin die Königin der Welt", rief Miranda.

Der Abstieg erwies sich als viel einfacher. Der Blick von der anderen Seite der Brücke zeigte die Blue Mountains in der Ferne.

Cheryls Knie zitterten so stark, dass sie fürchtete, den Halt zu verlieren. Sie begann zu hyperventilieren und Mac handelte schnell, bot ihr einen Schluck Wasser an und klopfte ihr auf den Handrücken.

"Konzentriere dich", sagte Mac, "zähle die Sprossen der Leiter und zähle laut, während du hinuntersteigst. Ich warte dann unten auf dich."

"Ich kann das nicht."

"Doch, das kannst du."

"Soll ich zuerst gehen?" bot Miranda an.

Cheryl nickte und die Mädchen tauschten die Plätze.

"Wir sehen uns gleich, Cher, du schaffst das!" sagte Miranda.

Miranda wusste, dass das der besondere Name war, den Cheryls Vater für sie hatte. Das schockierte sie und schon bald warteten Cheryl und Miranda im ersten Stock auf Terri, die zu ihnen stieß.

Als sie wieder drinnen waren, jubelten sie, weil sie die Spitze der Sydney Harbour Bridge erklommen hatten. Sie legten die Ausrüstung zurück, wuschen sich die Hände und zogen sich dann ihre eigene Kleidung an. Zu diesem Zeitpunkt war ihre Urkunde, die beweist, dass sie die Brückenbesteigung erfolgreich abgeschlossen haben, bereits fertig.

Als sie in den Stadtteil The Rocks gingen und merkten, dass es schon nach 2 Uhr war, sahen sie sich nach etwas zu essen um und entdeckten ein nettes kleines Lokal namens The Lord Nelson. Da sie sehr durstig waren, entschieden sie sich für ein lokales Bier und bestellten drei Pints Foster's Lager. Wie viel australischer kann man denn noch werden? Nachdem sie sich die Speisekarte genau angesehen hatten, entschieden sie sich für etwas Traditionelles, nämlich eine australische Fleischpastete mit Pommes und Salat.

"Nun", sagte Cheryl, "wir ziehen sicher keinen der australischen Kerle an, die wir jetzt überall sehen. Meinst du, wir sehen zu kanadisch aus? Zu touristisch?"

Miranda und Terri hatten sich das auch schon gefragt. Sie waren sich einig, dass eine von ihnen jemanden fragen sollte. Sie bestellten eine weitere Runde Lagerbier, in der Hoffnung, dass sie dadurch den Mut finden würden, jemanden zu fragen.

"Entschuldigung, aber wir haben uns gerade gefragt. Sehen wir wie Touristen aus? Sieht man das?"

Sie fingen an zu lachen, erst der Mann und dann die beiden Frauen. Auch sie waren Nordamerikanerinnen.

"Wir sind schon seit über zwei Wochen in Australien", sagte der Mann. "Ich bin Robert und das sind meine beiden Freundinnen Linda und Evie."

"Ich kann es nicht glauben", sagte Terri, "ausgerechnet sie haben wir gefragt."

"Aber mal ehrlich", sagte Robert. "Ihr solltet euch ein paar Klamotten besorgen und zum Bondi Beach fahren. Wenn du erst einmal in der Sonne, im Sand und in der Brandung bist, sehen alle gleich aus."

"Außer dass wir weiß wie ein Laken sind", sagte Miranda.

"Stimmt, stimmt, aber ihr werdet ziemlich schnell Farbe bekommen", sagte Evie, "aber macht nicht den gleichen Fehler wie wir. Wenn ihr eure Schwimmsachen von zu Hause tragt, werdet ihr auffallen wie ein bunter Hund."

"Wir hatten vor, hier Anzüge zu kaufen", sagte Terri.

"Nun, man kann nicht nach New South Wales kommen, ohne Bondi zu sehen. Wo sollen sie denn Badeanzüge kaufen, Mädchen?" fragte Robert.

"Geh zu David Jones, die haben eine tolle Auswahl", sagte Linda. "Hier, ich zeichne dir eine Karte."

"Habt ihr am Samstagabend schon etwas vor?" fragte Robert und sie schüttelten alle mit einem Nein den Kopf.

"Dann kommt mit, wir sind zu einer BYO (Bring your own alcohol) Party eingeladen."

"Ja, hier ist unsere Telefonnummer. Ruft uns an, wenn ihr mitkommen wollt. Wir können dich auf dem Weg abholen. Das wird bestimmt ein Riesenspaß", sagte Linda.

"Nun, es war schön, euch alle kennenzulernen. Genießt den Rest eurer Reise und wir sehen uns hoffentlich wieder", sagte Robert.

"Oh, und übrigens", sagte Evie, "lass dich nicht von den Aussies überreden, Vegemite zu probieren, denn das ist eklig!"

"Wirklich?" fragte Miranda. "Ich wollte es schon immer mal probieren."

"Tschüss und danke", sagte Cheryl und sie folgten schnell der Karte auf dem Weg zu David Jones. Sie besuchten viele Geschäfte in The Rocks. Einer davon hieß The Mad Hatter, der perfekte Ort, um ein paar Sonnenschutzhüte zu kaufen. Sie entdeckten, dass die Geschäfte am Donnerstagabend bis 21 Uhr geöffnet waren. Da es Donnerstag war, hatten sie noch Stunden Zeit zum Einkaufen und Genießen.

Am nächsten Tag nahmen sie eine Fähre und fuhren zum Darling Harbour. Der Paddy's Market war noch geöffnet und überfüllt, also machten sie sich auf den Weg und kamen mit mehreren Taschen voller Souvenirs und T-Shirts wieder heraus. Terri fand den perfekten Ort, um ihrem Vater sein Didgeridoo zu kaufen, beschloss aber, damit zu warten, bis sie am Ende ihrer Reise nach Sydney zurückkehrten, damit sie es nicht mit sich herumschleppen musste.

Zum Abendessen aßen sie in Darling Harbour in einem Restaurant namens The Fish House. Sie spazierten durch Chinatown und gingen dann zu David Jones, um Badeanzüge anzuprobieren. Es war ein bisschen traumatisch, sie anzuprobieren, weil sie so blass waren, aber sie hofften, dass sie am Strand nicht auffallen würden.

"Hey", sagte Miranda. "Hier steht, dass wir uns vor Killerquallen und Killerhaien in Acht nehmen müssen. Mann oh Mann, wenn mir eine Qualle zu nahe kommt, werde ich selbst zu Gelee und ihr müsst mich in einer Kiste nach Hause tragen."

Cheryl und Terri lachten und fragten sich insgeheim, wie weit die Quallen verbreitet waren. Sie wischten sich die Angst aus dem Kopf, als sie zurück zum Hotelzimmer gingen.

Obwohl es erst Freitag war, beschloss Terri, ihren Vater anzurufen. Sie dachte, wenn sie ihn heute Abend anrufen würde, müsste sie sich keine Sorgen machen, ihn am Sonntag wieder anzurufen. Er freute sich riesig, ihre Stimme zu hören, wurde aber schnell wütend, als er merkte, dass sie an einem Abend anrief, den sie nicht vereinbart hatten. Terri erklärte ihm, dass alles in Ordnung sei. Sie hatten eine fantastische Zeit und erzählte ihm von der Besteigung der Sydney Harbour Bridge. Kaum hatte sie das gesagt, wünschte Terri, sie könnte die Worte zurücknehmen, denn sie wusste, dass ihr Vater sie für verrückt halten würde, wenn sie dort hochkletterten. Zu ihrer Überraschung war er nicht wütend darüber und sagte sogar, er wolle die Fotos sehen, um zu beweisen, dass sie die Brücke erklommen hätten. Terri sagte, sie hätte nicht nur Fotos, sondern auch eine Urkunde als Beweis.

"Ich habe dich lieb, Teresa."

"Ich hab dich auch lieb, Daddy."

Am nächsten Tag wollten sie sich auf den Weg zum Bondi Beach machen.

"Australien hat die höchste Hautkrebsrate der Welt, wusstest du das?" sagte Cheryl.

"Na ja", sagte Miranda, "wenn ich schon sterben muss, dann lieber etwas Schnelleres als ein Melanom, zum Beispiel von einer Qualle gestochen oder von einem Hai gefressen zu werden."

Terri warf Miranda ein Kissen zu, und Cheryl tat dasselbe.

Worauf hatten sie sich da nur eingelassen?

KAPITEL 18

N ACH EINER ZUGFAHRT UND einer anschließenden Busfahrt kamen sie am Bondi Beach an. Von der Spitze des Hügels aus sah es fantastisch aus. Sie gingen ins Strandhaus, zogen sich ihre neuen Badesachen an und suchten sich einen Platz am Meer.

Sie markierten ihren Platz im Sand und liefen dann schnurstracks auf das Wasser zu. Sie rannten darauf zu, wie Kinder, die tagelang in einem Haus eingesperrt gewesen waren. Der Sand verbrannte ihre Sohlen und die Sonne brannte auf sie herab. Die Wellen küssten die Ufer.

"Huch, das ist ja verdammt kalt, Mädels", sagte Miranda.

Terri dachte, Miranda sei nur ein Weichei und watete noch ein bisschen tiefer hinein. Eine herannahende Welle sprang ihr auf die Knie.

"Igitt!" Terri schrie: "Du machst keine Witze!"

Miranda sah Cheryl an. Cheryl schaute Terri an. Terri schaute Miranda an.

"SHIIIIIIT!" schrien sie, während sie rannten und ins Wasser sprangen. Sie fühlten sich wie Robert Redford und Paul Newman, als sie in Butch Cassidy and the Sundance Kid von der Klippe sprangen.

"Ich halte nach tödlichen Tentakeln Ausschau", sagte Cheryl.

Miranda und Terri fingen an zu lachen.

"Glaubst du, sie kommen zu dir und fragen dich um Erlaubnis oder so?" fragte Miranda.

"Ja, Mutter, darf ich dich stechen?" sagte Terri.

"Okay, okay, ihr zwei. Du kennst mich und meine Phobien", sagte Cheryl. Sie schwamm zurück zum Ufer.

"Komm zurück!" flehte Miranda. "Wir haben nur Spaß gemacht."

Cheryl drehte sich um und gab ihren beiden Freundinnen die größte Himbeere, die sie aufbringen konnte. Sie erwiderten den Gefallen und folgten ihr dann zum Ufer. Ein kleiner Kerl zum Beobachten würde die Zeit vertreiben und war längst überfällig.

Sie setzten ihre dunklen Sonnenbrillen auf und versteckten sich hinter ihren Romanen. Ab und zu fielen die Romane synchron herunter, wenn ein süßer Kerl vorbeikam. Sie blätterten eine Seite nach der anderen durch und stellten fest, dass kein Typ in ihre Richtung zu kommen schien.

"Ich glaube, wir haben uns einen schlechten Platz ausgesucht", sagte Cheryl, als sie sich gerade noch rechtzeitig umdrehte, um eine Gruppe von Jungs zu sehen, die auf ihre Surfbretter zuliefen. "Hey, seht euch das an!"

Miranda und Terri setzten sich auf und sahen neunzehn kleine Penner, die auf die Welle zurasten.

"Kein Wunder, wir gucken ja auch in die falsche Richtung!" sagte Terri.

"Surfen ist so cool", sagte Miranda. "Wenn ich gut schwimmen könnte, wäre ich sofort da draußen."

"Ich nicht", sagte Cheryl. "Auf keinen Fall. Nicht bei all den tödlichen Dingern im Wasser."

"Möchte jemand einen Bacardi?" fragte Terri, als sie die Kühlbox öffnete und eine Flasche aufmachte.

"Bist du sicher, dass es okay ist, am Strand zu trinken?" fragte Cheryl.

"Robert, der Typ, den wir in der Kneipe getroffen haben, hat gesagt, dass es hier völlig legal ist. Schau mal da, die Jungs laufen mit Bierflaschen in der Hand herum. Siehst du?" sagte Miranda und zeigte auf zwei junge Männer, die kaum alt genug waren, um Alkohol zu kaufen.

"Aber was ist mit Glasscherben? Ich frage mich, ob das ein Problem ist?" fragte Cheryl.

"Mach dir keine Sorgen, Cheryl, ich bin mir sicher, dass das in Ordnung ist", sagte Miranda.

"Vielleicht nehmen sie ihren Müll mit nach Hause, so wie in den Zügen", schlug Terri vor.

"Guck mal, guck mal!" sagte Miranda, als sich drei junge Männer näherten. Sie legten sich neben den drei Freunden nieder.

Die Jungs taten so, als ob sie cool und desinteressiert aussähen, indem sie sich untereinander unterhielten. Miranda bemerkte, wie einer von ihnen zu ihnen hinüberschaute und sie musterte.

"War es etwas, das wir gesagt haben?" sagte Miranda, als die Jungs ihre Handtücher aufhoben und weitergingen.

"Wenn das so weitergeht, werden wir nie einen australischen Mann kennenlernen", sagte Cheryl.

"Vielleicht erwarten sie, dass die Frauen hier den ersten Schritt machen?" sagte Terri.

"Na ja, wer weiß das schon? Wir wollen ja nicht so aussehen, als wären wir leicht zu haben. Oder?" fragte Miranda.

Sie waren sich einig, dass Warten die beste Medizin ist. Schließlich waren sie erst seit ein paar Tagen in Australien und wollten sich nicht davon abhalten lassen, Männer kennenzulernen und ihren Spaß zu haben. Außerdem waren sie am Bondi Beach, drei alleinstehende, attraktive Mädchen, die Urlaub machten, das Leben genossen und sich die Ware ansahen. Es bestand keine Eile.

Gegen 3 Uhr nachmittags wurde es so heiß, dass sie beschlossen, für heute Schluss zu machen.

"Ich bin wahrscheinlich rot wie ein Hummer", sagte Miranda.

"Ich fühle mich eklig mit all der Sonnencreme auf meiner Haut", sagte Cheryl. "Ich fühle mich schleimig und ich hasse es, wie der Sand daran klebt."

"Ich schätze, ich habe Glück", sagte Terri. "Ich verbrenne nicht. Das liegt an meiner italienischen Abstammung - meine Verwandten lebten in Sizilien."

Miranda machte sich insgeheim Sorgen darüber, Männer zu treffen. Sie machte sich Gedanken darüber, was sie tun würde, wenn sie einen Mann kennenlernte. Würde sie ihm von dem Überfall erzählen? Würde sie das Bedürfnis verspüren, ihm alles zu erzählen? Und wenn sie es täte, würde er sich von ihr abgestoßen fühlen oder würde er sie noch mehr lieben?

Seit sie in Sydney angekommen war, hatte Miranda einige Albträume. Die Albträume handelten davon, die Kontrolle zu verlieren, dass sie einem genommen wird, dass man sich in der Macht eines anderen verliert. Der Überfall spielte mit ihrem Unterbewusstsein.

Miranda verdrängte diese Gedanken und teilte sie nicht mit ihren Freunden. Sie wollte sie nicht runterziehen, nicht an diesem einmaligen Urlaubstag.

Cheryl und Terri waren auf der gleichen Wellenlänge und machten sich Sorgen um Miranda. Seitdem es passiert war, hatte sie kein einziges Date mehr gehabt. Sie war noch nicht einmal mit einem Mann allein gewesen. Sie wollten sie beschützen.

Cheryl und Terri beschlossen, dass sie als Tag-Team arbeiten würden, wenn eine von ihnen oder beide einen Mann kennenlernen würden. Und wenn der Tag kam, an dem Miranda dem Mann genug vertraute, um ihnen zu sagen, dass sie abhauen sollten, würden sie sich zurückziehen.

Wenn Miranda bereit war, würde sie die Kontrolle übernehmen.

KAPITEL 19

U M PUNKT 9 UHR klingelte der Wecker und Miranda griff hinüber, um das Klingeln zu stoppen. Eine Sekunde später klingelte das Telefon und die Rezeption rief den Ersatzweckruf an. Miranda wischte sich den Schlaf aus den Augen und blickte nach unten, als sie bemerkte, dass die rote Nachrichtentaste lebhaft aufblinkte. Sie wählte die Rezeption an. Es gab eine dringende Nachricht für Terri.

"Wach auf Terri. Du hast eine dringende Nachricht. Du musst sofort zu Hause anrufen."

"Oh nein, es muss etwas Schreckliches passiert sein!" Terris Finger zitterten, als sie die Nummern auf dem Telefon drückte. Ihre Eltern hätten sie nicht mitten in der Nacht angerufen, wenn zu Hause alles in Ordnung wäre. Vielleicht haben sie sich in der Zeit geirrt? Am anderen Ende klingelte das Telefon einmal, zweimal und beim dritten Klingeln nahm jemand ab. Miranda und Cheryl warteten angespannt.

"Ja, Papa, ich verstehe. Christina. Ja. Oh mein Gott, ich kann es nicht glauben. Es ist wie in einem Film."

"Was, was??" fragten Miranda und Cheryl.

"Ich erzähle es euch gleich, okay Dad, wie ist die Nummer? Ja, ich sag's ihr. Danke, dass du uns Bescheid gesagt hast." Sie legte den Hörer auf. "Miranda, es gibt keinen einfachen Weg, dir das zu sagen, also werde ich es einfach sagen. Christina ist tot. Sie ist gesprungen, gefallen oder wurde vom Balkon gestoßen. Das weiß niemand so genau. Die Spurensicherung sucht nach Beweisen. Sie suchen nach einem Motiv."

"Aber wie? Das ergibt doch keinen Sinn", sagte Miranda.

"Offenbar hat Mrs. Pierce einen Schrei gehört und ist zu deiner Wohnung gerannt. Deine Tür stand weit offen und nach dem ersten Schrei war nichts mehr zu hören. Sie trat ein und fand die Wohnung leer vor. Alles schien in Ordnung zu sein. Dann bemerkte sie einen Luftzug und sah, wie die Vorhänge auf und zu wogten. Sie fand die Terrassentüren offen. Ein eiskalter Wind wehte hindurch. Sie trug ihren Pyjama, aber irgendetwas sagte ihr, dass sie auf den Balkon gehen sollte. Da es erst 3 Uhr morgens war, gab es nirgendwo ein Geräusch. Sie schaute hinunter und sah Christina, die auf dem Boden lag und deren Nachthemd wie weiße Flügel um sie herumflatterte."

"Oh mein Gott!" rief Cheryl aus.

Sie benutzte Mirandas Telefon und wählte den Notruf. Auf dem Weg nach unten schnappte sie sich eine Decke vom Sofa und machte sich dann auf den Weg zu Christina. Christina atmete zu diesem Zeitpunkt noch. Mrs. Pierce streichelte ihr über den Rücken und sagte ihr, sie solle durchhalten, es werde schon alles gut werden. Christina schien etwas sagen zu wollen. Zuerst versuchte Mrs. Pierce, sie zu beruhigen, aber das Mädchen war so verzweifelt.

'Warum? Warum ich? Warum?", waren Christinas letzte Worte.

Es schien ewig zu dauern, bis die Polizei und der Krankenwagen eintrafen. Mrs. Pierce zitterte so sehr, dass sie Angst hatte, sich zu unterkühlen, aber sie wollte Christina nicht bewegen und sie auch nicht allein draußen lassen - selbst wenn sie von dieser Welt in den Himmel übergegangen war.

Die Polizei befragte Mrs. Pierce und fand bald heraus, dass die Wohnung untervermietet war. Mrs. Pierce nannte ihnen Mirandas Namen und sagte ihnen, wo sie war und wann sie nach Kanada zurückkehren würde.

Sergeant Jim Miller traf wenig später am Tatort ein und erkannte Mirandas Namen auf den Papieren.

Die Polizei setzte sich mit Christinas Angehörigen in Verbindung und veranlasste, dass ihre Leiche so schnell wie möglich nach Toronto zurückgeflogen wurde, nachdem die Spurensicherung mit der Untersuchung der Beweise fertig war.

"Das ist die ganze Geschichte", sagte Terri. "Es ist wie ein Film."

"Oh mein Gott, oh mein Gott", sagte Miranda wiederholt und hysterisch.

"Erinnerst du dich an Sergeant Miller?", fragte Terri. fragte Terri.

"Ja, das tue ich. Glaubt er, dass der Mann, der mich vergewaltigt hat, und dieser Mörder dieselbe Person sein könnten?"

"Er sucht nach Beweisen."

Miranda konnte nur noch schluchzen. Er hatte es wieder getan, dieses Tier hatte es wieder getan und dieses Mal hatte er jemanden getötet. Und warum? Für Geld? Miranda wusste, dass sie nie wieder nach Hause gehen konnte. Nie wieder in ihrer Wohnung leben, alles - ihr ganzes Leben war verseucht.

"Aber, Miranda, sie haben Selbstmord nicht ausgeschlossen", sagte Terri. "Nicht ganz. Es hat vielleicht gar nichts mit ihm zu tun."

"Aber warum sollte Christina meine Wohnung untervermieten, nach Avon Park kommen, wo sie in den Ferien bei ihren Freunden sein wollte - und dann von meinem Balkon springen? Das ergibt einfach keinen Sinn."

"Aber dann wiederum", bot Cheryl an. "Manche Leute machen verrückte Sachen, besonders an Weihnachten."

Ich frage mich, ob meine Eltern das wissen. dachte Miranda. Wenn sie es wissen, warum haben sie mich nicht angerufen? Sie könnten die Landesvorwahl wahrscheinlich nicht herausfinden, wenn ihr Leben davon abhinge.

KAPITEL 20

MIRANDA TIPPTE DIE NUMMERN ein, um das Avon Park Police Department anzurufen.

"Sergeant Jim Miller bitte."

"Wer ist am Apparat?"

"Hier ist Miranda, Miranda Evans."

"Einen Moment, bitte."

"Ms. Evans? Sergeant Jim Miller hier, wie geht es dir?"

"Ich habe Angst vor dem, was in meiner Wohnung passiert ist."

"War das Mädchen depressiv oder so, als du sie getroffen hast?"

"Nein, ganz und gar nicht. Sie hat sich riesig gefreut, über die Feiertage in Avon Park zu sein."

"Danke, das ist alles, was ich im Moment wissen wollte. Genieße deinen Urlaub und rufe mich an, wenn du wieder zu Hause bist. Dann können wir alles weitere besprechen.

Wir wissen, wie wir dich erreichen können, wenn es nötig ist. Mach dir in der Zwischenzeit keine Sorgen."

"Vielen Dank, Sergeant. Miller."

Das sagte sie laut, aber in ihrem Kopf dachte sie: Er hat mir gedroht! Er hat gesagt, dass er alle, die ich liebe, umbringen wird, wenn ich es der Polizei sage. Er würde kommen und mich holen. Aber warum sollte er Christina angreifen? Es gab keinen Grund. Christina war ein Opfer der Umstände.

"Wir werden deine Wohnung nach Beweisen durchsuchen und eine Liste mit dem Inhalt erstellen. Wenn du zurückkommst, kannst du sie überprüfen, um sicherzustellen, dass nichts fehlt. Du kannst die Informationen an deine Versicherung weitergeben. Vielen Dank für Ihren Anruf."

Warum sollte jemand meine Wohnung betreten? Es sei denn, er wollte etwas stehlen. Nicht, dass ich viel Luxus zu bieten hätte.

"Sergeant Miller, wurde gewaltsam eingebrochen?"

"Nein, aber der Balkon könnte unverschlossen gewesen sein. Vielleicht ist der Eindringling so hereingekommen, falls es einen gab. Oder Christina könnte gesprungen sein. Es gab keine Anzeichen für einen Kampf, obwohl die Vermieterin schwört, dass sie einen lauten, markerschütternden Schrei gehört hat."

Nachdem Miranda aufgelegt hatte, saßen die drei Mädchen auf ihren Betten, verwirrt von den morgendlichen Nachrichten. Miranda fühlte sich schuldig, als wäre sie der Grund für das Ableben eines anderen gewesen.

Cheryl rief unten an und fragte nach dem Zimmerservice. Nach dem letzten Mal wusste sie, was sie nicht bestellen sollte. Stattdessen bat sie um eine Suppe. Sie mussten etwas essen. Sie mussten bei Kräften bleiben, schließlich hatten sie viel Geld für diese einmalige Reise bezahlt und es gab nichts, was sie tun konnten, um zu helfen, da sie am anderen Ende der Welt waren.

Terri zappte durch die australischen Fernsehkanäle. "Genau wie zu Hause", sagte sie, "nichts zu sehen."

"Lass uns den Tag in der Nähe des Hotels verbringen", sagte Miranda. "Hättest du etwas dagegen?"

"Wir können den Pool benutzen, etwas Sport treiben und es heute ruhig angehen lassen", sagte Cheryl.

"Und uns für morgen wieder auf den Weg machen", sagte Terri.

In diesem Moment erinnerte sich Miranda daran, dass sie in ihrer Wohnung eine Kopie der Tagesordnung für Christina auf dem Tisch neben dem Telefon liegen gelassen hatte.

Werde ich jetzt paranoid? Aber was wäre, wenn? Was, wenn er vorhatte, mich zu finden - und stattdessen sie gefunden hat? Was, wenn er sie anstelle von mir getötet hat? Und jetzt, jetzt hat er meinen Plan. Unsere Absichten. Ich kann es Terri und Cheryl nicht sagen. Es macht keinen Sinn, drei paranoide Musketiere im Outback herumlaufen zu lassen, oder? Wenn etwas passiert, werde ich es ihnen sagen müssen. Für den Moment hoffe ich, dass die beiden Ereignisse nichts miteinander zu tun haben.

KAPITEL 21

AM NÄCHSTEN MORGEN WACHTEN die drei Freunde auf und packten ihre Koffer für zwei Nächte in den Blue Mountains. Sie tranken noch schnell einen Kaffee im Hotel, dann stiegen sie in der Wynyard Station in einen Zug, stiegen in der Central Station um und waren schon bald unterwegs.

Der Zug war luxuriös, und sie hatten ein Abteil für sich allein. Ihr Ziel war Katoomba, eine kleine Stadt 100 km von Central entfernt.

"In diesem Buch steht, dass Katoomba fast 1.000 Meter über dem Meeresspiegel liegt", sagte Miranda.

"Was steht da noch?" fragte Terri.

"Hier steht, dass wir zum Echo Point gehen müssen. Von dort aus können wir die Drei Schwestern sehen, denn sie sind nur 100 Meter voneinander entfernt. Ich denke, wir können vom Bahnhof aus dorthin laufen. Er ist nur 30 Minuten entfernt. Wir können erst mal schnell frühstücken und uns dann die Sehenswürdigkeiten ansehen."

"Klingt wie ein Plan", sagte Cheryl.

Cheryl starrte aus dem Fenster und war in ihre Gedanken versunken. Sie wollte nicht diejenige sein, die Christinas Tod zur Sprache bringt. Sie beobachtete das unterschiedliche Terrain, die Bäume, die noch Spuren von Buschfeuern aufwiesen, und genoss die Aussicht.

Terri nahm eine Ausgabe der australischen Version des Soap Opera Digest in die Hand. Sie blätterte durch die Seiten. "Das ist wahnsinnig lustig, Mädels! Ihr werdet es nicht glauben!" sagte Terri. "Seht mal, die Besetzung von The Young and the Restless - dieser Typ ist schon seit über zwei Jahren tot! Dieses Mädchen ist nicht einmal mehr in der Serie! Wow, die sind ja mal ganz schön weit weg!"

"Nun, ich denke, Y & R und das allgemeine Tagesprogramm sind hier nicht so ein großer Markt wie in Nordamerika oder so. Ich meine, wenn sich jemand für Y & R interessiert, kann er sicher alles in ein paar Sekunden im Internet herausfinden", sagte Cheryl.

"Aber sie wissen nicht, dass sie weit hinterher sind", sagte Terri.

"Hey, das wäre doch was. Lass es durchsickern, damit sie alle die Handlung im Voraus kennen! Keiner würde mehr Y & R schauen - bis sie mit dem Rest der Welt auf dem Laufenden sind", sagte Miranda.

"Stell dir vor, die Fernsehsender würden all ihre Werbeeinnahmen verlieren! Sie wären extrem betrunken. Aber hey, es sind die Zuschauer, die sich ärgern sollten.

Mit den Satelliten heutzutage gibt es keinen Grund mehr, dass die Programme so weit hinterherhinken. Ich verstehe es einfach nicht", sagte Terri.

"Ich glaube, Soaps gibt es ewig", sagte Cheryl. "Und vielleicht sind sie bei all dem guten Wetter, das sie hier haben, lieber unterwegs, als fernzusehen."

"Ich wette, es geht nur ums Geld", sagte Miranda. "Die Fernsehsender sind einfach billig, und da sich niemand beschwert, müssen sie auch nichts dagegen tun."

Eineinhalb Stunden später las Miranda immer noch Bill Brysons Down Under. Der Zug fuhr in die Katoomba Station ein und die drei Freunde stiegen aus.

"Ist das nicht praktisch", sagte Terri, "eine Touristeninformation direkt vor dem Bahnhof."

"Lass uns eine Karte und eine Wegbeschreibung zum besten Restaurant besorgen, das wir zum Frühstück finden können", sagte Terri.

"Vielleicht sollten wir unsere Sachen zuerst in der Hütte abgeben?" schlug Cheryl vor.

Miranda sah sich die Karte an.

"Der beste Ort für ein Frühstück ist das Paragon Café", sagte die Frau am Informationsstand. "Geh einfach diese Straße entlang." Sie zeigte nach links. "Das Restaurant liegt auf der rechten Seite, etwa 5 Minuten weiter, du kannst es nicht verfehlen. Es ist ein historisches Gebäude und das Essen ist ausgezeichnet. Nach dem Frühstück gehst du etwa 20 Minuten auf der gleichen Straße weiter. Deine Hütten befinden sich auf der linken Seite. Wenn du den Echo Point erreichst, weißt du, dass du zu weit gegangen bist!"

"Klingt ziemlich einfach. Danke für deine Hilfe", sagte Miranda. "Okay, los geht's."

"Ich bin so hungrig", stöhnte Cheryl. "Ich hätte nicht gedacht, dass die Zugfahrt so lange dauert."

"Hier ist es, wie süß, sie haben offiziell einen Innen- und einen Außenbereich mit Schildern und allem drum und dran ausgewiesen", sagte Terri.

"Wow, das ist, als ob man in eine Zeitschleife gerät und in den 1920er Jahren wieder herauskommt", sagte Cheryl.

"Eigentlich sind es die 1930er Jahre", erklärte der Mann mit den Speisekarten. "Das Gebäude steht wegen seiner Art-déco-Einrichtung auf der Liste des National Trust.

"Ich bin wirklich beeindruckt", sagte Cheryl. "Und ihr stellt auch eure eigenen Pralinen her?"

"Ja, wir sind berühmt dafür. Wenn du willst, kannst du auf dem Weg nach draußen ein paar probieren. Möchtet ihr Frühstücks- oder Mittagsmenüs?"

"Frühstück für alle", sagte Miranda. "Wir sind schon den ganzen Morgen mit dem Zug von Sydney hierher gefahren und haben einen Riesenhunger.

"Eure Kellnerin wird in ein paar Minuten bei euch sein. Wollt ihr erst einmal einen Saft oder einen Kaffee?"

"Cappuccino für alle", sagte Terri.

"Für mich einen großen", fügte Miranda hinzu.

Das Frühstück kam kurz nach den Cappuccinos.

"Ekelhaft!" sagte Miranda, "Das sieht eher nach Schinken aus."

"Ich stimme dir zu", sagte Terri. "Aber vielleicht schmeckt es besser, als es aussieht. Er ist nicht schlecht, wenn man die Schwarte und die weißen Dinger abschneidet."

"Ich mag meinen Speck knusprig", beschwerte sich Miranda, während sie eine Scheibe Toast mit Butter belegte und sie inhalierte. "Verzeihung, könnte ich bitte noch etwas Toast bestellen? Ich zahle extra."

Ein paar Minuten später wurde Miranda eine einzelne Scheibe Toast vorgesetzt.

"Mist, ich hätte wohl um zwei Scheiben bitten sollen, denn aus irgendeinem Grund hat sie mir nur eine gegeben, was soll man machen?" sagte Miranda. "Wir sollten sowieso besser gehen, ich esse meinen Toast auf dem Weg nach draußen, während wir bezahlen."

Die Mädchen stellten fest, dass sie keine Rechnung hatten und warteten noch eine Weile. Inzwischen hatte Miranda ihren Toast aufgegessen und von der Kellnerin war immer noch keine Spur. Terri beschloss, hinten nachzusehen, ob die Kellnerin gerade Pause hatte, aber sie sah sie nicht. Schließlich gelang es ihr, eine andere Kellnerin ausfindig zu machen.

"Tut mir leid, wir geben hier keine Rechnungen aus. Geh zur Kasse und jemand wird dir helfen."

Die Mädchen schlängelten sich in Richtung des vorderen Teils des Cafés.

"Es fühlt sich einfach nicht richtig an", sagte Terri. "Wir könnten einfach durch die Tür gehen, ohne zu bezahlen, und sie würden es nicht einmal merken. Die Leute in Katoomba sind wirklich entspannt!"

"Finde ich auch", sagte Miranda. "Ich meine, es gibt zwei Theken, eine drinnen und eine draußen, und sie verkaufen dort Schokolade und Kuchen, und es gibt eine Schlange und keine Rechnungen, es wäre so einfach, einfach rauszugehen." Miranda wäre nicht überrascht gewesen, wenn die Leute gegangen wären - aber die Angestellten schienen völlig zuversichtlich zu sein, dass alle bezahlen würden.

"In australischen Restaurants funktioniert das Ehrensystem wirklich, aber ich glaube nicht, dass es in Kanada funktionieren würde, oder?" fragte Miranda.

"Die Leute lassen das Geld zu Hause auf den Tischen liegen, und niemand stiehlt es - ich schätze, ihr seid es einfach gewohnt", sagte Cheryl.

Schließlich beschlossen sie, keine Pralinen zu kaufen, da der Spaziergang zwanzig Minuten dauerte und die Temperatur in die Höhe stieg.

"Es macht keinen Sinn, geschmolzene Schokolade mitzunehmen", sagte Miranda.

Die Hütte war mit Luxus wie einer Mikrowelle, einer Kaffeemaschine und einem Whirlpool ausgestattet.

"Wow, mit dieser Wohnung haben wir den Jackpot geknackt", sagte Terri.

"Wir sollten aber lieber gehen", sagte Miranda. "Über die Hälfte des Tages ist vorbei und wir haben noch nicht einmal einen Blick auf die Drei Schwestern geworfen. Der Tag vergeht wie im Flug und wir wollen nichts verpassen."

Als sie die Blue Mountains erreichten - etwa zehn Minuten später - standen die drei Freunde am Rand und waren von der Aussicht beeindruckt. Sie starrten auf die tausenden, vielleicht sogar Millionen von Eukalyptusbäumen, die alle in den blauen Dunst getaucht waren.

"Ich habe Bilder vom Grand Canyon gesehen und kenne ihn aus The Brady Bunch, aber das kann dem, was ich hier gesehen habe, nicht das Wasser reichen. Das hier ist ganz anders als der Grand Canyon", sagte Terri. "Bilde ich mir das nur ein oder laufen die Leute vom Seitenbereich direkt in eine der drei Schwestern?"

"Ich kann auch etwas sehen", sagte Cheryl. "Hat jemand von euch Kleingeld für das Teleskop?"

Tatsächlich liefen mehrere Leute auf einer kleinen Brücke von der Klippenseite in eine der Drei Schwestern.

"Das müssen wir machen!" rief Miranda, "Das sieht toll aus! Ich kann es kaum erwarten, bis wir an der Reihe sind!"

"Geht ihr schon mal vor, ich weiß nicht, ob ich es schaffe. Die Brücke sieht von hier aus ziemlich klein und schmal aus, ich weiß nicht", sagte Cheryl.

"Komm schon Cheryl, nach der Sydney Harbour Bridge wird das ein Kinderspiel sein!" sagte Miranda.

Cheryl erinnerte sich, dass ihr Vater ihr im Traum erschienen war und gesagt hatte, dass er bei ihr sein würde, wenn sie die Brücke zur Felsformation der Three Sisters überqueren würde. Morgen würden sie die Reise antreten.

Sie besuchten einen weiteren Informationsstand in der Nähe von Echo Point und ein paar Souvenirläden.

"Wir müssen morgen wieder hierher kommen", sagte Terri, "ich möchte ein paar Souvenirs kaufen."

"Hey, schau mal, die haben einen Sceniscender. Das ist die steilste Luftseilbahn Australiens. Sie bringt dich auf eine 545 Meter lange Fahrt in den zum Weltnaturerbe gehörenden Regenwald des Jamison Valley. IGITT. Oh, und sie bringt dich direkt hinunter zur Regenwaldpromenade. Es ist erst 15:45 Uhr, das schaffen wir", sagte Miranda.

"Wie kommt man wieder nach oben?" fragte Terri.

"Äh, gute Frage", sagte Cheryl. "Wir wollen nicht da unten festsitzen. Ich habe gehört, dass es in dieser Gegend nachts sehr kalt werden kann."

"Da hast du Recht", sagte Miranda. "Hier feiern sie Weihnachten im Juli und es schneit und so, aber jetzt ist Sommer, also glaube ich nicht, dass wir uns um das weiße Zeug Sorgen machen müssen." Sie blätterte ein paar Seiten weiter. "Oh, hier ist es, Katoomba Scenic Railway, die steilste Steigungsbahn der Welt."

"Lass uns einen Bus nehmen, dann haben wir mehr Zeit, um im Regenwald herumzulaufen", schlug Cheryl vor. "Schau, da kommt gerade einer."

"Was ist das für ein komisches Geräusch? Das ist ein Kookaburra!" sagte Miranda. "Unser allererster Kookaburra! Und schau mal, da drüben auf der Antenne, noch einer!"

Sie beobachteten die beiden Vögel. Koo-ka-ka-ka-ka-ka schallte durch die Luft. Es wurde mit einem ähnlichen Lachen beantwortet, fast so, als würden sie ein Gespräch führen.

"Wahrscheinlich sind sie Mann und Frau", sagte Cheryl, als sie in den Bus stiegen und von Echo Point wegfuhren.

Warum, oh warum, dachte Cheryl, ist an diesem Ort alles so groß, so hoch oben?

"Da ist es", rief Miranda. "Stell dir vor, du bist da oben und fliegst durch den Himmel, nur verbunden durch diese Kabel."

"Halt die Klappe, Miranda", sagte Terri, "du gehst zu Cheryl. Ich bin mir sicher, dass es absolut sicher ist."

Sie kauften Tickets und warteten in einer Schlange, bis die drei Freundinnen an Bord gehen konnten. Es bebte, als sie hineingingen. Vorne, hinten und an beiden Seiten gab es Glasscheiben.

"Ich stehe ganz hinten", sagte Cheryl.

"Ich glaube nicht, dass es gut für dich wäre, hinten zu stehen, wenn wir einen Unfall bauen", sagte Miranda.

"Hör auf, so eine Zicke zu sein, Miranda, was ist denn in dich gefahren?" fragte Terri.

"Ich mache mich nur lustig, sorry Cheryl."

Es ruckte vorwärts, hielt an und begann dann eine sanfte Reise über den Himmel.

"Du kannst gerne um die Hütte herumgehen", sagte der Reiseleiter.

Die Fahrt dauerte nicht lange und schon bald waren sie im Herzen des Regenwaldes angekommen. Die Luft roch eukalyptusartig, sumpfig. Das war der vorherrschende Naturduft.

Nach zwei Stunden Fußmarsch taten ihnen die Füße weh.

"Ich habe das Getränk aus der Marrangaroo-Quelle wirklich genossen", sagte Miranda. "Es war so sauber und rein."

"Das war wirklich genau das Richtige nach der ganzen Wanderung", sagte Terri. "Und wohin jetzt? Wie kommen wir mit dem Zug wieder nach oben?"

Miranda schaute auf die Karte. "Wir folgen hier entlang. Sie bringt uns zur Scenic Railway und wieder nach oben. Hier steht, dass hier 1862 Schiefer abgebaut wurde und dass die Seilbahn, mit der wir hochfahren, früher benutzt wurde, um Bergleute den Steilhang hinauf und hinunter zu befördern."

"Ich hoffe, sie haben sie seitdem modernisiert", sagte Terri, als sie sich den Gleisen näherten. "Oje, ich habe zu früh gesprochen. Wir müssen da hoch, rückwärts?"

"Sieht ganz so aus", sagte Cheryl.

"Auf diesem Schild steht, dass sie früher 18 Personen mit 60 Kilowatt hochgezogen haben. Jetzt ziehen sie vierundachtzig Personen mit 150 Kilowatt hoch, sie haben sie also modernisiert", sagte Miranda.

Der Zug fuhr hinunter. Miranda, Terri und Cheryl kletterten an Bord.

"Äh, wo sind die Sicherheitsgurte?" erkundigte sich Terri.

"Und wo ist die Stange, die uns festhält?" sagte Miranda.

Das Auto schlingerte und begann, sie in die Höhe zu ziehen. Die Bewegung schob sie nach vorne. Alle drei hielten sich mit aller Kraft am Geländer fest, während die Landschaft an ihnen vorbeizog.

"Wow, das war interessant", sagte Terri, "ich frage mich, wo das Zimmer des kleinen Mädchens ist? Oh, da ist es ja. Bin gleich wieder da."

"Ok", sagte Chery, "ich brauche wirklich einen Drink!" Ihre Knie klopften.

"Du bist zu lustig", sagte Miranda. "Nach der Sydney Harbour Bridge - das war gar nichts!"

"Du hattest auch Angst, Miranda", sagte Terri. "Ich habe gesehen, wie deine Knöchel weiß wurden, als das Ding uns hochgezogen hat."

Miranda streckte Terri die Zunge heraus.

Nach einem kurzen Spaziergang zurück zu ihrer Hütte blätterten sie in den Gelben Seiten und beschlossen, ein Steak- und Meeresfrüchte-Restaurant in Laufnähe aufzusuchen. In Katoomba schien alles zu Fuß erreichbar zu sein.

"Ich frage mich, ob wir reservieren müssen?" fragte Cheryl.

"Es kann nicht schaden, anzurufen und es herauszufinden", sagte Terri, nahm den Hörer ab und sprach in den Hörer. "Wir haben eine Stunde Zeit, um uns fertig zu machen, also beeilen wir uns lieber. Anscheinend sind sie heute Abend sehr beschäftigt, also ist es gut, dass wir nachgefragt haben."

"Wir müssen auch ein paar Vorräte besorgen, vielleicht gibt es ja einen Laden an der Ecke?" überlegte Miranda.

Fünfundvierzig Minuten später liefen sie los. Cheryls Füße taten so sehr weh, dass sie schließlich ein Taxi anhielten. Er hielt an einem 7-11 an, damit sie ein paar Vorräte besorgen konnten, und das Restaurant bot ihnen freundlicherweise an, sie in der Garderobe aufzubewahren, bis sie bereit zum Aufbruch waren. Schon bald genossen sie das Ambiente des Restaurants und speisten stilvoll, während sie die spektakuläre nächtliche Aussicht auf die Blue Mountains genossen.

"In Katoomba scheint es einen Mangel an Menschen unseres Alters zu geben, ist dir das aufgefallen?" fragte Miranda.

"Ja, das ist mir aufgefallen. Viele Senioren - nicht viele Männer", sagte Terri.

"Vielleicht haben sie sich ein billigeres Restaurant ausgesucht", schlug Cheryl vor, "außerdem bin ich sowieso zu müde!"

"Sieh dich doch mal um", sagte Miranda. "Alles Paare. Kein einziger Mann - außer dem Barkeeper."

Die drei Freundinnen genossen ihr Essen, das extravaganter war, als sie es erwartet hatten. Danach überlegten sie, ob sie zu Fuß gehen sollten - aber Cheryls Füße waren dazu nicht mehr in der Lage. Sie nahmen ein Taxi zurück zur Hütte und legten die Füße hoch. Obwohl sie erschöpft waren, konnten sie auch Stunden später nicht schlafen. Sie beschlossen, ein bisschen Fernsehen zu schauen.

Wie halten sie das nur aus?" fragte sich Terri. "Mit nur fünf Kanälen. Ich würde ausrasten!"

Terri schrieb ein paar Postkarten. Cheryl las ein Buch und trank ein Glas Wein im Jacuzzi. Miranda rollte sich auf dem Sofa zusammen und las.

Zumindest sah es für ihre beiden Freundinnen so aus. Es sah so aus, als wäre Miranda in das Buch vertieft, während sie sich mit Christina beschäftigte. Sie bekam sie nicht mehr aus dem Kopf. Sie wusste nicht, warum, aber sie war sich sicher, dass Christina ermordet worden war. Aber warum? Es machte keinen Sinn.

Morgen werde ich Mom und Dad anrufen. Wenn sie überhaupt noch wissen, dass sie eine Tochter haben.

KAPITEL 22

MIRANDA WACHTE ZUERST AUF. Sie entdeckte eine Telefonbuchse im Badezimmer. Perfekt, von dort aus würde sie ihre Eltern anrufen. Es macht keinen Sinn, Terri und Cheryl zu wecken. Miranda war sich nicht hundertprozentig sicher, wie spät es zu Hause war. Sie schätzte, dass es schon 19 Uhr sein könnte. Sie fragte sich, ob ihre Eltern zu Hause sein würden.

Einmal klingeln. Zweimal klingeln. Soll ich auflegen???? Viermal klingeln. Ja, auflegen.

"Wie geht es dir, Mama? Wie geht's Papa?"

"Uns geht es gut. Wie ist das Wetter in Australien? Wie viel Uhr ist es?"

Leeres Geplauder. Ich bin deine Tochter! Sprich mit mir! Als ob ich eine echte Person wäre. Jemand, der dir etwas bedeutet. Jemanden, den du - liebst. Sprich mit mir!

- Stille - die Minuten verrinnen - die Dollars gehen den Abfluss runter -

Apropos Abfluss: Wusstest du, dass sich das Wasser in einer gespülten australischen Toilette gegen den Uhrzeigersinn dreht???

"Mama, hast du von dem Mädchen gehört, das meine Wohnung untervermietet hat? Was mit ihr passiert ist? Wusstest du, dass sie ermordet wurde?"

"Miranda, sie wurde nicht ermordet. In der Zeitung stand, dass sie Selbstmord begangen hat. Was für eine Fantasie du hast."

"Selbstmord - sind sie sich da 100%ig sicher?"

"Moment mal, dein Vater will dir erzählen, was er in der Zeitung gelesen hat. Ich lese nie die Zeitung, weißt du."

"Ok, tschüss Mama. Hi Dad."

"Wie spät ist es dort? Ist es heiß?"

"Es ist 8 Uhr morgens, noch nicht heiß, aber es soll später auf 32 Grad ansteigen."

"Oh, dann ist es ja nicht so schlimm. Ja, ja, Liebes, ich weiß - deine Mutter macht sich Sorgen, wie viel dich das kostet - das Mädchen, das gestorben ist, hat einen Abschiedsbrief an ihre Eltern geschickt. Er kam am nächsten Tag nach ihrem Tod an."

"Ich schätze, das ist gut für ihre Eltern, damit sie sich damit abfinden können."

"Das war es auf jeden Fall."

"Die Dinge hier sind ziemlich aufregend, Dad. Wir sind auf die Sydney Harbour Bridge geklettert. Wir sind jetzt oben in den Blue Mountains in einer Hütte und..."

"Das ist schön, schön, wir sind froh, von dir zu hören, aber dieser Anruf kostet dich ein Vermögen! Schick uns eine Postkarte und erzähl uns davon, wenn du zu Hause bist. Mach's gut."

Wenigstens bin ich heute zum ersten Mal auf der anderen Seite der Welt von meinen Eltern, anstatt mich so zu fühlen und in der gleichen Stadt zu wohnen.

Miranda sprühte Rasiergel auf ihre Beine und begann, sie zu rasieren. Als sie die Klinge nach oben zog, fühlte sie Ekel gegenüber ihren Eltern. Augenblicke später überkamen sie Schuldgefühle und Ängste. Sie sehnte sich danach, ihre Anerkennung zu bekommen - ihnen nahe zu sein - und dann verachtete sie sich dafür, dass sie sie brauchte.

In ihrem Herzen, tief hinter dem Schmerz, akzeptierte Miranda ihre Eltern so, wie sie waren. Sie begann zu weinen. Sie hasste sie. Sie schluchzte sich in eine sehr dampfige Dusche.

Reiß dich zusammen, Mädchen! Das ist ein einmaliger Urlaub und niemand wird ihn verderben!

Als sie wieder auftauchte, waren ihre Freunde schon aufgestanden und die Kaffeekanne war an. Terri machte sich gerade Eier und Toast. Cheryl war gut gelaunt und sang im Radio mit. Miranda war ruhig.

Etwas mehr als eine Stunde später saßen sie im Bus und fuhren zu den Three Sisters Rocks. Der Fahrer fragte sie, ob sie die Geschichte der drei Schwestern hören wollten. Das half ihm, die Zeit zu vertreiben.

"Vor langer Zeit lebten drei Schwestern namens Meehni, Wimlah und Gunnedoo in den Blauen Bergen mit ihrem Vater, der ein Hexendoktor war. Sein Name war Tyawan." "Wie aufregend, einen Hexendoktor zum Vater zu haben", sagte Terri. "Nach dieser Geschichte wirst du mir vielleicht nicht mehr zustimmen", sagte der Busfahrer. "Sie fürchteten den Bunyip, der in einem tiefen Loch in der Nähe lebte." "Was ist ein Bunyip?" fragte Miranda.

"Der Bunyip ist so etwas wie ein Ghul oder ein Vampir, er stammt aus der Zeit der Aborigines", erklärte der Busfahrer. "Jetzt lasst mich lieber weiterfahren, sonst kann ich die Geschichte nicht zu Ende erzählen, bevor ihr Mädels mit eurem Tag weitermachen müsst. Der Hexendoktor musste weggehen. Er versteckte seine Töchter auf einer Klippe, hinter einer Mauer. Seine Töchter hockten dort verängstigt, als plötzlich ein großer Tausendfüßler auf sie zukroch. Meehni warf einen Stein nach ihm. Der Stein verscheuchte die Kreatur, aber leider weckte er eine andere: den Bunyip. Die Schwestern klammerten sich aneinander, während der Bunyip immer näher zu ihnen herankam. Ihr Vater hörte das Tohuwabohu. Um seine Töchter zu retten, verwandelte er sie mit einem Zauberknochen in Stein. Der Bunyip wandte sich gegen ihn. Er ließ den Zauberknochen fallen und sucht ihn noch heute. Seine Töchter hoffen, dass er ihn eines Tages findet und sie befreit."

"Das ist so traurig", sagte Cheryl, während ihr die Tränen über die Wangen liefen.

"Wenigstens sind die drei Freunde noch zusammen", sagte Miranda.

"Ja, das ist ein gewisser Trost", antwortete Cheryl.

"Vielen Dank, dass du uns die Geschichte erzählt hast. Das wird unsere Reise zur ersten Schwester noch besser machen. Das war die interessanteste Busfahrt, die ich je erlebt habe", sagte Terri.

"Gern geschehen, genieße deinen Tag."

Sie liefen einen gewundenen Weg entlang, bis sie die Riesentreppe erreichten. Es gab 800 Treppen, die zum Boden der Berge hinunterführten, aber um zur ersten Schwester zu gelangen, mussten sie nur eine einzige Stufe hinuntersteigen.

Die Treppe war sehr eng und die Leute stiegen zur gleichen Zeit hinauf wie hinunter. Die drei Freunde klammerten sich an der rechten Seite des Berges fest, denn auf der linken Seite gab es nichts, was sie schützen konnte.

Als sie endlich an der Brücke ankamen, ließ die Enge des Weges sie alle innehalten. Es war eine winzige schwingende Brücke. Der böige Wind ließ sie sanft schwanken. Nur jeweils eine Person konnte sie überqueren.

Terri betrat die Brücke zuerst und ging auf die andere Seite, gefolgt von Cheryl, die nicht nach unten schaute und nicht zögerte. Miranda war die Nächste. Zwei Jungs warteten hinter ihr.

Miranda machte fünf Schritte und erstarrte dann. Sie hatte das Gefühl, dass jemand von unten nach ihren Knöcheln gegriffen hatte.

Ein Bunyip?

Was auch immer es war, es hatte sie und sie konnte sich nicht bewegen. Nicht einen Zentimeter.

"Mach weiter, Sheila", sagte einer der Jungs hinter Miranda und wurde ungeduldig.

"Komm schon Sheila, hast du deine Flasche verloren?", fragte der andere.

"Erstens habe ich keine Flasche und zweitens heiße ich nicht Sheila... Tut mir leid, aber ich kann mich nicht bewegen. Meine Füße rühren sich nicht von der Stelle!"

Terri ging wieder auf Miranda zu. Sie griff nach Mirandas Hand und versuchte, sie nach vorne zu ziehen. Ihr Oberkörper bäumte sich auf, aber ihre Füße wollten sich nicht bewegen.

"Geht zurück", sagte Terri zu den beiden Jungs, "ihr macht sie nervös. Lasst ihr etwas Platz."

"Wir haben nicht den ganzen Tag Zeit, wisst ihr. Verdammte Sheila - Höhenangst."

Miranda konnte auch nicht rückwärts gehen.

"Ihr müsst schon einen verdammten Hubschrauber holen, um mich runterzuholen, denn diese Füße gehen nirgendwo hin."

"Hast du immer so viel Angst vor Höhen?" erkundigten sich die Jungs.

"Letzte Woche, als ich auf die Sydney Harbour Bridge geklettert bin, hatte ich keine. Ich hatte nicht einmal Angst. Aber im Moment habe ich das Gefühl, dass jemand oder etwas meine Knöchel festhält. Ich will weitergehen. Ich möchte auf die andere Seite gelangen. Aber ich, ich kann nicht."

Inzwischen liefen Miranda die Tränen über das Gesicht. Cheryl kam auf sie zu. Sie griff nach unten. Sie hob imaginäre Hände von Mirandas Knöcheln. Einer nach dem anderen begannen sich ihre Füße nach vorne zu bewegen. Es funktionierte. Miranda war frei.

"Ich frage mich, welche der drei Schwestern das ist?" fragte Miranda. "Ich denke, das ist egal, denn ich umarme sie." Sie breitete ihre Arme aus und schmiegte ihren Körper an die Sicherheit der Felsformation. Es fühlte sich kühl an und Ruhe überflutete Mirandas Körper.

"Diese Typen waren ziemlich unhöflich", sagte Terri, "nicht gerade die einfühlsamen Typen."

"Hey, wo sind sie denn hin?" fragte Miranda.

"Oh, die sind schon längst weg - du warst zu sehr damit beschäftigt, Meehni, Wimlah oder Gunnedoo zu umarmen, um es zu merken", sagte Cheryl.

"Vielleicht sollten wir auch zurückgehen", sagte Terri. "Bist du in der Lage, wieder rüberzugehen, Miranda?"

"Ich denke schon, aber vielleicht sollte ich dieses Mal zuerst gehen?" Sie betrat die Brücke und war in Sekundenschnelle auf der anderen Seite.

Cheryl folgte ihr, dann Terri. Sie stiegen die Treppe hinauf und liefen bald den gewundenen Pfad entlang. Morgen würden sie Katoomba verlassen.

Die drei Freundinnen hatten die beiden Australierinnen nicht weiter beachtet. Sie interessierten sich für Terri und Cheryl und sie dachten, dass ihre Freundin, die Höhenangst hatte, gut mit Miranda auskommen würde. Es war die erste

Gelegenheit für die Mädchen, ein paar alleinstehende Jungs kennenzulernen, und sie hatten es nicht einmal bemerkt.

Hoffen wir, dass es nicht ihre letzte Gelegenheit war.

KAPITEL 23

AM NÄCHSTEN MORGEN PACKTEN die drei Freunde ihre Koffer und standen um 9 Uhr vor der Tür. Sie hatten gerade noch genug Zeit, um einen letzten Blick auf die Blue Mountains zu werfen, bevor sie sich auf den Weg zum Bahnhof machten. Es war ein nebliger Morgen. Es regnete zwar nicht, aber es lag ein dichter Spinnwebnebel in der Luft. Als sie sich dem Rand der Berge näherten, wurde der Nebel immer dichter und dichter.

"Wenn ich es nicht selbst gesehen hätte, würde ich es nicht glauben. Ich bin mir sicher, dass die Berge da sind, aber ich kann nichts sehen", sagte Miranda.

"Dann lasst uns losgehen, es hat keinen Sinn, hier rumzuhängen - wir wollen es uns nicht in letzter Minute verderben", sagte Terri.

"Ich hoffe, die Züge fallen nicht aus!" fragte Cheryl.

"Stimmt", sagte Miranda. "Wenn ja, brauchen wir eine Unterkunft für eine weitere Nacht."

Sie liefen die Hauptstraße entlang, weg von den Blue Mountains. Sie hielten am Paragon Café und kauften eine Schachtel handgemachter Pralinen. Als sie am Bahnhof ankamen, hatte sich der Nebel völlig aufgelöst.

"Das ist so seltsam", sagte Miranda. "Vielleicht hat uns der Nebel verabschiedet."

Im Zug bemerkte Miranda drei Männer, die mit hoher Geschwindigkeit auf den Bahnsteig zuliefen. Sie erkannte zwei von ihnen - die, die sie "Sheila" genannt hatten, als sie bei den Three Sisters festsaß. Sie spürte, wie sich ihr Teint rötete, als der Größte ihr zuwinkte.

"Schön, dich wiederzusehen", sagte er. "Was dagegen, wenn wir uns zu euch setzen?"

Die drei Freunde nickten zustimmend, als die Jungs sich setzten.

"Ich bin Hayden und das sind meine Kumpels Jake und Ben."

"Freut mich, dich kennenzulernen. Ich bin Miranda und das sind meine Freundinnen Terri und Cheryl."

"Guten Tag."

"Ich kann mich nicht erinnern, dich gestern gesehen zu haben", sagte Miranda und schaute den Kerl an, der der süßeste der drei war.

"Er hat auch Höhenangst", sagte Hayden. "Also ist er alleine zu den Jenolan Caves gegangen."

"Wenn er mitgekommen wäre, würden wir immer noch auf der Brücke stehen", sagte Jake und lachte.

"Kommt schon Kumpels, macht mal halblang", sagte Ben. "Also, woher kommt ihr Mädels, aus Kanada?"

"Ja", sagte Terri, "gut geraten."

"Eigentlich war es keine Vermutung. Ich habe eine Tante, die in Ottawa, Ontario, lebt, also kannte ich den Akzent. Wir sprechen jedes Weihnachten mit ihr."

"Warst du schon mal in Kanada?" fragte Cheryl.

"Nein", sagte Ben, "ich würde gerne, aber ich habe nicht die Kohle - ich meine Bargeld - aber das werde ich eines Tages. Dann werde ich eine Weltreise machen."

"Aber nur, wenn wir ihn in ein Flugzeug setzen können!" sagte Hayden.

Eine eineinhalbstündige Reise mit drei völlig Fremden zu teilen, ist eine riskante Angelegenheit. Entweder man versteht sich wie lange verlorene Freunde oder man lernt schnell, einander nicht zu mögen, und zwar sehr. In diesem Fall waren zwei von drei nicht schlecht.

"Woher kommst du?" fragte Terri.

"Wir sind aus Melbourne und machen hier eine Woche Urlaub", sagte Hayden. "Wir fahren am Sonntagabend zurück." Hayden war der Älteste und auch der Größte. Er hatte dunkles, gelocktes Haar, braun-schwarze Augen und ein kleines Muttermal auf der rechten Wange. "Ich bin dreißig Jahre alt und arbeite als Elektronikingenieur bei Telstra."

"Wir kommen aus Ontario. Wir sind im Snow Belt, also ist es bei weitem nicht so kalt wie in Ottawa", sagte Terri. "Ich arbeite für eine Firma, die Gepäckstücke herstellt, und bin in der Buchhaltung."

"Oh, ein Erbsenzähler", sagte Jake, "ich arbeite auch bei Telstra." Jake verbrachte die meiste Zeit damit, sein eigenes Spiegelbild im Fenster zu bewundern und sich mit den Fingern durch die Haare zu kämmen. Er war blond, blauäugig und total von sich eingenommen.

"Ich fange einen neuen Job an, wenn ich zurückkomme", sagte Miranda. "Lass uns nicht über die Arbeit reden, eh. Wir sind im Urlaub."

"Wer von euch ist denn im Three Sisters hängen geblieben?" fragte Ben. Ben war der Ruhigste, siebenundzwanzig und ein Cousin von Jake. Er war etwa 1,80 m groß, hatte rotblondes Haar und ein paar Sommersprossen auf der Nase verstreut. Seine Augen waren blau und er hatte eine sanfte Art an sich. Seine Stimme war sanft und beruhigend.

"Ich war es", sagte Miranda, "ich glaube, es war die Geschichte des Busfahrers über den Bunyip, die das bewirkt hat." Sie lachte.

"Warst du schon immer so, Ben?" fragte Cheryl. "Ich meine Höhenangst. Bei mir kommt und geht das. Bei den Three Sisters hatte ich kein Problem, aber die Sydney Harbour Bridge - die hat mich versteinert."

"Das geht mir schon so lange so", sagte Ben. "Früher hatte ich schon beim Fahren mit dem Riesenrad Bammel. Ich schätze, ich bin ein bisschen ein Weichei.

"Nein, überhaupt nicht", sagte Miranda, "ich glaube, es ist eine gute Therapie, darüber zu reden." Miranda bemerkte, dass Jake Hayden mit dem Ellbogen in die Rippen stieß. "Was ist daran so lustig?"

"Wir haben gerade darüber nachgedacht", sagte Hayden, "dass wir in den Bergen Bungee-Jumping machen wollen. Ben ist total ausgeflippt - nachdem wir unser Geld gegeben haben."

"Ich habe euch gesagt, ihr sollt ohne mich springen", sagte Ben.

"Bleib einfach cool", sagte Jake. "Wir haben einen Pakt geschlossen: Entweder wir alle oder keiner von uns. Denk dran, wir sind die drei Musketiere."

"Hey, so nennen wir uns auch!" sagte Terri.

"Hey, hör auf, das Thema zu wechseln", sagte Hayden. "Immerhin haben wir jeder 150,00 Dollar zu wenig!"

"Verdammt noch mal", sagte Ben sehr laut.

Unisono sagten die Mädchen: "Schhhhhhhhhh!"

"Tut mir leid, ich werde euch das Geld besorgen. Nächstes Mal zahlst du."

"Du schuldest mir keinen Cent", sagte Jake, "wir waren uns alle einig."

"Vielleicht bist du Allan Bond", sagte Hayden, "aber ich bin es nicht - und ich brauche das Geld."

"Thema erledigt", murmelte Jake und entschuldigte sich bei den Mädchen.

Dann begannen, wie so oft, wenn sich Fremde treffen, getrennte Gespräche. Ben und Miranda sprachen über ihre Höhenangst. Terri und Hayden sprachen über Telstra und die Unterschiede zwischen der Arbeit in einem großen Konzern und einem Familienunternehmen.

Cheryl war von Jake nicht beeindruckt. Sie versuchte, ihn zum Reden zu bringen, aber er schien nur an seinem eigenen

Spiegelbild interessiert zu sein. Nach einer Weile gab sie auf und schaltete sich in das Gespräch von Miranda und Ben ein.

"Ich gehe mal pinkeln", sagte Jake.

"Die Damen müssen das nicht hören", sagte Hayden.

"Wir auch nicht, Kumpel", sagte Ben.

Die Reise neigte sich dem Ende zu und Ben wollte Miranda unbedingt wiedersehen.

"Habt ihr Mädels am Samstag schon etwas vor? Wir fahren nach Darling Harbour. Habt ihr Lust, euch zum Abendessen zu treffen und danach zu tanzen?"

"Sehr gerne", sagte Miranda.

"Das wäre großartig", sagte Terri.

"Cheryl?" fragte Miranda.

"Klar, wenn ihr wollt."

"Wir übernachten im Backpackers Hostel in King's Cross", sagte Ben und kramte in seiner Brieftasche. "Hier ist die Nummer, falls du es nicht schaffst oder so. Sag uns Bescheid. Es war toll, mit euch zu reden."

"Wir haben uns auch gefreut, euch kennenzulernen", sagte Miranda. "Wir sind im Hotel, ruf uns an, wenn du es nicht schaffst, sonst sehen wir dich dort. So gegen 19 Uhr?"

"Klingt gut, tschüss und danke für die Gesellschaft", sagte Ben, als die drei Freunde die Treppe hinaufstiegen und auf den Bahnsteig traten.

"Was für ein Mistkerl dieser Jake war - er ist der langweiligste Mensch, den ich je getroffen habe", sagte Cheryl.

"Hayden ist auch nicht so toll, aber ich glaube, Miranda und Ben verstehen sich gut, also können wir mitgehen. Das wird lustig - und es ist ja nicht so, dass wir bessere Angebote hätten", sagte Terri.

"Stimmt, aber pass auf, dass ich nicht mit Jake allein gelassen werde, IKK."

"Ich glaube, du kannst mich mit Ben alleine lassen", sagte Miranda und strahlte von einem Ohr zum anderen.

"Endlich haben wir ein paar australische Jungs kennengelernt!" sagte Terri.

"Ja, das haben wir. Ist dir aufgefallen, dass Jake die ganze Zeit vor sich hin starrt?"

"Wie konnten wir das nur übersehen?" sagte Miranda.

Miranda beschloss, ein Bad zu nehmen. Sie goss sich ein Glas Cabernet Sauvignon ein - eine Mini-Flasche aus dem Kühlschrank - und schnappte sich ein Buch. Sie ließ sich tief in die Wanne sinken und dachte über Ben nach. Er schien sehr aufrichtig zu sein. Sie konnte es kaum erwarten, ihn wiederzusehen.

KAPITEL 24

AM NÄCHSTEN MORGEN WACHTE Cheryl auf und musste sich übergeben. Sie hatte Kopf- und Rückenschmerzen und ihr monatlicher Freund war gekommen.

"Ich habe keine Lust, irgendwohin zu gehen oder irgendetwas zu tun", sagte Cheryl. "Ich will nur noch ins Bett und mich ausruhen."

"Ich hole dir ein paar Midol, dann geht es dir gleich wieder besser", schlug Miranda vor.

"Lass uns erst einmal ausgiebig frühstücken und abwarten, wie es dir geht", sagte Terri. "Vielleicht fühlst du dich später besser."

"Ich will nichts essen und ich will auch kein Midol, ich will mich nur ausruhen und still sein. Warum geht ihr Mädels nicht raus und habt ein bisschen Spaß? Ich komme hier schon alleine klar."

"Bist du sicher?" fragte Terri.

"Ich bin sicher, ich will nur allein sein."

"Das hat doch nichts damit zu tun, dass du gestern die Jungs getroffen hast, oder?", fragte Miranda.

"Nein, es hat nichts mit irgendjemandem oder irgendetwas zu tun. Ich fühle mich einfach nur ausgelaugt und ich..." Sie hielt inne, fing an zu weinen und rannte ins Bad.

"Ich hasse es, sie in diesem Zustand allein zu lassen", sagte Terri.

"Aber wenn es das ist, was sie will, sollten wir es tun. Sie soll etwas Zeit haben, um sich zu sammeln." Dann klopfte Miranda an die Badezimmertür: "Cheryl, wir gehen für ein paar Stunden weg, ruh dich aus und leg die Füße hoch."

"Okay, danke Jungs, später geht es mir bestimmt besser."

Im Aufzug fing Miranda an, über Ben zu reden: "Er ist nicht der bestaussehende Typ, aber er ist klug, witzig und süß. Ich freue mich wirklich darauf, ihn wiederzusehen!"

"Geh es langsam an, Miranda. Ihr habt euch gerade erst kennengelernt."

"Ich weiß, aber ich habe mich schon lange nicht mehr so gefühlt."

"Ich weiß, und du hast es verdient, jemanden kennenzulernen."

"Danke", sagte Miranda.

"Ich frage mich, wie es Cheryl da drin geht?"

"Mir ist aufgefallen, dass sie in den letzten Tagen manchmal distanziert wirkt. Ich frage mich, ob sie ein bisschen Heimweh hat. Immerhin ist sie zum ersten Mal von ihrer Familie weg."

"Aber wir sind nur für ein paar Wochen weg und diese Reise hat uns einen großen Teil unserer Ersparnisse gekostet - wir können es uns also nicht leisten, einen Tag hier und einen Tag dort zu verlieren", sagte Terri.

"Ich stimme dir zu. Wir sollten zurückfahren und versuchen, sie wieder auf die Beine zu bringen. Wenn sie etwas Heimweh hat, ist es die schlechteste Medizin für sie, allein zu sitzen und darüber zu grübeln. Sie muss raus und neue Dinge erkunden, Leute treffen und dann wird sie das alles bald vergessen."

Als Miranda den Schlüssel in der Tür umdrehte, hörten sie Cheryl am Telefon. Sie weinte.

"Ich will nach Hause kommen, Mama, ich will nicht mehr hier sein, mir gefällt es hier nicht, ich vermisse" - Sie hörte auf zu sprechen und sagte dann flüsternd: "Äh, ich muss jetzt gehen, ich rufe dich später an, okay, Mama. Ich hab dich lieb." Cheryl sah ihre beiden Freundinnen an und schämte sich. Sie warf sich auf ihr Bett und schluchzte.

"Hör zu, Cheryl", sagte Miranda. "Geh nach Hause und weine wie ein kleines Baby, wenn du das willst, aber das ist eine einmalige Reise und wir werden nicht mit dir zurückgehen. Wir sind nur für etwas mehr als einen Monat hier und ich glaube, du wirst es für den Rest deines Lebens bereuen, wenn du dir diese Chance entgehen lässt."

"Wir wissen, dass du es bereuen wirst."

Die Mädchen saßen zusammen und plauderten wie Teenager auf einer Pyjamaparty. Endlich konnten sie Cheryl überzeugen, ihren Hintern in Bewegung zu setzen. Sie packten und schafften es, einen Nachtflug ins Outback zu erwischen.

Morgen würden sie den Uluru besteigen.

KAPITEL 25

E S WAREN BEREITS 40 Grad, als sie aufgewacht sind. Die Klimaanlage brummte vor sich hin. Sie wachten mit einem unangenehmen Geschmack von Staub im Mund auf.

"Ich brauche Wasser", sagte Miranda, "ich fühle mich so dehydriert."

"Ich schätze, gestern Abend so viel Wein zu trinken, war doch keine so gute Idee", sagte Terri, "aber hat es uns nicht gefallen, Mädels?"

"Ja, wir haben es genossen, aber wir sollten uns besser beeilen. Wir müssen heute den Uluru besteigen und es wird im Laufe des Tages immer heißer werden. Ich schlage vor, dass wir unten noch schnell einen Joghurt oder etwas anderes essen und dann losgehen", schlug Cheryl vor.

Nach einem schnellen Frühstück verließen sie das Motel. Sie kletterten in einen Touristenbus. Nordamerikanische und britische Akzente waren an der Tagesordnung, als sie sich auf den Weg zum Wahrzeichen der Aborigines machten.

"Uluru", begann Miranda. "Die traditionellen Besitzer des Ayers Rock waren ein Stamm namens Anangu, der seit fast 22.000 Jahren in dieser Gegend lebt. Der Felsen selbst ist zwischen 600 und 700 Millionen Jahre alt!"

Der majestätische, scharlachrote Monolith, der in einem Meer aus Sand trieb, kam immer näher an sie heran.

"Whitefellas", fuhr Miranda fort. "Aber die Anangu sagen, dass ihre Vorfahren den Uluru in der Zeit der Tjukurpa erschaffen haben, als übernatürliche Wesen das Land durchquerten und dabei Berge, Täler und Wasserlöcher schufen."

Als sie aus dem Bus stiegen, herrschte Stille. Jeder empfand Ehrfurcht vor der Gestalt, die vor ihm oder ihr stand. Die heiße Luft streichelte sie und nahm ihnen den Atem.

"Früher konnte man den Uluru besteigen", erklärte der Reiseleiter, "aber heute ist das nicht mehr erlaubt. Der Ort ist dem Volk der Anangu heilig. Fotografieren ist nicht erlaubt. Uluru bedeutet großer Kieselstein. Uluru ist ein Sedimentgestein. Es war ein traditioneller Weg, den die Urahnen der Mala-Männer bei ihrer Ankunft am Uluru nahmen. Im Jahr 1950 wurde er zum Nationalpark erklärt und 1985 wurde der Titel an die Ureinwohner zurückgegeben. Wenn du morgens bei Sonnenaufgang zurückkehren möchtest, melde dich bitte für eine Tour um die Basis an. Gemeinsam geht deine Gruppe um den Umfang des Felsens herum. Das wird drei Stunden dauern. Es lohnt sich, dafür aufzustehen. Für den Moment stehen dir das Informationszentrum und andere Aktivitäten rund um den Uluru zur Verfügung. Genießt euren Aufenthalt."

"Es ist irgendwie schade, dass wir ihn nicht besteigen können", sagte Miranda. "Aber ich verstehe das. Er ist so schön. Ich hasse es, ihn zerstört zu sehen."

"Ich für meinen Teil habe nichts dagegen, hier unten zu bleiben und es aus dieser Perspektive zu sehen, aber ich würde gerne auf die Tour gehen. Ich weiß nur nicht, ob wir unsere Flüge ändern können. Schließlich sollen wir um 9 Uhr morgens zurück nach Sydney fliegen", sagt Cheryl.

"Wir haben noch ein paar Stunden hier, also lass uns das Beste daraus machen", sagte Miranda. "Und wir können Qantas anrufen, wenn wir zurück sind, und fragen, ob sie unseren Flugplan umstellen können."

Sie besuchten den Maruku Arts and Craft Komplex, der sich am Fuße des Uluru befindet.

"Sieh dir diese tollen Gemälde an!" sagte Cheryl.

"Sieh dir diese bemerkenswerten Artefakte an. Ich wünschte, ich könnte das Didgeridoo meines Vaters hier kaufen", sagte Terri. "Aber ich will es nicht im Hotel lassen oder mit uns herumtragen. Ich würde aber gerne die lokalen Künstler unterstützen."

"Sieh mal, Höhlen", rief Miranda aus. "Überall Gemälde. Unglaublich! Wie haben sie das nur gemacht?"

"Die Künstler haben einen Pinsel aus Rinde hergestellt und damit abstrakte Muster gemalt. Jedes Segment stellt das Leben der Aborigines dar", erklärte der Reiseleiter.

"Wann wurde das letzte Bild geschaffen?" fragte Miranda.

"In den 1930er Jahren."

"Wir müssen bleiben und morgen früh wiederkommen", sagte Miranda. "Das müssen wir einfach. Vielleicht kommen wir nie wieder so weit zurück."

"Du hast Recht", sagte Cheryl. "Selbst wenn wir eine Strafe zahlen müssen, bin ich bereit, es zu tun."

"Ich auch, es ist zu schön, um es zu verpassen."

Zurück im Motel hatte Cheryl Erfolg bei Qantas. Es werden keine Gebühren erhoben und ihr Flug wurde auf 14:45 Uhr verschoben.

"Das wird sich lohnen. Hey, mir ist gerade eingefallen, dass wir am Samstagabend ein Date haben", sagte Miranda.

"Ja, wir sollten zu Abend essen und früh ins Bett gehen. Morgen wird ein sehr anstrengender Tag", sagte Cheryl.

Später, als sie sich in ihren Liegestühlen entspannten, tanzten die feurigen Lichter über den Himmel. Die Sterne hatten die ganze Weite des Himmels für sich, denn es gab keine Lichter der Stadt, die mit ihnen konkurrierten.

KAPITEL 26

A M NÄCHSTEN MORGEN WAREN die Mädchen früh auf den Beinen und saßen im Bus. Es war noch nicht ganz hell, und es war kühler und erholsamer. Sie nahmen ein schnelles Frühstück zu sich und packten mehrere Flaschen Wasser in ihre Rucksäcke.

"Diese isolierten Eisriegel werden unsere Getränke stundenlang kalt halten", sagte Miranda.

Die Fahrt zum Monolithen verging schnell. Im Bus herrschte große Aufregung und Vorfreude.

"Meine Damen und Herren, gleich beginnt eine Reise, die Sie nie vergessen werden. Bitte werft eure Fahrkarten nicht weg. Das Kunstwerk enthält Symbole der Aborigines und gilt als heilig. Wir danken Ihnen. Genießen Sie Ihre Tour."

Der Reiseleiter erklärte die geologische Geschichte von Kata Tjuta, den Olgas, während sie zwischen den uralten Felskuppeln hindurchgingen. Die Sonne ging auf und berührte in ihrer ganzen Pracht den Uluru, der eine unvorstellbare Aura ausstrahlte.

Erschöpft von ihrem Wandertag packten sie ihre Sachen und waren bald auf dem Weg zum Flughafen.

"Ich kann dir gar nicht sagen, wie sehr mich der Anblick dieser unglaublichen Naturwunder verändert hat", sagte Miranda. "Die Niagarafälle sind schon toll, aber hier zu sein und diese Dinge zu sehen, ist ein wahres Glücksgefühl.

"Ich weiß, was du meinst", sagte Terri.

"Finde ich auch, aber wir sind alle erschöpft. Lasst uns ein bisschen schlafen. Wir werden bald wieder in Sydney sein."

KAPITEL 27

ICH KANN ES KAUM erwarten, bis wir wieder in Sydney sind", sagte Miranda, "denn heute Abend werde ich Ben sehen!"

"Ben wer?" stichelte Terri.

"Ich freue mich nicht darauf, Zeit mit Jake zu verbringen", sagte Cheryl.

"Wir werden essen, uns unterhalten und ein bisschen tanzen. Wenn wir Jake von den Spiegeln fernhalten, wird er dir sicher eine schöne Zeit bereiten", sagte Terri.

Das Flugzeug landete um 18:00 Uhr. Erst um 18:30 Uhr waren sie wieder im Hilton - und sie hatten es wahnsinnig eilig, sich fertig zu machen und um 19:00 Uhr in Darling Harbour zu sein. Trotzdem war ihre Mission erfolgreich und die drei Freundinnen kamen um 19:05 Uhr in voller Montur an. Von den Jungs war nichts zu sehen.

"Na, Mädels, wir sehen gut aus und das auch noch in Rekordzeit", sagte Terri.

"Wenn wir hier zu lange stehen müssen", sagte Cheryl, "dann habe ich vielleicht eine andere Wahl als Jake für den Abend."

"Armer Jake, er wird ohne Verabredung und ohne Freunde in einer fremden Stadt sein, in der er niemanden kennt", sagte Miranda.

"Holt die Geigen raus", sagte Cheryl. "Du brichst mir das Herz."

"Es ist 7:15 Uhr, meinst du, sie haben es vergessen?" fragte Miranda.

"Ich glaube nicht, dass Ben irgendetwas vergessen würde, was mit dir zu tun hat. Er schien sehr interessiert, Miranda", sagte Cheryl. "Und das sage ich nicht nur so."

"Das dachte ich auch", sagte Miranda. "Aber Mama da drüben sagt, ich solle es langsam angehen und meine Fantasie nicht mit mir durchgehen lassen."

"Terri hat Recht, aber die Nacht ist noch jung", sagte Cheryl.

"Wenn sie um 19:30 Uhr nicht da sind, lass uns ein Restaurant suchen und etwas essen gehen. Ich glaube nicht, dass es gut für uns ist, so lange herumzustehen", sagte Terri.

"Miranda, Miranda", rief Ben, als er zu den beiden lief. "Jake und Hayden sind auf dem Weg. Tut mir leid, dass wir zu spät sind. Ihr drei seht fantastisch aus. Wie geht es euch?"

"Es geht uns allen gut", sagte Miranda. "Wir dachten schon, du hättest uns vergessen."

"Auf keinen Fall, wir waren heute tauchen und die Zeit ist uns einfach davon gelaufen. Wir haben uns schon auf euch drei gefreut, seit wir uns kennengelernt haben. Oh, da sind sie ja schon."

"Guten Tag", sagten Jake und Hayden unisono.

"Wow, ihr drei seht toll aus!" sagte Hayden.

"Dito", sagte Jake. "Übersetzt heißt das, ihr seht fantastisch aus!"

"Danke", antworteten sie.

"Also, lasst uns rüber zum Raintree Restaurant gehen. Wir dachten, dass das Abendessen dort gut sein würde. Später, wenn sie Live-Musik, lokale Bands und Tanz haben. Wir sind also sozusagen in einem One-Stop-Shop, es sei denn, ihr habt andere Ideen für das Abendessen?" sagte Ben.

"Nein, das überlassen wir dir", sagte Miranda. "Schließlich kennen wir die meisten Restaurants hier nicht wirklich."

"Sieh es ein", sagte Terri. "Wir essen alles, was sich nicht bewegt."

"Hmm, das grenzt die Auswahl schon mal ein", sagte Jake. "Allerdings bewegen sich die Morton Bay Bugs nicht mehr, wenn sie auf deinen Teller kommen. Komm schon, versuch's mal!"

"Igitt, du machst wohl Witze, oder? Die Leute essen keine Käfer?" sagte Cheryl.

Sie kamen im Restaurant an und setzten sich. Sie bestellten alle Getränke und sahen sich die Speisekarten an.

"Wenn du mir nicht glaubst, dann schau dir das an", rief Jake aus.

"Morton Bay Bugs!" sagte Terri. "Was sind das für Viecher? Sind das so was wie Kakerlaken oder so?"

"Der Gedanke ist so eklig", sagte Miranda. "Pass auf. Du könntest mir das Essen verleiden und wir müssten stattdessen zu Mickey D's gehen."

"Eigentlich", sagte Ben, "sehen sie aus und schmecken wie Mini-Hummer. Sie gelten hier als Delikatesse. Denk mal drüber nach, manche Leute essen Kaviar - Fischeier - und manche essen Escargot - Schnecken, also sind Morton Bay Bugs gar nicht so schlecht. Und das ist ein Nein zu Mickey D's."

"Ich nehme Garnelen, das ist doch dasselbe wie Shrimps, oder?" fragte Miranda.

"Nur größer", sagte Hayden. "Lasst uns Wein bestellen, ist Cabernet Sauvignon okay? Möchte jemand lieber ein Bier?"

"Das ist mein Lieblingswein", sagte Miranda.

"Ich bevorzuge Bier", sagte Jake.

Der Wein und das Bier wurden serviert. Ein Toast auf die neuen Freunde wurde ausgesprochen. Das Essen wurde bestellt. Das Brot wurde geteilt. Als die Gerichte ankamen, waren alle zufrieden, außer Miranda.

"Sie starren mich an."

"Natürlich tun sie das", sagte Jake. "Du schälst sie und isst sie. Es geht nichts über den Geschmack von frischen Garnelen."

"Ich kann sie nicht essen, wenn die Köpfe noch dran sind, ganz zu schweigen von den Eingeweiden, die noch drin sind. Oh je, ich glaube, mir wird schlecht."

"Nimm noch einen Schluck Wein und sieh mir zu", sagte Ben, während er eine Garnele aus Mirandas Schüssel zog und sie in zwei Hälften teilte. "Es gibt eine Kunst, Garnelen zu essen und eine einfache Methode, sie zu schälen. Siehst du, wie ich den Bruch hier gemacht habe? Nun, das ist der Schlüssel. Der fleischige Teil wartet schon auf dich. Alles, was du tun musst, ist, diesen Teil zu schälen. Siehst du, der Kopf ist weg und du hast nichts mehr damit zu tun. Hier tauchst du ihn einfach in die Soße und probierst ihn."

"Wenn schon, denn schon", sagte Miranda, als sie in die weiße fleischige Garnele biss. "Das ist eines der besten Dinge, die ich je probiert habe. Sie ist ein bisschen salzig und ein bisschen süß. Lass mich mal versuchen, selbst eine zu schälen. Bedient euch alle, ich kann die bestimmt nicht alle essen."

"Dieses Lachsrisotto ist köstlich", sagte Cheryl. "Ich habe noch nie von Risotto gehört."

"Mit frischem Parmesan bestreut schmeckt es noch besser." Er winkte den Kellner heran. "Frischen Parmesan, bitte."

Er kam mit etwas Parmesan zurück und Cheryl streute ihn darüber. "Du hast Recht, es schmeckt noch besser. Danke für die Anregung."

"Und dieser Cajun-Couscous ist auch schön", sagte Terri. "Ich habe es zu Hause in den Läden gesehen, aber ich wollte es noch nie probieren. Jetzt muss ich unbedingt lernen, wie man es zubereitet."

"Was habt ihr Mädels denn so getrieben, seit wir euch das letzte Mal gesehen haben?" fragte Hayden.

"Wir haben ziemlich viel von Sydney gesehen und waren am Uluru", sagte Miranda. "Was für ein beeindruckender Monolith das ist."

"Ich bin froh, dass ihr so viel von Australien gesehen habt", sagte Ben. "Habt ihr vor, einige Zeit in Melbourne zu verbringen?"

"Wir sind über Weihnachten in Melbourne", verriet Miranda. "Wir kommen am Dienstagabend an und kehren am Freitagabend zurück. An unserem ersten Tag sehen wir uns ein Spiel im MCG an und..."

"Am Mittwoch besichtigen wir das Arts Centre und machen ein paar Weihnachtseinkäufe", unterbrach Terri.

"Warum verbringst du Weihnachten nicht bei mir zu Hause? Wir machen ein Barbecue und ihr seid herzlich willkommen", fragte Ben.

"Das würde uns freuen!" rief Miranda aus. "Das ist so großzügig von euch."

"Nur ein bisschen australische Gastfreundschaft", sagte Ben. "Außerdem ist Melbourne ganz anders als Sydney. Die Menschen sind anders, und die Kultur ist anders. Es herrscht eine ziemliche Rivalität zwischen den beiden Städten und..." Er senkte seine Stimme, "Melbourne ist natürlich die beste Stadt."

"Ha ha", lachte Jake, "ich fordere dich auf, das zu sagen, Kumpel!"

"Was und eine Schlägerei anzetteln?" sagte Hayden. "Wenn ich mir die Menge so ansehe, wette ich, wir drei könnten es mit allen aufnehmen.

"Lass es uns nicht herausfinden", sagte Cheryl.

"Seid ihr alle bereit zum Tanzen?" fragte Hayden.

"Geh du voran", sagte Terri und verschränkte ihren Arm mit seinem.

Als sie sich trennten, war es nach 2 Uhr nachts. Die Musik in der Halle war sehr laut gewesen. Sie konnten sich nicht mehr gut hören.

"Danke für den schönen Abend", sagte Miranda, "wir sehen uns in Melbourne".

"Klar", sagte Ben und beugte sich vor, um Miranda erst auf die linke und dann auf die rechte Wange zu küssen.

"Geh rein, alter Mann!" sagte Jake und beugte sich vor, um Cheryl einen Kuss auf die Lippen zu geben. Sie drehte ihren Kopf zur Seite und er küsste sie in die Haare.

"Wir sehen uns nächste Woche", sagte Terri.

Hayden beugte sich zu ihr hinüber, überlegte es sich dann aber anders. Nach dem, was mit Cheryl passiert war, wollte er kein Risiko eingehen.

Die drei Freunde stiegen in ihr Taxi und fuhren in die Nacht hinaus.

KAPITEL 28

G ESUND UND MUNTER IM Hotel angekommen, wachte Miranda schreiend auf. Sie setzte sich im Bett auf.

"Was ist los?" fragte Cheryl und machte das Licht an.

"Ist alles in Ordnung?"

"Nein, mir geht es nicht gut", sagte Miranda, "ich hatte einen Traum, einen sehr beängstigenden Traum."

"Erzähl uns davon", sagte Cheryl. "Du weißt ja, was man über ein geteiltes Problem sagt."

"Ich will nicht, es ist zu beängstigend."

"Ich setze einen Kaffee auf, wir setzen uns auf den Balkon und du kannst es uns erzählen, wenn du bereit bist. Es hat keinen Sinn, jetzt wieder ins Bett zu gehen. Schau, die Sonne geht auf", sagte Terry.

Als sie auf dem Balkon saßen, die frische Morgenluft einatmeten und an ihrem Kaffee nippten, erzählte Miranda von den Ereignissen in ihrem Traum.

"Ich war ganz allein auf dem Gipfel des Uluru. Jemand verfolgte mich. Er hatte ein Messer. Es war ein Mann. Ich rannte und rannte, aber er verfolgte mich weiter. Ich war in die Enge getrieben, konnte nirgendwo hin und dann nahm er seine Maske ab. Er war es. Der Vergewaltiger. 'Du musst sterben!', sagte er. Sonst werden sie herausfinden, dass ich es war. Ich war es allein. Ich habe sie getötet, ich habe deinen Freund getötet und jetzt werde ich dich töten. Ich trat ihm in die Eier, und er ging zu Boden, und das Messer fiel. Es rutschte über den Rand. Wir kämpften beide darum, es zu holen, aber es fing an zu regnen und die Felsen wurden rutschig. Es war wie blankes Eis. Wir kämpften. Es war, als ob wir Schlittschuh laufen würden. Ich sah uns von oben und es war, als wären wir eine Spezies, die ein Paarungsritual durchführte. Ich fühlte mich krank. Er hatte mich in der Falle. Er hatte meinen Hals und hielt mich über die Kante. Er drückte meinen Körper nach vorne. Da bin ich aufgewacht."

"Kein Wunder, dass du zu Tode erschrocken warst", sagte Cheryl. "Ich habe eine Gänsehaut bekommen, als ich dir zugehört habe."

"Ich auch", sagte Terri.

Miranda richtete sich auf und rannte ins Bad. Sie erbrach sich, bis nichts mehr zum Erbrechen übrig war.

"Ich verstehe das nicht", sagte Terri. "Warum Miranda die beiden Dinge miteinander in Verbindung bringt. Ihr Vater sagte, dass Christina Selbstmord begangen hat. Ihre Eltern haben einen Abschiedsbrief erhalten."

"Es gibt etwas, das Miranda uns nicht erzählt hat, da bin ich mir sicher", sagte Cheryl.

"Bist du in Ordnung?" fragte Cheryl, als Miranda wieder auf dem Balkon auftauchte.

"Nein, mir geht es nicht gut. Mir geht es in keiner Weise gut."

"Das verstehe ich nicht", sagte Terri. "Was bedrückt dich?"

"Mein Unterbewusstsein glaubt, dass der Vergewaltiger und der Mörder dieselben Personen sind. Ende der Geschichte."

"Aber selbst wenn das wahr wäre, hat er keine Ahnung, wo du bist", sagte Cheryl.

"Ganz im Gegenteil. Wenn er Christina ermordet hat, dann ist es gut möglich, dass er weiß, wo ich bin. Weißt du, ich habe einen kompletten Terminkalender auf dem Tisch neben dem Telefon liegen lassen. Nur für den Fall, dass Christina oder Mrs. Pierce mich erreichen wollen. Das ist wahr."

"Warum hast du uns das nicht schon früher gesagt?" fragte Cheryl.

"Das spielt keine Rolle. Selbst wenn es dieselbe Person wäre, warum sollte er sich den Telefontisch ansehen?" sagte Terri. "Das ist weit hergeholt und ich werde mich bestimmt nicht darüber aufregen."

Cheryl stimmte zögernd zu. Nach außen hin machte sie nicht den Eindruck, als würde sie sich um ihre Freunde Sorgen machen, aber innerlich wünschte sie sich immer mehr, wieder zu Hause zu sein. In Sicherheit. Und mit ihrer Familie in der Nähe.

KAPITEL 29

N ACH EINEM KURZEN FLUG landete ihr Flugzeug in Surfer's Paradise, Queensland. Dort wartete ein Bus, der sie und ein paar andere nach Oxenford an der Gold Coast brachte. Die Fahrt dauerte nur zwanzig Minuten.

"Dieser Ort sieht aus wie Bilder, die ich von Las Vegas gesehen habe", sagte Terri.

"Oder die Werbung, die Snowbirds nach Los Angeles lockt, um dem Winter zu entkommen", sagte Miranda.

"Oh, mein Gott! Sieh dir die Schilder für Dream World, Jupiter's Casino, Warner Bros. Movie World, Sea World, Wet 'n' Wild Water World an - schade, dass wir nur für ein paar Tage hier sind, es gibt so viel zu tun", sagte Cheryl.

"Ich kann es kaum erwarten, in unser Hotel einzuchecken und dann können wir losziehen und Spaß haben!" sagte Miranda.

"Aber was machen wir zuerst?" fragte Terri.

"Schauen wir mal, was in Aussie Sights steht. Es klingt vielversprechend: "Die Gold Coast ist einer der führenden Urlaubsspielplätze Australiens. Mit 42 km sonnenverwöhnten Stränden, Regenwäldern, die zum Weltkulturerbe gehören, Themenparks, Einkaufsmöglichkeiten und Nachtleben ist sie die Küste mit dem meisten!" Miranda hat gelesen.

"Ich schlage vor, wir gehen zuerst zu Warner Bros. und dann zu den anderen, wenn wir Zeit haben", schlug Terri vor.

"Sea World ist die zweite Wahl, wenn wir dann Zeit haben", sagte Cheryl. "Ich habe heute keine Lust, nass zu werden."

"Und heute Abend gehen wir ins Jupiter's Casino und essen stilvoll zu Abend!" sagte Miranda.

Das Problem war nur, dass sie so müde waren, nachdem sie sechs Stunden durch die Warner Bros. World gelaufen waren, und so gestresst von all den Fahrgeschäften, auf denen sie geschrien hatten, und so satt von all den Snacks, die sie zu sich genommen hatten - dass sie es nur auf ihr Zimmer und zum Schlafen schafften.

KAPITEL 30

"**I**CH RUFE BESSER ZU Hause an", sagte Terri. "Es ist Sonntagabend und Dad wird sich Sorgen machen, wenn ich es nicht tue.

"Geh du nur", sagte Miranda. "Ich werde duschen gehen. Wir haben heute noch so viel zu tun!"

"Ich schaue mir die Karte an und mache einen Plan - Jupiter's Casino wird die Nummer 1 sein. Ich frage mich, wann es öffnet. Ich werde mal sehen, was ich herausfinden kann", sagte Cheryl.

"Hi Dad", sagte Terri. "Ja, es geht uns allen gut. Wie geht es allen zu Hause? Wir amüsieren uns prächtig. Okay, Dad, grüß alle von mir. Wir sehen uns bald wieder." Sie legte erstaunt auf: "Das ging aber schnell, sehr seltsam."

"Juhu, wir haben den Jackpot geknackt! Jupiter's ist rund um die Uhr geöffnet!" Cheryl rief: "Wir brauchen nur ein Taxi, das uns hinbringt."

"Was soll das ganze Geschrei?" fragte Miranda.

"Erst hat Terri so schnell aufgelegt, dass ihr der Kopf schwirrt, und dann habe ich entdeckt, dass das Casino rund um die Uhr geöffnet ist. Ich rufe ein Taxi - wir können in einer Stunde fertig sein, oder?" sagte Cheryl.

"Eine Stunde? Das sollten wir schaffen", sagte Terri auf dem Weg zur Dusche. "Wir können dort frühstücken."

"Warte, warte", sagte Miranda. "Mir ist gerade etwas eingefallen, was ich über Tauchkurse gelesen habe. Ich würde es wirklich gerne ausprobieren."

"Ich hätte auch nichts dagegen, wir müssen ja nicht gleich ins Kasino gehen, lass uns erst tauchen gehen und dann zum Abendessen ins Kasino", sagte Terri, "Frühstück kann jeder, aber Abendessen, da würde ich wirklich gerne ins Kasino gehen.

"Okay, dann also Tauchen", sagte Cheryl. "Ich rufe unten an und frage, ob sie uns so schnell wie möglich einen Termin geben können.

Miranda sah in den Gelben Seiten nach, während Cheryl mit dem Concierge sprach.

"Wir müssen einen Bus nehmen, das kostet uns was - aber sie sind in 30 Minuten vor der Tür. Sie holen noch ein paar andere ab, also können wir mitfahren", sagte Cheryl.

"Cool", sagte Miranda. "Beeil dich, Terri, Cheryl muss sich noch umdrehen und wir haben nur 30 Minuten Zeit, um uns anzuziehen, fertig zu machen und nach draußen zu gehen.

"Huch", sagte Terri und trat in den Raum, während Cheryl an ihr vorbeirauschte.

KAPITEL 31

"**W**ILLKOMMEN, ICH BIN HEUTE euer Ausbilder und heiße Ned. Sucht euch einen Anzug aus und macht euch bereit. Wir treffen uns in zehn Minuten wieder hier." Als sich alle in Richtung der Anzüge bewegten, fuhr er fort: "Wenn ihr euch über die Haie wundert, kann ich euch nach eurer Stunde zu ihnen bringen. Das kostet für jeden 25,00 $ extra und ihr müsst eine Versicherung unterschreiben - aber ihr werdet einem Hai von Angesicht zu Angesicht gegenüberstehen. In einem Käfig bist du perfekt geschützt, also keine Sorge. Kommt alle und macht euch bereit! Wir treffen uns in zehn Minuten wieder hier."

"Das werde ich auf keinen Fall tun!" sagte Cheryl.

"Komm schon, das wird ein Aufstand", sagte Miranda.

"Im Käfig wären wir sicher", sagte Terri zu ihrem Ausbilder.

Sie traten auf das Deck des Schiffes und Terri fragte den Ausbilder, ob sie alle in einem Käfig untergehen könnten oder nicht.

"Nicht ratsam. Das verdammte Ding würde zu schwer werden, um es im Notfall zu heben, weißt du? Ihr geht einer nach dem anderen runter. Wenn etwas passiert, ziehst du einfach an dem Seil und Bob ist dein Onkel - wir ziehen dich hoch. Du wirst nie wieder eine Chance bekommen, oder?"

"Nein", sagte Cheryl.

"Ich sage, einer für alle und alle für einen, lasst es uns tun!" sagte Miranda.

"Zuerst müssen wir deine Lektion hinter uns bringen. Dann könnt ihr entscheiden, was ihr machen wollt. Ich nehme an, dass alle schwimmen können?"

Die Stunde war belebend und die drei Freunde gewannen genug Selbstvertrauen, um ihrem lederhäutigen Lehrer jeweils 25,00 $ zu übergeben.

"Ich möchte als Erste gehen", sagte Cheryl.

"Okay, abgemacht."

Die drei Freundinnen gaben sich ein High Five.

Im Käfig angekommen, wurde Cheryl langsam in den Ozean abgeworfen. Der Käfig war geräumig, und sie versuchte, in der Mitte zu bleiben. Das Wasser fühlte sich um sie herum warm an und sie schaute in die Ferne, um die Ankunft des gefürchteten Bruce zu erwarten. Den Film Der weiße Hai hatte sie noch nie gemocht.

Ein paar Minuten später schwammen blutige Fischdärme um sie herum. Ihr Magen knurrte bei ihrem Anblick. Es dauerte nicht lange, bis der erste Hai auftauchte.

Er schwamm zuerst um sie herum und warf ihr einen Blick zu.

"Hallo, Mr. Jaws, ich bin Cheryl, schöner Hai, schöner Hai." Er stieß gegen den Käfig. Cheryl schrie nicht und sie blinzelte nicht. Sie blieb so still wie eine Statue und hoffte, dass er weggehen würde. Er rammte den Käfig mit dem Gesicht und versuchte, in das Gitter zu beißen. Cheryl fiel um, griff nach dem Seil und zog mit aller Kraft. Sekunden später war sie an der Oberfläche.

"Oh mein Gott!" Cheryl sagte: "Ein Hai, ein riesiger Hai rammte den Käfig mit seinem ganzen Gewicht und warf mich um. Ich hatte in meinem ganzen Leben noch nie so viel Angst und bin froh, dass es vorbei ist. Du bist dran, Miranda."

"Wirklich, ein Hai ist dir so nahe gekommen?"

"Na klar, hast du Lust dazu? Oder sollen wir Terri zuerst gehen lassen?" sagte Cheryl.

"Auf keinen Fall, ich lasse es ausfallen", sagte Miranda.

"Ich auch", sagte Terri.

"Bawk bawk bawk", sagte Cheryl.

Später im Jupiter's Casino war Cheryl der Held des Abends. Sie hatte etwas Mutiges getan, als sie im Haikäfig unterging.

"Kann ich dir noch einen Drink spendieren?" fragte Miranda.

"Klar, ich nehme diesmal eine Pina Colada", sagte Cheryl und strahlte vor Stolz. "Gib mir eine", sagte sie zu dem Dealer. "Schlag mich nochmal. Und lass sie kommen!"

KAPITEL 32

AM MORGEN BLINKTE DER kleine rote Knopf auf dem Telefon. Eine weitere Nachricht.

"Noch mehr Ärger?" fragte Terri. Sie sprach mit der Dame an der Rezeption, die bestätigte, dass Angelo, Terris Vater, angerufen hatte. Da sie gerade mit ihm gesprochen hatte, wusste sie, dass etwas nicht in Ordnung sein musste.

"Hi Dad, ich habe deine Nachricht erhalten. Ist alles in Ordnung?"

"Nein, ist es nicht. Ich fürchte, es gibt noch mehr schlechte Nachrichten für Miranda. Ihr Vater war in einen Unfall verwickelt. Elizabeth hat gestern Abend hier angerufen. Sie war verzweifelt, nachdem sie stundenlang versucht hatte, Miranda zu erreichen. Sie ist immer noch mit Tom im Krankenhaus. Er ist in keinem besonders guten Zustand. Hast du einen Stift zur Hand?"

"Ja, Papa, ich schreibe es auf, okay, ja. Ich werde die Nachricht weitergeben und sie kann sofort anrufen. Hast du eine Ahnung, was passiert ist?"

"Elizabeth war nicht in der Lage, uns Einzelheiten mitzuteilen, sie war hysterisch. Sie wird Miranda aufklären."

"Okay Dad, danke."

"Was ist jetzt passiert?" fragte Miranda.

"Ich weiß es nicht genau, aber deine Mutter hat gestern Abend meine Eltern angerufen. Sie ist mit deinem Vater im Krankenhaus, er ist verletzt. Dad kannte keine Einzelheiten. Anscheinend ging es deiner Mutter nicht gut, als sie sie um Hilfe bat."

"Noch mehr Pech", sagte Miranda, während sie die Nummern eingab. "Das Zimmer von Tom Evans, bitte."

"Wer, wenn ich fragen darf, ist am Apparat?"

"Miranda Evans, seine Tochter."

"Ja, Ms. Evans, Ihr Name steht auf der Liste. Ich stelle dich durch."

"Mama, ich bin's, Miranda. Mr. Russo hat mich angerufen. Was ist mit Papa passiert? Geht es ihm gut?"

"Dein Vater schläft jetzt. Er hat eine ziemliche Tortur hinter sich."

"Wird er sterben? Was ist denn nur passiert?"

"Nein, so schlimm ist es nicht. Er hat drei gebrochene Rippen, ein paar Stiche am Kopf und einen verstauchten Fuß. Er hatte ziemliche Schmerzen. Die Drogen haben ihn völlig umgehauen, der Arme."

"Hatte er einen Unfall?"

"Nein, er wurde angegriffen."

"Angegriffen?"

"Dein Vater war auf dem Weg zum Laden an der Ecke, um ein paar Sachen zu holen. Der Mann wartete draußen und verlangte die Brieftasche deines Vaters."

"Oh mein Gott!"

"Natürlich hatte dein Vater seine Brieftasche nicht dabei. Er hatte nur ein paar Dollar in seiner Tasche. Er gab sie dem Mann, und der wurde sehr böse. Er trat ihm in die Rippen, stampfte auf seinen Fuß und schlug ihm auf den Kopf. Dann rannte er mit dem Auto deines Vaters davon. Die Polizei sagt, dein Vater hatte unglaubliches Glück."

"Wirklich Glück gehabt! Willst du, dass ich nach Hause komme, Mama?"

"Nein, deinem Vater wird es gut gehen. Er hat gesagt, ich soll mich nicht aufregen, Miranda. Genieße den Rest deines Urlaubs."

"Okay, Mama, aber wie hat der Typ ausgesehen?"

"Er sagte, der Mann war stämmig, aber nicht dick. Er hatte blondes Haar, sehr fettig."

Miranda ließ den Telefonhörer fallen, der auf dem Boden aufschlug, zweimal hin und her schwang und gegen den Nachttisch schlug. Miranda wurde weiß und setzte sich auf das Bett.

"Hallo? Hallo?"

"Mrs. Evans, hier ist Cheryl, Miranda ist ein bisschen übel zugerichtet. Wir passen für dich auf sie auf, keine Sorge. Okay, tschüss."

"Was ist passiert?" fragte Terri. "Deine Blässe hat sich verändert, ich dachte schon, du würdest ohnmächtig werden."

"Geht es deinem Vater gut?" fragte Cheryl.

"Dad wurde auf dem Weg zum Laden an der Ecke überfallen. Er hatte nur ein paar Dollar bei sich und keine Brieftasche, also brach ihm der Typ drei Rippen, verstauchte seinen Fuß, schlug ihm auf den Kopf und stahl dann sein Auto."

"Aber diese Nachricht hat dich nicht erschreckt, stimmt's? Na ja, schon, aber nicht so wie damals, als du gefragt hast, wie der Typ aussieht", sagte Terri. "Oh nein, du denkst doch nicht etwa, was ich denke, dass du denkst, Miranda?"

"Dad sagte, der Typ, der ihn angegriffen hat, war stämmig, nicht fett, mit fettigen blonden Haaren. Das ist er. Ich weiß einfach, dass er es ist."

"Aber Miranda", sagte Cheryl, "Millionen von Typen da draußen passen auf diese Beschreibung."

Ich weiß, dass mein Bauchgefühl richtig ist. Er hatte meinen Namen. Es wäre ein Leichtes für ihn, herauszufinden, wer mein Vater war. Er brauchte Geld und wollte mir wehtun, also tat er meinem Vater weh. Genau wie bei Christina wollte er mir wehtun, aber ich war nicht da, also starb sie. Ich weiß nicht, was ich tun soll. Menschen werden verletzt, sterben wegen mir. Wer wird der Nächste sein? Oder bin ich total paranoid?

Miranda lachte.

Cheryl und Terri haben nicht gelacht.

Sie sprachen nicht darüber. Aber sie fragten sich beide das Gleiche. Hatte Miranda endlich den Verstand verloren?

KAPITEL 33

NACH EINEM ANRUF AM frühen Morgen waren die Mädchen bereit für ihren Flug nach Westaustralien. Zwei Tage in Perth, ein Tag in Fremantle. Der Terminkalender war vollgepackt, während die verbleibenden Tage ihres Urlaubs immer kürzer wurden.

"Ich hätte nie gedacht, dass ich das mal sagen würde, aber ich hasse das Fliegen wirklich", sagte Miranda. "Zuerst war es eine Neuheit, aber jetzt macht es einfach keinen Spaß mehr."

"Es würde helfen, wenn das Essen nicht so schlecht wäre", sagte Terri.

"Und wenn wir nicht schon jeden einzelnen der Filme gesehen hätten", sagte Cheryl.

"Lass uns über die letzte Nacht reden", sagte Terri. "Ich habe mich wirklich gut amüsiert, aber ich glaube nicht, dass Hayden der Richtige für mich ist. Er ist nett und so, aber die Chemie stimmt nicht."

"Zwischen mir und Jake stimmt die Chemie überhaupt nicht", sagte Cheryl. "Er war aber lustig und ich bin froh, dass ich eine andere Seite von ihm kennengelernt habe."

Cheryl und Terri sahen Miranda an und warteten darauf, dass sie etwas sagen würde.

"Und?" fragte Terri.

"Nun, was?" sagte Miranda.

"Du und Ben schient euch gut zu verstehen. Hat sich deine Meinung über ihn geändert?" fragte Terri.

"Oh nein, ich glaube, er und ich könnten uns leicht ineinander verlieben, wenn wir nicht auf der anderen Seite der Welt leben würden."

"Wenn das so ist, können wir das Barbecue auch gleich absagen", sagte Cheryl.

"Nein!" sagte Miranda.

"War nur ein Scherz. Ihr beide wart in eurer eigenen kleinen Welt, als ihr getanzt habt", sagte Terri.

"Er ist ein guter Tänzer. Wollt ihr mich auf den Arm nehmen oder was? Ich möchte lieber nicht darüber reden; können wir das Thema wechseln?"

"Okay, also, was steht in deinem Buch, was wir in Perth machen können?" fragte Cheryl.

Miranda blätterte zum Kapitel über Perth und sagte dann: "Da steht, dass man die Stadt am besten zu Fuß erkundet. Wenn man fit ist - und das sind wir, glaube ich - braucht man dafür drei Stunden. Ich denke, wir sollten uns eine Karte besorgen und sehen, wie weit wir kommen. Wir sollten bald landen und haben dann den halben Tag Zeit für Erkundungen. Was denkst du?"

"Was gibt es denn da zu sehen?" fragte Terri.

"Die Architektur soll ganz anders sein als in Sydney. Es gibt sogar eine Windmühle aus dem Jahr 1835. Früher war es eine Getreidemühle. Es klingt, als sei Perth sehr britisch."

"Oh gut, britisch bedeutet Pubs und leckeres Essen", sagte Terri. "Lass uns also einfach herumlaufen, essen, einkaufen und nach Gefühl gehen."

"Klingt nach einem Plan", sagte Cheryl.

Zwei Tage lang spazierten die drei Freundinnen durch Perth. Die Stadt war voller Weihnachtsbeleuchtung und -dekoration.

"Irgendwie macht 'I'm Dreaming of a White Christmas' hier keinen Sinn", kommentierte Miranda.

"Eigentlich macht der ganze Weihnachtsmann-Mythos keinen Sinn", sagte Terri. "Es sind fast 40 Grad Celsius und der dicke Mann würde einen Schlaganfall bekommen, wenn er hier in seinem roten Anzug herumlaufen würde."

"Aber schau mal, da ist ein Bild vom Weihnachtsmann, und man kann Weihnachtsbäume kaufen, genau wie zu Hause", sagte Cheryl. "Ich weiß nicht, wie es euch geht, aber ich habe ein bisschen Heimweh."

"Ich bin froh, dass Ben uns zum Weihnachtsessen eingeladen hat", sagte Miranda. "Lasst uns erst einmal das Beste aus unserer Zeit in Perth machen. Wir haben noch viel zu sehen."

Sie liefen von einem Ende der Stadt zum anderen und hielten unterwegs in kleinen Cafés, Restaurants und Kneipen an. Die drei Freunde verliebten sich in Northbridge, ein trendiges Viertel mit allen Vorzügen, die man in einer viel größeren Stadt erwartet. Die Gegend wurde mit King's Cross in Sydney verglichen.

"Dort wohnten Ben und seine Freunde in einem Backpacker's Hotel", erinnerte sich Miranda.

"Du hast Recht. Das müssen wir uns ansehen. Hey, ist das nicht der Ort, an dem der berühmte Gay Mardi Gras stattfindet? Ich erinnere mich, dass ich letztes Jahr etwas davon im Fernsehen gesehen habe", sagte Terri.

"Daran erinnere ich mich auch", sagte Cheryl. "Als die Gay Parade in Toronto stattfand, zeigten sie Ausschnitte von Sydneys Version. Es sah ziemlich schlüpfrig aus."

In Fremantle gingen sie an Bord eines U-Boots, nahmen an einer Aboriginal Heritage Tour teil und verbrachten einige Zeit in der Chocolate Factory.

Bald saßen sie in einem anderen Flugzeug auf dem Weg nach Adelaide, Südaustralien, wo sie zwei Nächte verbringen würden.

In der ersten Nacht besuchten sie das Weinland im Barossa Valley. Sie probierten, und manchmal spuckten sie auch wundervoll schmeckenden Wein aus.

Miranda kaufte ein paar Flaschen Cabernet Sauvignon: eine für Ben und eine für seine Eltern.

KAPITEL 34

ALS SIE IN MELBOURNE ankamen und im Hotel eincheckten, entdeckten sie das Casino.

"Ja, noch eine Chance, etwas Geld zu gewinnen", rief Cheryl aus, "ich habe $5,00 bei Jupiter gewonnen."

"Ich habe den gleichen Betrag verloren", sagte Miranda. "Aber ich bin bereit, es noch einmal zu versuchen."

Als sie im Casino ankamen, wurden sie von dem Rattern der Spielautomaten und dem ständigen Gemurmel der aufgeregten Spieler überwältigt. Das Jupiter's war klein - verglichen mit dem Casino in Melbourne.

Miranda war so aufgeregt, dass ihre Hände zitterten, aber sie schaffte es, die Führung zu übernehmen und gleich mit dem Glücksspiel zu beginnen, während ihre beiden Freundinnen hinter ihr standen und sie moralisch unterstützten. Miranda hatte 16 Karten erhalten und wies den Mann, der ihren Tisch bediente, schnell an: "Schlag mich." Sie hielten alle gespannt den Atem an, als Miranda eine 10 bekam.

Miranda war fest entschlossen, weiterzumachen und verlor immer wieder Hände, bis die dreißig Minuten, die sie für das Blackjack-Spiel vereinbart hatten, um waren. Miranda verlor den größten Teil ihres Vorrats und überlegte, ob sie sich noch ein paar Chips besorgen sollte, als sie sich auf den Weg zum Pokertisch machten, damit Terri es auch mal versuchen konnte.

Miranda und Terri stürzten sich sofort ins Spiel. Terri gewann die erste Runde mit einem Full House und sicherte sich so einen kleinen Notgroschen, während Miranda nicht so viel Glück hatte. Sie spielten weitere 30 Minuten und kehrten dann zu den einarmigen Banditen zurück. Sie spielten fast eine Stunde lang und beschlossen dann, sich ein gutes Restaurant zu suchen.

"Seid ihr abenteuerlustige Esser?"

"Wir probieren alles einmal", sagte Miranda.

"Es gibt ein tolles Thai-Restaurant, gleich die Straße runter. Ihr müsst vielleicht ein bisschen warten, aber das ist es wert."

Von dort, wo sie standen, konnten sie nicht wirklich einen Eindruck von Melbourne gewinnen. Es gab zwar jede Menge Kräne und hohe Gebäude, aber der Ort wirkte ein wenig unfreundlich und die meisten Menschen auf den Straßen schienen in ihre eigenen Gedanken versunken zu sein. Als sie im Restaurant ankamen, mussten sie feststellen, dass es voll war und sie 20 Minuten warten mussten, bis ein Tisch frei wurde.

"Ich hoffe, das Warten lohnt sich", sagte Cheryl. "Wenn es an einem Wochentag so voll ist, muss das ein gutes Zeichen sein, oder?" bot Terri an.

Miranda nickte zustimmend, als die Gastgeberin auf sie zukam und sie zu ihrem Tisch führte.

Die Einrichtung war sehr traditionell und auf der Speisekarte standen allerlei Köstlichkeiten, die die Mädchen noch nie probiert hatten. Sie bestellten eine Reihe von Speisen zum Teilen mit scharfer Chilisauce und Erdnusssauce und stürzten sich auf das Essen. Sie bestellten Getränke und noch mehr Getränke und waren bald mehr als nur ein bisschen berauscht.

Die Mädchen liefen die Straße entlang und irgendwie kam ihnen nichts bekannt vor. Sie konnten das Casino nicht sehen und fürchteten mehr als alles andere, sich zu verlaufen. Cheryl wirbelte herum, verlor fast das Gleichgewicht und konnte in keiner Richtung etwas erkennen.

Miranda, die beschloss, dass sie es nicht riskieren wollte, mit ihrem Magen herumzudrehen, nahm Cheryl beim Wort und schlug vor, dass sie ein Taxi rufen sollten. Sie fragten sich, wie sie so durcheinander kommen konnten.

Sie erinnerten sich, dass sie nur etwa zehn Minuten vom Casino entfernt waren, und doch: WO WAR ES? Sie konnten es nirgendwo sehen. Nach reiflicher Überlegung dachten sie, dass das Restaurant vielleicht zwei Ausgänge hatte. Vielleicht waren sie auf einer anderen Seite? Sie tappten zurück ins Restaurant und sahen sich um wie drei verrückte Frauen, bis ein Kellner sie fragte, ob er ihnen helfen könne.

"Wir sind neu in Melbourne und scheinen das Casino verlegt zu haben", sagte Miranda.

"Es ist gleich da draußen", sagte der Kellner und zeigte ihnen die Richtung, aus der sie gerade gekommen waren.

"So betrunken können wir doch nicht sein", sagte Terri.

"Auf dem Sake sollte eine Warnung stehen!" sagte Cheryl, als sie zur Tür stolperte.

Sie standen draußen und atmeten die frische Luft ein.

"Ah, entschuldigen Sie", sagte Miranda zu einem Mädchen, das ein Küchenoutfit trug. "Kannst du uns zeigen, wo das Casino ist?"

"Folgen Sie mir", sagte sie, "ich gehe in diese Richtung."

"Oh, hier ist es", trällerte Miranda. "Genau da, wo wir es zurückgelassen haben!"

"Danke, eh!" sagte Terri und rauschte ins Hotel.

Sie waren erschöpft und fielen angezogen in ihre Betten.

"Die nächste Reise geht nach Las Vegas", sagte Miranda.

"Das heißt, wenn wir uns morgen nach all dem Alkohol erholen!" rief Terri aus.

"Schhhhhh, ich schlafe", sagte Cheryl.

KAPITEL 35

AM NÄCHSTEN MORGEN WACHTEN alle drei Freunde mit einem Kater auf. Sie frühstückten in ihrem Zimmer und knabberten an Croissants, während sie starken Kaffee tranken. Das Telefon klingelte.

"Guten Tag", sagte Ben.

"Äh, wir sind heute nicht so gut drauf", sagte Miranda. "Ein bisschen zu viel Sake."

"Ich wollte euch nur in Melbourne willkommen heißen und euch einen schönen Tag wünschen. Was habt ihr vor?"

"Wir machen eine Stadtrundfahrt im Doppeldeckerbus - und wenn wir schon dabei sind, sollten wir uns beeilen."

"Was macht ihr heute Abend?" fragte Ben.

"Keine Ahnung, was hast du denn vor?"

"Warum treffen wir uns nicht, ich habe zwei neue Freunde, die ich Cheryl und Terri vorstellen möchte? Wir können dir alles zeigen."

"Einen Moment", sagte Miranda und hielt ihre Hand über das Telefon, um Cheryl und Terri zu fragen, ob sie Interesse hätten, zwei Freunde von Ben kennenzulernen. "Klar, danke Ben."

"Wir wollen gefallen", sagte Ben. "Wie wäre es, wenn wir uns im Casino treffen und von dort aus ein bisschen durch die Clubs ziehen?"

"Gegen 19 Uhr?"

"Super, bis dann, Miranda."

"Bis dann."

Miranda war so aufgeregt. Sie nahm keine der Sehenswürdigkeiten von Melbourne wahr, bis sie Ben um genau 7:02 Uhr sah. Sie wollte ihn am liebsten umarmen. Es war das erste Mal seit der Vergewaltigung, dass sie den Drang verspürte, einen Mann zu umarmen. Aber sie tat es nicht.

"Ich möchte dir meine Kumpels Phillip und Patrick vorstellen. Das ist Miranda, (sie ist meine), ihre Freundin Terri und Cheryl."

Alle grüßten sich und dann führten Ben und Miranda den Weg in den Royal Botanic Gardens. Ben hielt Mirandas Hand.

Terri und Phillip waren in der gleichen Branche tätig. Phillip war Buchhalter bei Warner Brothers Music.

Patrick arbeitete bei Telstra. Er war ein Techniker. Er stand seiner Familie auffallend nahe und wohnte zu Hause.

Ben und Miranda unterhielten sich wie alte Freunde und es herrschte eine Vertrautheit zwischen ihnen, die alle ihre Freunde sofort bemerkten. Die anderen beiden Paare folgten den beiden und ließen ihnen Platz.

"Ich glaube, das hier ist mein zweites Zuhause", sagte Miranda.

"Wie das?"

"Die beiden stärksten spirituellen Erfahrungen, die ich je gemacht habe, waren in den Blue Mountains und am Uluru. Es war, als ob an beiden Orten etwas zu mir gesprochen und mich geheilt hätte. Das klingt wahrscheinlich albern", sagte Miranda.

"Ich bin froh, dass du hier so viele Dinge gefunden hast, die dir das Gefühl geben, zu Hause zu sein", sagte Ben. "Eines Tages kannst du dich revanchieren, wenn ich nach Kanada komme. Wie sind die Niagarafälle wirklich?"

"Weißt du, ich habe sie im Laufe der Jahre so oft gesehen, dass sie für mich nicht mehr denselben Zauber haben. Als ich ein Kind war, gingen alle Schulausflüge nach Niagara. Wir fuhren fast jedes Jahr dorthin und was ich einst liebte, begann ich zu hassen. Da half es auch nicht, dass mir jedes Mal schlecht wurde. Als Erwachsener habe ich das Bedürfnis, es jemandem zu zeigen, der es noch nicht gesehen hat, ist das klar?"

"Du kannst es mir zeigen, und ich würde gerne den Schnee sehen - du kannst mich in die Berge zum Skifahren mitnehmen - NICHT!"

"Oh, da hättest du mich fast reingelegt! Stell dir vor, wir beide mit Höhenangst oben in Banff. Du solltest aber nach Kanada kommen", sagte Miranda. "Weil, na ja, die ganze Weihnachtssache scheint hier ein bisschen seltsam zu sein. Es sind die Kälte und der Schnee, die Weihnachten für mich lebendig werden lassen."

"Bei uns gibt es keinen Weihnachtsmann, in manchen Familien schon, aber die meisten reden vom Father Christmas", sagte Ben. "Wir folgen in der Weihnachtszeit eher unseren englischen Wurzeln."

"Oh, das macht mehr Sinn, schließlich gibt es in England auch nicht immer Schnee zu Weihnachten, oder? In Kanada ist er nicht garantiert, aber es ist erstaunlich, wie oft wir an einem Weihnachtsmorgen aufstehen und es liegt ein leichter Schneestaub auf dem Boden. Das nennen wir jungfräulichen Schnee, unberührt, und er macht Weihnachten zu etwas ganz Besonderem."

"Verbringst du Weihnachten immer mit deiner Mutter und deinem Vater?

"Oft verbringe ich Weihnachten mit Terris oder Cheryls Familie. Ich stehe meinen Eltern nicht sonderlich nahe."

"Das überrascht mich, Miranda. Manchmal scheinst du ein richtiges Hausmädchen zu sein, und dann wieder scheinst du niemanden zu brauchen. Du bist eine komplizierte Frau."

"Ja, ich bin kompliziert", lachte Miranda. "Ich nehme an, du stehst deinen Eltern nahe?"

"Sie waren immer für mich da und ich würde sie um nichts in der Welt tauschen wollen", sagte Ben. "Du wirst sehen, was ich meine, wenn du sie am Weihnachtstag kennenlernst. Sie sind etwas ganz Besonderes."

"Entschuldigt mich, ihr Vögel", sagte Phillip, "aber es wird dunkel und wir haben Hunger.

"Lasst uns zurückgehen. Wir haben das perfekte Restaurant", sagte Ben.

In dem indischen Restaurant wurden sie an einen Tisch geführt und die Speisekarte war voll mit Köstlichkeiten, von denen die drei Freunde nichts wussten. Der Abend war ein voller Erfolg, bis zu dem Moment, als Ben sie nach Hause begleitete.

"Wir werden euch am Samstagabend einen Fahrer schicken. Ein traditionelles australisches B-B-Q zu euren Ehren bei mir zu Hause."

"Ich kann es kaum erwarten", sagte Miranda.

"Wir sollten hochgehen", sagte Cheryl und gähnte.

"Ja, es ist schon spät", sagte Terri.

"Geht ihr schon mal vor, ich komme gleich nach."

"Ich will nicht, dass diese Nacht zu Ende geht", sagte Ben.

"Ich auch nicht."

"Willst du einen Spätfilm sehen?"

"Ja, warum nicht? Aber ich muss meinen Freunden Bescheid sagen. Kannst du kurz dranbleiben?"

"Klar, kein Problem."

"Zimmer 417, bitte. Hi Terri, ich bin's, ich gehe mit Ben ins Kino. Wir sehen uns die Spätvorstellung an. Ich weiß nicht, wann ich zurückkomme."

"Bist du sicher? Ich meine absolut sicher?" fragte Terri.

"Absolut, ganz sicher." Miranda legte den Hörer auf und ging hinaus in die Lobby zu Ben. Er nahm ihre Hand in die seine und sie gingen gemeinsam durch die Schwingtüren hinaus.

"Und du hast sie gehen lassen?" rief Cheryl aus.

"Was sollte ich tun, sie ist bereit. Sie hat heute gestrahlt. Ben ist gut für sie."

"Ich weiß, ich habe es auch gesehen. Ich mache mir nur Sorgen."

"Da stimme ich dir zu und ich werde kein Auge zutun, bis sie zurück ist. Lass uns sehen, was im Fernsehen läuft. Es kann nicht schaden, auf sie zu warten, als ob wir ihre Eltern wären, oder?" sagte Terri.

"Wozu sind Freunde da?"

Draußen sank die Temperatur und Miranda wünschte sich, sie wäre nach oben gegangen, um einen Pullover zu holen. Ben zog seinen aus und legte ihn ihr um die Schultern. Er schien genau zu wissen, was sie dachte. Andererseits ließ ihn ihr Frösteln vielleicht auch etwas ahnen.

"Hast du schon Moulin Rouge gesehen?" fragte Ben.

"Nein, aber ich würde es gerne sehen. Ich habe schon so viel darüber gehört... Und es wurde auch hier gedreht, nicht wahr?"

"Ja, es wurde in den Fox Studios gefilmt. Ich habe gehört, dass er gut sein soll."

Als der Film weiterlief, spürte Miranda, wie ihr die Tränen kamen. Ihr Herz schlug ihr bis zum Hals. Sie versuchte, sie zurückzudrängen, aber der Film war so traurig, besonders als Nicole sang: "Komme, was wolle, komme, was wolle. Ich werde dich bis zu meinem Todestag lieben."

Ben nahm ihre Hände in seine und drückte sie an sich. Er küsste sie. Miranda fühlte sich so sicher wie seit Monaten nicht mehr, als sie in seine himmelblauen Augen blickte. Sie brauchte keine Erklärungen, keine Worte.

Nach dem Film gingen Ben und Miranda zurück zum Hotel. Sie hielten sich an den Händen. Sie gingen Seite an Seite.

Ihre Herzen schlugen im Gleichklang. Keiner von beiden war zuvor wirklich verliebt gewesen. Sie küssten sich und trennten sich dann.

Miranda war im siebten Himmel, als sie ihr Zimmer erreichte. Ihre beiden Freunde lagen schlafend auf den Sofas. Sie fühlte sich zu aufgeregt, um zu schlafen. Sie zog sich ihre Nachtwäsche an und öffnete die Terrassentüren. Sie wollte in der Nachtluft sein, die Gänsehaut auf ihrem Fleisch spüren.

Wenn er meine Hand in seiner hält, ist es, als wären wir die einzigen Menschen auf dem ganzen Planeten. Ich fühle mich so sicher, so schön, und dabei kennen wir uns erst seit ein paar Tagen. Wie kann das sein? Wie kann es sein, dass ich mich so fühle? Und er will, dass ich seine Eltern kennenlerne!

In Mirandas Welt war alles in Ordnung, und sogar die Sterne schienen zu signalisieren, dass sie es geschafft hatten!

KAPITEL 36

AM DIENSTAG SAHEN SICH die drei Freunde ihr erstes Fußballspiel im MCG (Melbourne Cricket Ground) an. Sie hatten gute Karten, konnten sich aber nicht so recht vorstellen, was da eigentlich los war. Am Ende entschieden sie, dass Eishockey viel spannender ist - obwohl sich niemand daran erinnern konnte, dass jemandem bei einem Eishockeyspiel das Ohr abgebissen wurde. Allerdings hat Mike Tyson dem Typen beim Boxen das Ohr abgebissen.

Am ersten Weihnachtstag wollte Ben ein Auto schicken, um die Mädchen abzuholen. Leider war das Auto in der Werkstatt, also erklärte Ben Miranda, wie die Zugfahrpläne in Melbourne funktionieren.

"Es ist ganz einfach. Du gehst einfach zur Flinders Street Station und nimmst die Hurstbridge Line. Dort bleibst du bis zur Heidelberg Station. Die Züge fahren alle dreißig Minuten.

Wenn du jetzt losgehst, werden meine Eltern vor deiner Ankunft hier sein, und ich hole dich dann am Bahnhof ab.

"Okay", sagte Miranda. "Bis dann."

Die Fahrt dorthin war mühelos, und Miranda konnte einen Blick auf Ben durch das Zugfenster werfen, bevor er sie sah. Er stand auf dem Bahnsteig und trug ein hellblaues T-Shirt, das seine Brust umspielte und seine Augen noch blauer erscheinen ließ.

"Ich kann nicht glauben, dass du endlich hier bist", sagte Ben. "Frohe Weihnachten", sagte er, während er Miranda an sich drückte und ihr einen Kuss auf die Lippen gab.

"Das sieht ernst aus", sagte Terri.

"Ich hoffe, das ist es auch", sagte Ben und nahm Mirandas Hand in seine.

Auf dem Weg zu seinem Haus unterhielten sie sich müßig.

"Meine Eltern können es kaum erwarten, euch drei kennenzulernen. Sie waren schon einmal in Kanada, aber das ist schon ein paar Jahre her. Ich glaube, ich habe dir erzählt, dass der Cousin meiner Mutter in Ottawa lebt."

"Es ist eiskalt in Ottawa, ich bin überrascht, dass deine Verwandten nicht zu dir gekommen sind, um dem Winter zu entfliehen", sagte Miranda.

"Ich glaube, Tante Cath würde gerne hierher kommen, aber ihr Sohn geht noch zur Schule und sie ist etwas knapp bei Kasse. Ihr Mann ist vor ein paar Jahren gestorben. Deshalb sind meine Eltern zu seiner Beerdigung nach Kanada gefahren."

"Du musst uns ihre Telefonnummer geben, damit wir sie anrufen können", sagte Miranda.

"Das wäre schön", sagte Ben. Nachdem er einen Moment gezögert hatte, sagte er: "Da sind wir endlich, mein trautes Heim."

Miranda sah sich das Haus an. Es war malerisch, ganz aus Backstein, mit einem hübschen kleinen Garten vor der Tür. An der Haustür hing ein Kranz und in der Eingangshalle stand ein kleiner Baum. Als sie sich durch das Haus bewegten, ließen die Gerüche der Küche Mirandas Magen knurren. Sie roch gebratenen Truthahn und Weihnachtspudding.

Von draußen hörte sie Weihnachtslieder. Als sie dem Geräusch entgegengingen und in den Garten gingen, staunte Miranda nicht schlecht, als sie feststellte, dass dieser elegant mit Lichterketten, Schleifen und sogar ein wenig Kunstschnee geschmückt war. Alles sah unglaublich besonders aus und der Garten war voll mit Gästen.

"Sie sind da!" Jemand rief und alle fingen an zu singen: "Oh Canada, Oh Canada, O Canada, O Canada, O Canada."

"Das ist eine tolle Begrüßung", sagte Miranda. "Aber ich brauche erst ein paar Drinks, bevor ich den Rest unserer Nationalhymne für dich singe. Ich kann sie sogar auf Französisch singen."

"Hurra! Gebt der Frau ein oder zwei Drinks", rief jemand aus der Menge.

"Miranda, das ist meine Mutter, Angela, und das ist mein Vater, Robert."

"Freut mich sehr, euch beide kennenzulernen", sagte Miranda. "Ich habe euch diese Flasche Wein aus dem Barossa Valley mitgebracht, ich hoffe, ihr mögt Cabernet Sauvignon. Ben, hier ist auch einer für dich, ich weiß, dass du ihn magst. Ich freue mich so, euch beide kennenzulernen, Ben hat mir schon so viel von euch erzählt."

"Vielen Dank für den Wein, das ist sehr aufmerksam von dir. Es ist gut zu hören, dass Ben dir von uns erzählt hat, denn seit ihr euch kennengelernt habt, hat er von nichts anderem mehr gesprochen als von dir", sagte Angela. "Warum hilfst du mir nicht in der Küche, Miranda, wenn es dir nichts ausmacht?"

"Ich helfe gerne", sagte Miranda. "Oh, entschuldigt meine Manieren, Angela und Robert, das sind meine beiden besten Freunde, Terri und Cheryl."

"Freut mich, euch kennenzulernen - geht schon mal durch und seht euch die Jungs an. Es gibt ein paar süße Jungs", sagte Angela. "Ben, stell Mirandas Freunde vor und hol ihnen einen Drink."

"Ja, Mum."

In der Küche war Angela damit beschäftigt, Gemüse zu schnippeln. Sie bat Miranda, den Dip zuzubereiten. Sie unterhielten sich über Kleinigkeiten und kamen dann auf Ben zu sprechen.

"Ben ist ein sehr vertrauensvoller Junge. Er hat eine hohe Meinung von dir. Aber du wirst uns bald verlassen, nicht wahr? Wie denkst du darüber?"

"Um ganz ehrlich zu sein, ich wünschte, ich müsste nicht nach Hause gehen. Ich liebe es hier, alles daran."

"Mein Sohn?"

Miranda wurde rot und sagte dann: "Ich denke schon, aber ich habe es ihm noch nicht gesagt und ich finde es nicht fair, dass seine Mutter es vor ihm erfährt."

"Oh, er weiß es, Miranda. Ben ist ein sehr scharfsinniger Junge. Er möchte, dass du hierher ziehst oder dass er dich in Kanada besucht. Er hat bereits mit dem kanadischen Konsulat gesprochen. Es ist ihm sehr ernst mit dir."

"Ich habe ein schwieriges Jahr hinter mir und Ben ist das Beste, was mir seit langer Zeit passiert ist.

Ben kam in die Küche und schnappte sich Miranda. Sie war sich nicht sicher, ob er etwas von ihrem Gespräch mitbekommen hatte. Sie hoffte, dass er es nicht getan hatte. Sie wollte nicht, dass er sich zu etwas gedrängt fühlte.

"Ich habe ein Geschenk für dich, Miranda, aber ich möchte nicht, dass du es erst später öffnest", sagte Ben.

"Oh, das ist aber grausam! Kann ich es nicht jetzt aufmachen?"

"Nein, und kann ich es dir anvertrauen? Oder muss ich es wieder unter den Baum legen? Ich sehe an deinem Gesichtsausdruck, dass ich es besser zurückbringe. Es wird genau hier unter dem Baum liegen", sagte Ben.

"Kein Vertrauen? Hmmm, wie soll diese Beziehung jemals überleben?" fragte Miranda, als sie Bens Hand in die ihre nahm und gemeinsam nach draußen ging.

Das Abendessen war in Buffetform aufgebaut und es gab alles vom Truthahnbraten über den Lammbraten bis hin zum Kürbisbraten. Es gab viele Trinksprüche, das Essen war köstlich und die Gespräche waren wunderbar.

Als das Essen zu Ende war, wollte Miranda unbedingt etwas Zeit mit Ben allein verbringen. Sie versuchte, seinen Blick zu erhaschen, aber er war sehr damit beschäftigt, sie zu unterhalten. Schließlich ging er ins Haus und Miranda folgte ihm.

"Ich amüsiere mich so gut, Ben, vielen Dank für die Einladung."

"Oh, ich verstehe, du willst jetzt dein Geschenk auspacken, oder? Okay, ich gebe nach. Ich werde es für dich holen." Ben kam mit der kleinen Schachtel zurück.

Miranda riss das äußere Papier ab und fand darin eine Ringschachtel aus Samt. Ihr Herz machte einen Sprung. Sie klappte den Deckel auf. Es war ein Ring.

"Das ist der Ring, den ich von meinen Eltern bekommen habe, als ich 21 wurde, ich möchte, dass du ihn trägst."

"Ich... ich kann das nicht annehmen, Ben. Ich weiß den Gedanken zu schätzen, aber er ist von deinen Eltern. Das wäre nicht richtig."

"Aber ich möchte, dass du es hast."

Miranda küsste Ben. Sie hielt ihn fest.

"Ich kann es einfach nicht akzeptieren, Ben, ich bin gerührt, dass du ihn mir schenken willst, aber es tut mir leid." Sie reichte ihm den Ring zurück.

"Du liebst mich nicht?" fragte Ben.

"Doch, ich liebe dich, Ben, aber ich möchte, dass du den Ring deiner Eltern behältst."

"Okay, ich will dich nicht drängen, und ich bin froh, dass wir beide dasselbe füreinander empfinden." Ben freute sich und gab Miranda einen sanften, aber leidenschaftlichen Kuss.

Als sich ihre Lippen schließlich trennten, drängte sich Miranda für einen weiteren Kuss zurück.

"Mmmmmmmmmmmm,,   Mmmmmmmmmmmm",
hörten sie von irgendwo hinter ihnen. Miranda und Ben
öffneten ihre Augen. Die halbe Gruppe stand in der Küche
und sah ihnen beim Küssen zu. Beifall brandete auf.
Miranda wurde total scharlachrot. Ben lachte. Peinlich
berührt reichten sich die beiden die Hände und gingen nach
draußen zum Grill, wo die Moskitos (oder Mozzies, wie sie in
Australien genannt werden) sich über die Gäste hermachten.

Es war ein rundum schöner Abend, und Miranda wollte
nicht, dass er zu Ende ging. Ein Taxi wurde für sie gerufen und
kurz nach Mitternacht waren sie auf dem Weg zurück in ihr
Hotel. Miranda erzählte ununterbrochen von Ben und seinen
Eltern. Bens zweite Gruppe von Freunden hatte sich für Terri
und Cheryl nicht bewährt.

Terri machte sich Sorgen, dass Miranda sich in der kurzen
Zeit mit Ben zu sehr in diese ganze Liebesgeschichte
verstrickt hatte. Sie wollte es Miranda sagen, aber sie dachte,
es könnte falsch aufgefasst werden. Miranda ist so glücklich,
lass sie glücklich sein, solange es anhält. Unsere Reise wird
bald vorbei sein und dann wird sie alles über ihn vergessen
und zu ihrem Leben zu Hause zurückkehren.

Zumindest hoffte sie das.

KAPITEL 37

ALS IHR AUFENTHALT IN Melbourne fast vorbei war, packten die Mädchen ihre Koffer und machten sich bereit für die Rückreise nach Sydney. Sie beschlossen, dass ein Ausflug in die Blue Mountains die schönste Art wäre, ihr Abenteuer zu beenden. Sie versuchten, in der gleichen Hütte zu übernachten, aber die war bereits ausgebucht. Sie reservierten in einem kleinen Motel. Es war das, was man als "No-Frills" bezeichnen könnte. Das heißt, kein Fernseher, kein Restaurant, kein gar nichts.

Da sie schon einmal dort waren, konnten sie sich auch ohne alle Annehmlichkeiten zurechtfinden und Spaß haben.

Sie heuerten einen Wanderführer an, der sie durch die Berge begleitete und ihnen die Gegend zeigte. Als sie fragten, ob sie Wanderschuhe oder Ausrüstung bräuchten, wurde ihnen gesagt, dass gute Laufschuhe ausreichen würden, sie aber einen Rucksack mit viel Wasser, Essen und Insektenschutzmittel mitnehmen sollten.

Am Abend zuvor hatte Ben gefragt, ob er die Mädchen am Flughafen abholen könne. Er kam eine Stunde früher als nötig und hoffte, Miranda zu überreden, mit ihm zu Mittag zu essen. Er wählte ein kleines italienisches Restaurant, nicht weit vom Hotel entfernt, und die beiden gingen Hand in Hand und nahmen in einem sehr abgelegenen und romantischen Teil des Restaurants Platz.

"Ich kann nichts essen", sagte Miranda, "und du hast dir so viel Mühe gemacht, alles zu arrangieren."

"Ich kann auch nichts essen, aber lass uns ein Glas Sekt trinken und auf die Zeit anstoßen, die wir zusammen verbracht haben. Kellner, könnten wir bitte eine Flasche Champagner und Bruschetta bestellen?"

Ben griff über den Tisch und nahm Mirandas Hand in seine. Sie sahen sich in die Augen. Miranda begann zu weinen.

"Wir werden uns wiedersehen", sagte Ben, "ich verspreche es. Ich kann nach Kanada kommen. Ich kann eine Ferienarbeitserlaubnis bekommen und vielleicht sechs Monate bleiben."

"Das kannst du? Oh, das wäre wunderbar, Ben."

"Wir werden uns Briefe schreiben und anrufen und..."

"Ach du meine Güte, die Zeit vergeht wie im Flug. Wir müssen zum Flughafen, Ben", sagte Miranda. "Aber ich will mich nicht verabschieden."

"Dann tu es nicht. Es ist kein Abschied, sondern ein endgültiger Abschied."

Miranda küsste Ben sanft auf die Lippen und umarmte ihn. Sie wollte sich losreißen, aber Ben zog sie zu einem leidenschaftlichen Kuss zurück. Er raubte ihr den Atem. Als sie sich wieder gefasst hatte, ging sie weg. Sie schaute nicht zurück. Wenn sie es täte, würde sie feststellen, dass Ben nur ein Traum war.

Miranda und ihre Freunde stiegen in das Flugzeug. Ben sah zu, wie ihr Flugzeug abhob. Tränen liefen ihm über die Wangen. Er vermisste sie bereits.

Draußen kam ein Auto aus dem Nichts und rammte einen Fußgänger auf der Kreuzung.

Der Fußgänger flog in die Luft.

Der junge Mann wurde mit dem Rettungswagen ins Krankenhaus gebracht.

Er war bewusstlos.

KAPITEL 38

Zurück im Hotel The Sydney, blinkte das rote Licht in ihrem Zimmer. Miranda wurde angewiesen, sofort eine Nummer anzurufen.

"Ich wette, das ist Ben", sagte Miranda. "Ich wette, das ist er."

"Gut, ruf zurück", sagte Cheryl. "Lass uns nicht im Ungewissen."

"Melbourne Private Hospital, Katie am Apparat."

"Was? Ich glaube, ich habe mich verwählt. Welche Nummer habe ich gewählt? Ja, das ist die Nummer, die ich hier habe. Ich verstehe nicht ganz. Ich habe eine dringende Nachricht von jemandem, der diese Nummer anrufen soll."

"Ihr Name, bitte?"

"Miranda, Miranda Evans."

"Oh, ja, Ms. Evans, wir haben Ihren Anruf schon erwartet. Einen Moment, ich stelle Sie durch."

"Hallo."

"Angela?" fragte Miranda.

"Miranda? Danke, dass du anrufst, ich fürchte, es gibt keine guten Nachrichten." Sie schluchzte in den Hörer.

"Miranda", sagte Robert, "Angela nimmt es sehr schwer. Es ist eine schwierige Zeit. Ich weiß nicht, wie ich dir das sagen soll."

"Ben? Was ist mit Ben passiert?"

"Er wurde von einem Auto angefahren. Sein Zustand ist kritisch. Es war ein Unfall mit Fahrerflucht."

Miranda wurde ohnmächtig, fiel auf das nächstgelegene Bett und hüpfte dann auf den Boden. Cheryl nahm den Hörer ab.

"Hier ist Cheryl, Robert, was ist passiert? Miranda ist einfach ohnmächtig geworden."

"Ben, er hatte einen Unfall. Er ist in einem kritischen Zustand. Er liegt im Koma. Es war ein Unfall mit Fahrerflucht. Er hat schwere Verletzungen an seinem Rückenmark und seinem Rücken. Die Ärzte sagen, er wird vielleicht nie wieder laufen können."

"Es tut mir so leid, ich weiß nicht, was ich sagen soll. Gibt es irgendetwas, was wir tun können? Ich glaube, Ben würde Miranda dort haben wollen. Sollen wir wieder in ein Flugzeug steigen?"

"Ich will bei Ben sein", sagte Miranda, nahm Cheryl das Telefon aus der Hand und sprach hinein, "ich werde sofort in ein Flugzeug steigen. Ich will für ihn da sein."

"Im Moment hat es keinen Sinn, dass du hier bist, Miranda. Er wird nicht wissen, dass du hier bist, und Angela und ich sind an seiner Seite. Nur unmittelbare Familienangehörige sind erlaubt."

"Ich fühle mich so hilflos", sagte Miranda. "Hat die Polizei irgendwelche Verdächtigen?"

"Sie haben Zeugen gebeten, sich zu melden, aber bis jetzt hat sich niemand gemeldet. Wir hoffen, dass Ben sich erinnert, wenn er aufwacht. Ich muss los, Angela geht es schlecht, ich rufe dich an, wenn sich etwas ändert."

Terri, die nicht verstand, was vor sich ging, tröstete Miranda. Sie wusste, dass es etwas mit Ben zu tun hatte, aber sie hatte keine Ahnung, wie schlimm es war.

"Sie können mich nicht daran hindern, zu ihm zu gehen", sagte Miranda.

"Lass uns einfach bis morgen früh warten, wir sind gerade erst hier angekommen und erschöpft", sagte Cheryl. "Morgen früh können wir unseren Ausflug in die Blue Mountains absagen und mit dir nach Melbourne fahren. Das ist kein Problem, aber jetzt brauchen wir erst einmal etwas Schlaf."

"Schlafen? Wie soll ich denn schlafen, wenn Ben da liegt, ohne mich? Er ist das Beste, was mir seit langer, langer Zeit passiert ist. Ich liebe ihn, das tue ich wirklich."

"Ich weiß, dass du ihn liebst, Miranda", sagte Cheryl, "aber morgen früh wird alles besser aussehen.

Miranda wollte glauben, dass das wahr war. Sie wollte glauben, dass Angela und Robert ihr sagen würden, dass alles gut werden würde. Oder noch besser, dass sie aufwachen und feststellen würde, dass alles nur ein böser

Traum war und nichts weiter. Erschöpft schlief sie ein und schluchzte in ihr Kissen.

Da Miranda fest schlief, beschlossen Cheryl und Terri, nach unten zu gehen und an der Bar etwas zu trinken. Sie waren beide so aufgedreht, dass sie auf keinen Fall schlafen konnten.

"Glaubst du, das ist ein Zufall?" fragte Terri.

"Ich weiß es nicht, aber irgendetwas ist komisch", sagte Cheryl. "Ich meine, erst wird Miranda vergewaltigt. Dann wird die Person, an die sie ihre Wohnung untervermietet hat, ermordet. Dann wird ihr Vater überfallen und schwer verletzt. Und jetzt sind wir hier, ganz am anderen Ende der Welt. Und Ben liegt im Koma! Er hat Fahrerflucht begangen. Das ist alles zu seltsam. Das ist Pech. Richtiges Pech, und es scheint Miranda auf Schritt und Tritt zu verfolgen."

"Ich kann nicht anders, als mich zu fragen, ob wir beide auch in Gefahr sind", sagte Terri. "Ich weiß, es klingt egoistisch, aber..."

"Ich mache mir mehr Sorgen um Miranda, als um mich selbst. Wenn Ben etwas Schlimmes zustößt, weiß ich nicht, ob sie das verkraften kann. Sie ist so wahnsinnig in Ben verliebt. Das kann jeder sehen. Nach allem, was sie durchgemacht hat, kann es doch nicht in einer Tragödie enden. Das Leben kann nicht so grausam sein!"

Als sie in ihr Hotelzimmer zurückkehrten, schlief Miranda noch. Cheryl küsste sie auf die Stirn. Miranda regte sich und sagte Bens Namen.

"Pssst", sagte Cheryl. "Alles wird gut, schlaf weiter."

"Okay", sagte Miranda und war in Sekundenschnelle wieder weggedriftet.

"Ich hoffe, du hast Recht", sagte Terri, während sie sich die Decke um die Schultern zog.

Wer wusste schon, was der Morgen bringen würde?

KAPITEL 39

MIRANDA WACHTE ERSCHROCKEN AUF und fragte sich, ob sie das alles nur geträumt hatte. Ben war in ihren Träumen und streckte seine Hand nach ihr aus. Sie versuchte, ihn zu erreichen, aber die Entfernung war zu groß. Er schien immer außerhalb ihrer Reichweite zu sein. Manchmal bog sie um eine Ecke, und er war da, und sie versuchte, mit ihm zu sprechen oder nach ihm zu greifen, und dann löste er sich in Luft auf. Diese Sequenzen tauchten die ganze Nacht über in Mirandas Fantasie auf.

Plötzlich setzte sich Miranda auf und sah sich im Zimmer um. Hatte Ben einen Unfall gehabt? Vielleicht war das alles nur ein Traum gewesen. Sie drehte sich um und sah ihre beiden Freunde schlafen. Terri schnarchte vor sich hin, und Cheryl lächelte. Sie fragte sich, wie ihre beiden besten Freundinnen so friedlich schlafen konnten, wenn Bens Leben wirklich am seidenen Faden hing.

Sie drehte ihr Gesicht zur Wand und versuchte, wieder in den Schlaf zu gleiten. Sie schaute auf die Uhr. Sie zeigte 3:21 Uhr an. Sie hatte nicht lange geschlafen. Tatsächlich konnte sie sich nicht einmal daran erinnern, dass sie eingeschlafen war. Sie beschloss, dass es das Beste war, aufzustehen, die Balkontür zu öffnen und draußen zu sitzen, bis sie bereit war, einzuschlafen.

Miranda dachte, ein kleines Selbstmedikament könnte ihr helfen, ins Schlummerland zu gelangen. Sie fand Wodka und Orangensaft in der Bar. Allerdings kein Eis. Sie würde sich unten in der Halle welches holen müssen. Da es mitten in der Nacht war, machte sie sich nicht einmal die Mühe, ihren Pyjama auszuziehen. Wer würde sie schon sehen?

Sie brauchte eine Weile, um in der Dunkelheit ihren Schlüssel zu finden, aber als sie ihn gefunden hatte, spähte sie den dunklen und leeren Korridor entlang. Es war auffallend still und ein unheimliches Brummen erfüllte die Luft - es war das einzige Geräusch, das Geräusch der Eismaschine. Sie füllte ihren Eimer auf und ging dann zurück in ihr Zimmer.

Snacks. Ich brauche Snacks. Ich muss bei Kräften bleiben und Junkfood ist besser als gar kein Essen!

Durch das Glas sah sie Doritos, texanische BBQ-Chips und eine Reihe von leckeren Schokoriegeln, die sie schon lange probieren wollte.

Ich habe kein Kleingeld.

Sie ging zurück und fummelte im Dunkeln nach ihrer Handtasche. Sie fand mehrere Dollar in Münzen und kehrte mit ihren Armen voller Leckereien in ihr Zimmer zurück.

Miranda schob leise die Terrassentür auf. Sie klappte einen Liegestuhl aus und stellte den Eiskübel, Orangensaft, Wodka und das Junkfood auf den Tisch. Es sah aus, als hätte sie gerade einen Laden an der Ecke ausgeraubt. Nach zwei Gläsern Wodka und Orangensaft begannen Mirandas Gedanken zu schweifen. Sie blickte über Sydney, wo die Stadt im Lichterglanz erstrahlte. Die Autos hupten und machten quietschende Geräusche. Sie fragte sich, wo alle um 4 Uhr morgens hinfuhren. Sie fragte sich, wie viele Leute betrunken von Partys nach Hause fuhren. Ein Motorrad brauste vorbei und kurz darauf ertönte eine Art Sirene. Sie stand auf und lehnte sich an das Balkongeländer. Es war ein Krankenwagen.

Sie waren hoch oben, wirklich sehr hoch oben, und die Wärme des Wodkas begann, ihr Inneres zu umschmeicheln. Sie schaute hinaus, so weit ihre Augen reichten, zur Sydney Harbour Bridge und zum Sydney Opera House, und sie fühlte sich ganz allein.

Ihre beiden Freunde schliefen noch tief und fest. Sie war allein und doch fühlte sie sich nicht einsam. Sie fühlte sich hoffnungsvoll. Sie war sich sicher, dass Ben sich vollständig erholen würde.

Dann würde er eines Tages Kanada besuchen und Miranda würde ihm die Stadt zeigen. Sie würde mit ihm ins Theater gehen, um "Romeo und Julia" zu sehen. Sie würden ein Picknick am Avon River machen. Sie würde ihn zu ihrer High School mitnehmen und ihm zeigen, wo früher ihre Grundschule war. Jetzt ist es ein Häuserblock. Sie würde mit ihm zu den Niagarafällen fahren und,

Miranda schlief auf dem Liegestuhl ein und schlief friedlich, bis sie durch das Klingeln des Telefons geweckt wurde. Alle drei Mädchen sprangen auf und bewegten sich zum Telefon, aber Miranda war zuerst dran.

"Hallo, ich bin's, Miranda."

"Schatz", sagte Angela. "Ben ist heute Morgen um 3:30 Uhr verstorben. Er ist friedlich im Schlaf gestorben. Er hat das Bewusstsein nicht wiedererlangt."

Miranda hielt sich am Telefon fest, als wäre es eine Rettungsleine. Ihr Gehirn versuchte, die Informationen zu verarbeiten, die sie gerade gehört hatte.

Ben ist tot. Ben ist tot.

"Aber er kann doch nicht tot sein. Wir haben uns doch gerade erst kennengelernt."

Ben ist tot. Er kann nicht tot sein. Ben ist tot.

Terri griff nach dem Telefon.

"Sie ist in einem Schockzustand. Hier ist Terri, es tut mir so leid. Können wir irgendetwas tun? Wann ist die Beerdigung?"

"Danke, Terri, aber kümmere du dich nur um Miranda. Ben wird eingeäschert, heute. Es wird keine Beerdigung geben. Ben hat in seinem Führerschein unterschrieben, dass seine Organe gespendet werden sollen. Es wird alles heute passieren, ganz schnell. Wir möchten, dass Miranda etwas bekommt, das Ben sehr am Herzen lag. Ich schicke es ihr heute noch mit der Post zu."

"Danke, Angela, ich bin sicher, sie wird es zu schätzen wissen. Ich lasse dich jetzt gehen, es tut mir leid."

Miranda ging in die Minibar und fand zwei Flaschen Champagner. Sie räumte drei Gläser aus und ging nach draußen.

Sie starrte ins Leere. Nach ein paar Augenblicken schenkte sie drei Gläser Sekt ein.

"Ben, das ist für dich, Kumpel. Du warst einmalig und ich bin ein besserer Mensch, weil ich dich getroffen habe. Ich werde dich vermissen."

"Auf Ben!" sagte Cheryl und hob ihr Glas.

"Ja, auf Ben!" sagte Terri.

Ihre Gläser klirrten aneinander.

Ben war hier bei mir, bevor sein Geist weiterzog, und er wird immer in meinem Herzen sein.

Miranda spürte, wie eine friedliche Stimmung ihren Körper durchströmte. Sie begann zu packen. Sie war bereit, nach Hause zu gehen.

Terri und Cheryl warteten auf Mirandas emotionalen Zusammenbruch, aber der kam nicht.

Sie fragten sich, wie viel ihre Freundin noch ertragen konnte: erst die Vergewaltigung, dann Christina, dann der Überfall auf ihren Vater und jetzt Bens Tod.

Wer würde der Nächste sein?

KAPITEL 40

MIRANDA SCHLIEF FEST, ALS Terri und Cheryl weggingen. Sie schrieben ihr eine Nachricht, in der sie erklärten, dass sie den Tag im Taronga Zoo verbringen würden. Als Miranda ihn las, war sie froh, dass sie zwei Freundinnen hatte, die ihre Gedanken lesen konnten. Das Letzte, worauf sie Lust hatte, war, in die Welt hinauszugehen. Heute wollte sie einfach nur allein sein.

Nachdem sie eine Stunde lang Trübsal geblasen hatte, wollte Miranda aus dem Hotelzimmer raus. Sie hatte den unbändigen Drang, in die Blue Mountains zu fahren. Sie nahm ein paar Schreibwaren mit und steckte sie in ihren Rucksack. Sie ging zur Wynyard Station, stieg am Hauptbahnhof um und war bald auf dem Weg nach Katoomba. Sie fuhr durch Sydney, als hätte sie das schon ihr ganzes Leben lang getan.

Sie fand ein leeres Abteil. Ein Ort, an dem sie ganz allein mit ihren Gedanken und Erinnerungen sein konnte. Als der Zug aus der Stadt rollte, nahm sie ihren Stift zur Hand und begann, einen Abschiedsbrief an Ben zu schreiben. Vor ihrem geistigen Auge war dies die beste Art, sich von ihm zu verabschieden, auf den Gipfel der Blue Mountains zu gehen und ihren Brief über den Gipfel in die Luft zu werfen.

Zuerst starrte sie das leere Blatt an, aber schon bald blickten Bens blaue Augen von der Oberfläche des Papiers zu ihr herüber. Und sie begann zu schreiben. Der Stift kratzte über die Seite und sie erzählte Ben alles. Sie teilte ihm alles mit, was sie schon immer mit ihm teilen wollte. Ich liebe Rosa. Ein bestimmter Led Zeppelin-Song bringt mich immer zum Weinen. Ich habe Little Women elfmal gelesen. Ich bewundere Gregory Peck. Ich habe ein Muttermal in der Mitte meines Rückens.

Als sie mit dem Schreiben fertig war und jede Ecke des Briefpapiers ausgefüllt war, starrte Miranda aus dem Fenster. Es fing an zu regnen.

Sie beobachtete die winzigen Tröpfchen, die um sie herum fielen. Sie fühlte sich eins mit der Welt. Als ob die Welt ihren Schmerz teilte und sie in die Arme schloss. Sie gab ihr die Hoffnung, dass die Sonne eines Tages wieder herauskommen würde.

Und so war es auch: Innerhalb von zwanzig Minuten schien die Sonne, und sie stieg aus dem Zug aus und ging die Hauptstraße von Katoomba entlang in Richtung Blue Mountains.

Mirandas Plan war es, zuerst dorthin zu gehen, um den Brief fliegen zu lassen und dann zurück zu gehen und in den Buchläden zu stöbern. Als sie weiterging, gesellte sich ein Kookaburra zu ihr und lachte so laut, dass sie nicht anders konnte, als mitzulachen. Sie blieb stehen und starrte ihn an, während sie sich auf den Draht setzte.

Warum bist du so glücklich, kleiner Kookaburra?

Sie schaute sich um und entdeckte einen anderen Kookaburra auf einer Antenne, ein paar Meter entfernt. Sie fragte sich, ob es die gleichen Kookaburras waren, die sie bei ihrem letzten Besuch in Katoomba gesehen hatte. Vögel paaren sich fürs Leben. Sie und Ben würden ein Leben lang zusammen sein.

Sie begann wieder zu laufen und kam am Echo Point an, wo sie die Stufen so weit hinunterging, wie sie es zuließ. Sie nahm den Brief aus ihrem Rucksack, küsste das Papier und ließ es über die Kante schweben. Sie sah zu, wie er wie eine Feder nach unten flatterte, so weit ihre Augen sehen konnten. Sie hoffte, dass ein Bunyip ihn nicht klauen würde. Sie wischte sich die Tränen weg und ging weiter, bis der Weg nicht mehr zu sehen war. Sie schaute nach oben, und da waren Treppen, harte Betontreppen, die nach oben führten.

Als sie oben ankam, stellte sie fest, dass sie sich immer noch in Katoomba befand, in einer kleinen Straße, die sie nicht kannte. Es gab Schilder, die sie zurück zum Bahnhof führten. Sie folgte ihnen und war enttäuscht, dass die Treppe sie nicht zu Ben führte. Sie kaufte zwei Bücher, eine Sammlung von A. B. "Banjo" Paterson und einen Gedichtband von Henry Lawson.

Sie verbrachte mehrere Stunden damit, von Laden zu Laden zu gehen, bevor sie merkte, dass es dunkel wurde. Sie musste zurück nach Sydney.

Als sie bei der Concierge ankam, wartete dort ein Paket von Angela. Sie trug es nah am Herzen, als sie in den Aufzug stieg und nach oben fuhr.

"Wo kann sie nur hin sein?" fragte Terri.

"Ich wünschte, sie hätte uns einen Zettel hinterlassen. Oh, da bist du ja!" rief Cheryl aus. "Wir haben uns Sorgen um dich gemacht!"

"Es tut mir leid. Ich musste einfach weg von hier. Wie war's im Zoo?"

"Es war fantastisch. Dingos, Wombats, Tasmanische Teufel,"

"Und wir haben uns mit einem Koala fotografieren lassen!" rief Cheryl aus.

Cheryl sah Miranda an, die nicht zuzuhören schien, während sie über ihren Tag plauderten. Dann bemerkte sie das Paket, das Miranda fest an ihre Brust drückte.

"Ist es das?" fragte Cheryl. "Das Paket von Angela?"

"Oh, ja, ja, das ist es."

"Wir können rausgehen und dich allein lassen, um es zu öffnen?"

"Nein, bleibt, ich möchte, dass ihr bleibt." Miranda riss den Umschlag auf und fand darin eine Karte, auf der stand: Ben hielt große Stücke auf dich und liebte dich. Das hat er uns gesagt. Er hätte gewollt, dass du das hier bekommst. Wir haben sie ihm zu seinem 21. Geburtstag geschenkt. Alles Liebe von Robert und Angela. P.S. Bitte bleibt in Kontakt.

"Sein einundzwanzigster, ich weiß, was es ist", sagte Miranda, während ihr die Tränen über die Wangen liefen.

"Er, Ben wollte mir diesen Ring zu Weihnachten schenken, damit ich mich an ihn erinnere."

Sie steckte ihn an. Er passte perfekt.

"Er ist wunderschön", sagte Terri.

Cheryl weinte so sehr, dass sie keine Worte finden konnte.

KAPITEL 41

ENDLICH WAR ES FÜR die drei Freunde an der Zeit, ihren Flug nach Hause zu nehmen. Die letzten zwei Tage waren lang gewesen. Die ganze Lebensfreude war aus Miranda verschwunden. Ein neues Jahr sollte eingeläutet werden, und sie freute sich nicht darauf.

"Sie hat nichts mehr gegessen", sagte Terri.

"Sie steht immer noch unter Schock. Und ich denke, es ist gut, dass wir jetzt nach Hause fahren. Sie braucht Zeit, um zu heilen. Zeit und Abstand."

"Wir werden bald zu Hause sein und sie wird überrascht sein, wenn sie sieht, wer uns am Flughafen abholt", sagte Terri.

"Pssst, wir wollen auf keinen Fall die Katze aus dem Sack lassen. Wenn sie es wüsste, wäre sie wütend!"

KAPITEL 42

DIE MEISTE ZEIT DES Fluges über unterhielten sich Terri und Cheryl miteinander. Miranda starrte aus dem Fenster. Sie wollte nichts essen und nichts trinken. Selbst als die Flugbegleiterin Champagnerflaschen brachte, um das neue Jahr einzuläuten, war Miranda nicht daran interessiert.

"Worauf soll ich mich denn freuen?" fragte Miranda.

"Du hast uns", sagte Cheryl.

"Und einen neuen Job, zu dem du gehen kannst", sagte Terri. "Ich weiß, dass du um Ben trauern musst, aber glaubst du nicht, dass er wollen würde, dass du glücklich bist?"

"Wie kann ich jemals wieder glücklich sein?" fragte Miranda. Sie schloss ihre Augen und tat so, als ob sie schliefe. Sie wollte sie ausschließen. Alles ausblenden. Sie wollte Ben und nur Ben.

Endlich setzte ihr Flugzeug zum Landeanflug auf den Pearson Airport an. Es schneite heftig und es gab einige

Turbulenzen, als das Flugzeug versuchte, aufzusetzen. Es dauerte zwei Versuche, bis die Räder Halt fanden. Es dauerte nicht lange, bis sie aus dem Flugzeug ausstiegen und am Gepäckband standen, wo sie ihre Sachen abholen konnten. Während sie darauf warteten, dass ihr Gepäck auf den Bahnsteig fiel, schienen die drei Freunde in ihrer eigenen Welt verloren. Es dauerte ewig, bis sie ihre Taschen wieder in Empfang nehmen konnten. Sie konnten gar nicht glauben, wie viele Sachen sie auf der Reise erworben hatten. Sie mussten ewig warten, bis sie das Didgeridoo von Terris Vater abholen konnten.

Endlich hatten sie alles im Schlepptau und Miranda war die erste, die durch die Drehtüren ging. Ihre Mutter und ihr Vater warteten schon auf sie. Normalerweise waren sie keine Familie, in der man sich umarmt, aber heute gab es Umarmungen von allen Seiten.

"Du kommst mit uns nach Hause, junge Dame", sagte Tom Evans. "Es tut mir leid, das mit deinem Freund zu hören."

"Mir tut es auch leid", sagte Elizabeth Evans. "Wir möchten, dass du mit uns nach Hause kommst."

"Danke, aber ich komme schon klar, wenn ich alleine nach Hause gehe", sagte Miranda.

"Nein, das wirst du nicht, wir wollen nichts davon hören", sagte Tom.

"Aber Papa, meine ganzen Sachen sind da, ich will nach Hause."

"Dein Zuhause ist jetzt unser Zuhause", sagte Elizabeth. "Komm heute Abend zu uns nach Hause, erzähl uns von deiner Reise, du kannst dich morgen entscheiden."

"Okay, danke", sagte Miranda.

"Kommt Mädels, lasst uns loslegen. Es braut sich ein fieser Sturm zusammen und wir fahren in den Schneegürtel", sagte Tom.

"Du meinst, wir fahren alle zusammen?" fragte Miranda.

"Ja, komm schon", sagte Tom.

"Es kommt mir vor, als wärt ihr sehr lange weg gewesen", sagte Elizabeth.

"Ja, es ist wie ein anderes Leben, seit wir weg sind", sagte Terri.

"Wir haben so viel über ein wunderschönes Land gelernt und wollen alle eines Tages zurückkehren", sagte Cheryl.

"Ich wollte schon immer mal nach Australien", sagte Elizabeth.

"Das wusste ich gar nicht, Mama."

"Klar, als ich ein Mädchen war, hatte ich eine Brieffreundin in Perth. Wir haben uns hin und her geschrieben und dann haben wir den Kontakt verloren. Wie schade."

"So ist das Leben, du hast Menschen für eine kurze Zeit in deinem Leben und dann ziehen sie weiter", sagte Tom. Er warf einen Blick auf Miranda im Rückspiegel. "Aber du bist ein besserer Mensch, weil du sie kennst."

Miranda lächelte. Sie konnte nicht glauben, dass ihre Eltern sich menschlich verhielten. Fast so, als würden sie sich Sorgen machen.

Sie setzten zuerst Terri und dann Cheryl ab.

Als sie nur noch zu dritt im Auto saßen, fürchtete Miranda die Stille und begann unaufhörlich zu plappern. Elizabeth griff nach hinten und nahm Mirandas Hand in ihre.

"Wir sind froh, dass du zu Hause bist."

Miranda schaute ihrer Mutter in die Augen und sah darin ein tiefes Mitgefühl, das sie vorher nie bemerkt hatte.

"Danke, Mama."

Miranda stiegen die Tränen in die Augen. Sie konnte es nicht ertragen. Sie konnte es nicht ertragen, dass ihre Eltern so nett zu ihr waren. Sie fühlte sich zu verletzlich und es war ihr klar, dass sie Mitleid mit ihr hatten.

Es war Mitleid und nichts anderes.

BUCH ZWEI:

WIEDER ZU HAUSE

KAPITEL 1

BEI TERRI ZU HAUSE war es ein Familientreffen. Angelo, Maria und Giovanni luden alle zu einer Willkommensparty ein.

"Wow!" rief Terri aus, als sie das Haus betrat. "Damit habe ich wirklich nicht gerechnet. Wie geht es dir? Wie geht es dir?"

"Wir wollen alles darüber wissen", sagte Angelo. "Alles über deine fantastische Reise."

"Ich will wissen, wie australische Frauen sind", sagte Giovanni.

Maria schlug ihm auf den Hinterkopf. Giovanni zuckte zusammen und rieb sich die Stelle mit der Hand.

"Erhebt eure Gläser auf meine schöne Tochter Teresa", sagte Angelo. Sie stießen mit den Gläsern an und sangen "Rede, Rede, Rede".

"Danke, Mama, Papa und Giovanni, für dieses nette Beisammensein. Und danke, dass ihr alle gekommen seid."

"Komm schon, erzähl uns von dem Land unter der Erde", sagte Onkel Freddo.

"Gib mir eine halbe Chance", sagte Terri, "ich bin seit über vierundzwanzig Stunden geflogen".

"Und deine Arme tun sicher weh", sagte Onkel Freddo.

"Ein Oldie, aber ein Goodie", sagte Maria. "Pssst, Freddo, lass Teresa reden."

"Ich bin erschöpft, aber ich werde euch ein wenig über Australien erzählen." Sie redete stundenlang mit ihnen. Über Katoomba, die Three Sisters, das Besteigen der Sydney Harbour Bridge, Uluru, Bondi Beach, Perth, Adelaide, Melbourne. "Jetzt muss ich schlafen gehen, gute Nacht zusammen", sagte Terri. Sie flüchtete in ihr Zimmer.

"Nur eine Minute. Ich habe etwas für dich, Papa. Hier", sagte sie und reichte es ihm.

"Was ist es?"

"Das ist ein Musikinstrument, das die australischen Aborigines benutzen."

"Wie spiele ich es?"

"Du bläst hier hinein. Es heißt, dass nur eine spirituelle Person in der Lage ist, einen Ton auf dem Didgeridoo zu erzeugen."

"Ich werde einen Ton machen, der so laut ist, dass man ihn in Australien hören kann", sagte Angelo. Er blies. Nichts. Er blies noch stärker, immer noch nichts. Schließlich gab er alles, was er konnte, und blies in das Mundstück. Ein

Geräusch wie ein brünstiger Stier ertönte. Alle im Raum applaudierten.

"Danke, Teresa, deine Mutter und ich werden es in Ehren halten. Und jetzt ab ins Bett mit dir. Du siehst sehr müde aus."

KAPITEL 2

IN CHERYLS HAUS BRANNTEN alle Lichter. Ihre Mutter, ihre Schwester und ihr Bruder rannten nach draußen, um sie zu begrüßen.

"Ich bin so froh, zu Hause zu sein", sagte Cheryl. "Danke, dass ihr auf mich gewartet habt."

"Wir wollen alles darüber hören", sagte Janet. "Du siehst aber erschöpft aus."

"Der Flug ist ein Killer und Miranda ist seit Bens Tod nicht mehr sie selbst. In den letzten Tagen war sie so deprimiert. Ich weiß nicht, wie ich ihr helfen kann."

"Gib ihr einfach Zeit." sagte Janet. "Die Zeit heilt alle Wunden."

"Ich glaube, du hast Recht. Ich habe Geschenke für euch alle, irgendwo in diesen Taschen. Ist es okay, wenn ich sie morgen ausgrabe?"

"Ich hoffe, Ian Thorpe ist nicht da drin", sagte Evelyn.

"Das glaube ich nicht. Allerdings könnte er von meiner tollen Schwester gehört haben - und sich in meiner Tasche versteckt haben, um sie kennenzulernen."

"Gute Nachrichten verbreiten sich schnell", sagte Evelyn.

"Ich bin zu erschöpft, um heute Abend über Australien zu reden. Können wir das morgen früh machen?"

"Ja, wir dachten uns, dass du müde sein würdest, aber wir wollten dich sehen. Du bist dünner geworden, das steht fest", sagte Craig.

"Das muss an der Hitze und dem vielen Laufen liegen. Temperaturen um die 40 Grad und du hast immer noch etwas zu tun", sagte Cheryl. "Aber wie war Weihnachten?"

"Komm rein", sagte Janet und nahm ihre Tochter bei der Hand.

Im Wohnzimmer stand der Weihnachtsbaum noch und seine Lichter blinkten. Unter dem Baum stapelten sich die Geschenke. "Wir könnten Weihnachten nicht ohne dich feiern."

Cheryl fing an zu weinen: "Ihr habt ja keine Ahnung, wie sehr ich euch vermisst habe."

"Ich glaube, wir haben eine Idee", sagte Janet. "Also, ab ins Bett mit euch allen. Morgen ist der Weihnachtsmorgen. Wir werden unsere Geschenke auspacken, Eierlikör trinken und dann im Swiss Chalet essen gehen. Das wird perfekt!"

Morgen werde ich ihnen von Papa erzählen, davon, wie ich seine Anwesenheit oben in den Blue Mountains gespürt habe. Ich werde ihnen erzählen, wie sein Geist durch die Luft schwebte und mich dann an der Stirn berührte.

Aber wenn ich ihnen unser Geheimnis erzähle - wird dann die Nähe, die ich zu ihm spüre, für immer verschwinden?

Werde ich diese neue Bindung verlieren, wenn ich die Worte laut ausspreche?

Ich bin nicht bereit, dieses Risiko einzugehen. Für den Moment behalte ich es für mich.

KAPITEL 3

MIRANDA WACHTE IN EINEM Zimmer auf, in dem sie seit über fünf Jahren nicht mehr geschlafen hatte. Um ehrlich zu sein, hatte sie ihr altes Zimmer nicht mehr betreten, seit sie zum ersten Mal eine Wohnung gemietet hatte. Sie war überrascht, dass es noch genauso aussah, wie sie es verlassen hatte. Ihre Softball-Trophäen waren noch da, ihre Jahrbücher standen noch in den Regalen und ihre Poster bedeckten immer noch die Wände mit faltenlosen Gesichtern: eingefroren in der Zeit. Als Miranda beschloss, von zu Hause auszuziehen, wollte sie alle ihre Sachen haben. Sie verabredete sich, um sie abzuholen, aber dann kam etwas Wichtigeres dazwischen und sie sagte ab. Es schien nie einen richtigen Zeitpunkt dafür zu geben.

Miranda schob die Schranktüren auf. Ihre alten Klamotten hingen immer noch dort, als ob sie darauf warteten, dass sie zurückkam und sie anziehen würde. Sie sahen auch noch brandneu aus. Ihre Kisten waren noch da, und darin, ja, die Mützen und Hüte, die sie als kleines Mädchen auf Kostümpartys getragen hatte.

Der Ort war eine Art Museum, ein Museum für Miranda, und irgendwie konnte sie nicht verstehen, warum. Bis gestern Abend hatte sie nie eine enge Bindung zu ihren Eltern gespürt. Jetzt konnte sie nicht anders, als sich zu fragen, ob sie sich ihr ganzes Leben lang in ihnen getäuscht hatte. Was, wenn sie sie völlig missverstanden hatte? Sie falsch eingeschätzt hatte?

Manchmal passieren schlimme Dinge aus einem bestimmten Grund. Ich habe in den letzten Jahren nichts als Mist erlebt - und vielleicht liegt es daran, dass mir etwas fehlt. Vielleicht sollen die Dinge, die mir und meiner Umgebung widerfahren, ein Weckruf sein. Aber ich habe die Botschaft einfach nicht verstanden, und so passieren sie immer wieder.

Elizabeth und Tom saßen im Wohnzimmer und sahen fern. Es lief "The Price Is Right" mit Bob Barker und "Komm runter" waren die Worte, die sie hörte, als sie den Raum betrat.

"Perfektes Timing, Miranda. Komm runter", sagte Tom.

"Das Frühstück ist fertig", sagte Elizabeth.

"Ich hätte gerne eine Tasse Kaffee."

"Nur mit Kaffee kann man ein Mädchen nicht gesund halten. Komm schon", Tom nahm Miranda am Arm und führte sie zum Küchentisch. "Hier ist die Zeitung von heute, setz dich, entspann dich und lies - deine Mutter und ich werden das Essen im Handumdrehen auf dem Tisch haben."

"Mach dir keine Umstände."

"Ärger, na ja, wir müssen dich aufpäppeln. Sieh nur, wie dünn du geworden bist", sagte Elizabeth, während sie den Toast in die Schlitze schob.

Miranda fühlte sich hilflos. Sie mochte es nicht, sich hilflos zu fühlen.

Als das Essen fertig war, setzten sich Tom und Elizabeth zu ihrer Tochter an den Tisch. Sie versuchte, sich an das letzte Mal zu erinnern, als sie als Familie zusammensaßen und das Brot brachen. Ihre Gedanken schweiften zurück zu dem Tag, als sie mit einem blauen Auge nach Hause kam. Die Luft duftete nach Toast und Marmelade.

"Ich bin nicht dünn - aber wenn ich erst mal wieder zu Hause bin und meine eigene Routine habe..."

"Aber Schatz", sagte Elizabeth. "Dein Zuhause ist hier. Außerdem bist du dort nicht sicher."

"Die Schlösser sind bereits ausgetauscht worden und ich kann eine Alarmanlage installieren lassen."

"Das kannst du nicht riskieren", sagte Tom.

"Natürlich muss ich zurück in meine eigene Wohnung ziehen, Mom und Dad! Das musst du anerkennen. Fünfundzwanzigjährige Töchter ziehen nicht wieder zu Hause ein, wenn sie fünf Jahre lang auf sich allein gestellt waren."

"Du bestrafst uns, nicht wahr?" sagte Elizabeth. "Könnt ihr uns nicht die Vergangenheit verzeihen und neu anfangen?"

"Wir wissen, dass wir Fehler gemacht haben und wir wollen unsere Tochter besser kennen lernen. Wir haben so viel verpasst. Wirst du uns das erlauben, Miranda?"

Miranda antwortete nicht. Sie schaute tief in ihre Tasse Kaffee und beobachtete, wie die Zuckerkristalle im Kreis tanzten.

Elizabeth und Tom tauschten Blicke aus. In ihren Herzen fragten sie sich, wie sie jemals zu Miranda durchdringen sollten. Sie würde ihren Schutz nicht aufgeben. Die Mauern um sie herum waren extrem hoch.

"Du musst uns reinlassen", sagte Tom.

Miranda verspürte den plötzlichen Drang, aufzustehen und zurückzutreten. Sie versuchte aufzustehen, aber ihre Beine waren so wackelig, dass sie sich wieder hinsetzte. Ihr ganzes Leben lang hatte sie sich gewünscht, dass ihre Eltern die Hand nach ihr ausstrecken, dass sie versuchen, ihr nahe zu sein, und jetzt taten sie genau das, und das machte ihr eine Heidenangst.

"Ich bin fünfundzwanzig Jahre alt, ich bin nicht mehr euer Baby und es ist einfach zu spät für euch, mich jetzt noch für euch zu gewinnen. Ich bin unabhängig gewesen. Ich bin eine starke Frau. Ich habe euch vor Jahren gebraucht. Ich brauchte dich damals. Jetzt brauche ich euch nicht mehr."

Miranda kletterte in ihre imaginäre Wand und nagelte die Türen zu.

Ich kann mich hier nicht verstecken, wenn Mami und Papi da sind. Ich bin eine erwachsene Frau. Wenn ich ihren Olivenzweig annehme, dann haben sie gewonnen. Ich werde es für immer bereuen. Ich kann sie nicht gewinnen lassen - sie haben es nicht verdient.

"Ich will euch beiden nicht wehtun."

"Doch, das willst du", sagte Elizabeth. "Du willst uns verletzen und immer weiter verletzen. Ihr wollt nicht heilen. Du bestrafst uns. Und du hältst uns davon ab, zusammen zu sein - wie eine richtige Familie."

"Ich weiß deine Bemühungen zu schätzen und begrüße sie, aber ich kann nicht länger hier bleiben. Ich bin ein großes Mädchen. In meiner Wohnung bin ich absolut sicher. Das Mädchen, das dort wohnte, hat Selbstmord begangen, also bin ich nicht in Gefahr. Und ich brauche meinen Freiraum. Es gibt nichts, worüber du dir Sorgen machen musst. Mir wird es gut gehen."

"Miranda, die Polizei ist sich nicht sicher. Sie sagen, dass sie unter verdächtigen Umständen gestorben ist und schließen einen Selbstmord aus. Es wurde eine Handschriftenanalyse gemacht und der Abschiedsbrief passte nicht zu ihrer Handschrift. Außerdem wurdest du angegriffen!"

"Oh Gott! Wer hat dir das gesagt? Sie hatten kein Recht dazu! Überhaupt kein Recht!"

"Die Polizei nahm an, dass wir es wussten", sagte Elizabeth. "Die Polizei hatte keine Ahnung, dass unsere Tochter so ein Geheimnis vor uns haben würde. Vielleicht haben wir dich im Stich gelassen, als du aufgewachsen bist. Vielleicht haben wir dich nicht gut genug gekannt, uns nicht um dich gekümmert und dir nicht das gegeben, was du gebraucht hast, aber wir würden jetzt gerne damit anfangen. Wir möchten dir dein altes Zimmer zurückgeben, damit wir dich beschützen können und du sicher unter unserem Dach bist. Du bist unser einziges Kind, und egal, was du von uns denkst, wir lieben dich von ganzem Herzen und würden alles für dich und deine Sicherheit tun."

Miranda war sprachlos. Ihre Eltern liebten sie. Sie hatten fünfundzwanzig Jahre gebraucht, um diese Worte zu sagen. Worte, die Miranda schon lange hören wollte. Als sie nun endlich kamen, drehte sie durch.

Sie schlug um sich, wedelte mit der Zunge wie eine unkontrollierte Batteriepuppe und schüttete ihnen alles zu. All der Schmerz, den sie ihr zugefügt hatten, all die Scham, alles strömte wie Wasser von ihren Lippen, es kam und kam, bis sie nur noch ein leeres Fläschchen war und sie sich in einen Stuhl fallen ließ und wie ein Kind zu weinen begann. Sie entblößte ihre Seele völlig und stand nackt vor ihren Eltern. Sie erinnerte sich an eine Zeit und einen Ort in genau diesem Haus, als sie verletzlich war. Sie rollte sich fest zu einer Kugel zusammen und begann zu weinen. Sie schaukelte sich einen Moment lang hin und her, dann öffnete sie die Augen und sah ihre Eltern an, die über ihr standen und ihr die Hände entgegenstreckten.

Obwohl sie ihren Trost wollte, verweigerte sie ihn ihnen, indem sie ihre Hände in ihren Taschen versteckte. Sie hortete ihre Liebe, als wäre sie Gold.

Ihre Eltern versuchten, durch die Mauern zu kommen, die sie gebaut hatte, aber sie hatte sie zu hoch gebaut.

Sie summte ein Lied von Simon und Garfunkel vor sich hin.

"Ich habe genug davon!" rief Tom aus. "Miranda, du stehst auf und gibst uns deine Hände, damit wir dich trösten können. Du tust das jetzt - sonst verlässt du dieses Haus für immer. Ja, verlasse uns und wenn du gehst, wirst du an diesem Ort nicht mehr willkommen sein und wir werden dich nicht mehr Tochter nennen." Er zögerte, schaute zu seiner Frau und sagte dann: "Es ist deine Entscheidung, wähle jetzt."

Das Kind in Miranda erinnerte sich an diese Szene. Sie spielte sich vor ihrem geistigen Auge ab. Ihre Eltern haben nie Forderungen gestellt. Ihre Eltern haben immer nachgegeben.

Was habe ich schon zu verlieren? Nichts, gar nichts, gar nichts, gar nichts, gar nichts.

Sie streckte ihre Hände aus, und jedes Elternteil nahm eine in die seine und sie begannen sie zu küssen, als hätten sie Gold oder sogar Diamanten entdeckt. Sie zogen sie in ihre Arme und hielten sie einfach fest. Alle drei hielten sie in einem Kreis und ließen sie nicht mehr los. Nichts konnte sie dazu bringen, loszulassen.

Tom und Elizabeth boten an, zu Mirandas Wohnung zu fahren und ein paar Sachen für sie zu holen.

"Wartet, ich will auch mitkommen", sagte Miranda.

"Aber ich denke, du solltest etwas schlafen. Du siehst erschöpft aus", sagte Tom.

"Das bin ich auch, aber ich werde schon irgendwie die Kraft finden, das zu überstehen. Wenn ihr beide bei mir seid. Gib mir nur ein paar Minuten, um mir die Nase zu pudern."

"Nimm dir so viel Zeit, wie du brauchst, es eilt nicht", sagte Tom.

"Auf dem Rückweg halten wir für Kaffee und Donuts an", sagte Elizabeth.

"Tim Horton's Kaffee und einen Long John Donut für unsere Tochter", sagte Tom. "Ihre Lieblingsdonuts."

Ich kann es nicht glauben. Papa erinnert sich an meinen Lieblingsdonut. Hatte ich das falsch verstanden? All die Jahre lang? Ich frage mich, an was er sich sonst noch so alles von mir erinnert.

KAPITEL 4

DIE UHR DREHT SICH weiter, Tage, Wochen, Monate vergehen.

Das Leben von Miranda Evans nimmt eine völlig andere Wendung.

Sie wohnt immer noch in ihrem Elternhaus. Allerdings sieht es nicht mehr so aus wie das Haus, in dem sie aufgewachsen ist.

Mirandas Eltern überraschten sie, indem sie einen Architekten beauftragten, das Haus umzugestalten und das Obergeschoss zu einer eigenständigen Wohnung für ihre Tochter zu machen. Miranda sammelte alles aus ihrer alten Wohnung und alles aus dem Museum von Miranda. Dann verwandelte sie das Haus in ein Zuhause.

Jeden Tag freute sie sich auf dem Heimweg von der Arbeit darauf, in ihr Haus zurückzukehren. Es gab Familienabende, an denen die Mahlzeiten geteilt wurden und Miranda, Elizabeth und Tom abwechselnd kochten und mit verschiedenen Rezepten und Speisen aus aller Welt experimentierten.

Miranda zahlte keine Miete, obwohl sie anbot, sie zu bezahlen. Sie lernte, woher ihre Sturheit kam, als sie dieses Thema mit ihren Eltern ansprach. Schließlich gab sie nach und eröffnete ein separates Sparkonto, auf das sie eine monatliche Mietzahlung einzahlte. Sie hoffte, dass sie eines Tages genug Geld sparen könnte, um ihre Eltern in den Urlaub zu schicken, vielleicht nach Australien.

Miranda, Tom und Elizabeth unterhielten sich, wie sie es noch nie getan hatten. Bei den Mahlzeiten, während sie zusammen im Auto saßen, redeten sie nur noch - und Miranda liebte es. Früher hatte sie versucht, sich mit ihnen über Dinge zu unterhalten, die sie wissen wollte, zum Beispiel über ihre Kindheit, wie es war, in ihren Familien aufzuwachsen, aber beide Eltern haben immer dicht gemacht.

"Keiner von uns hatte eine narbenfreie Kindheit", sagte Elizabeth. "Und wir wollten dir keine Angst machen, indem wir dir erzählen, wie es bei uns war.

"Außerdem fällt es uns nicht leicht, diese alten Wunden zu öffnen", sagte Tom.

"Aber seht ihr, Papa und Mama, es gibt einen Grund dafür - denn es hilft mir, euch zu verstehen, wie ihr zu mir steht."

"Das verstehen wir jetzt, Miranda", sagte Elizabeth. "Aber als du aufgewachsen bist, dachten wir, dass es das Beste für dich ist, dich zu beschützen. Das Wertvollste, was wir in unserem Leben hatten, in Watte zu packen, wenn es sein musste - um sie zu beschützen."

"Als wir herausfanden, was dir passiert ist, die Vergewaltigung, wollte ich den Mann umbringen, der dir wehgetan hat. Ich wusste, dass die Welt dir einiges zumuten würde, und ich wollte für dich da sein. Ich wollte dir helfen, sie durchzustehen - egal was passiert", sagte Tom.

Miranda küsste ihren Vater auf die Stirn und berührte die Hand ihrer Mutter. Dann ging sie in die Küche, um eine Kanne Tee zu kochen.

"Miranda, als ich ein kleines Mädchen war, schlug mich mein Vater mit einem Gürtel - meistens auf die Rückseite meiner Beine. Er hat mich nie umarmt und so war der einzige Körperkontakt, den ich mit ihm hatte, wenn er mir weh tat. Einen großen Teil meines Lebens habe ich ihn dafür gehasst, bis ich deinen Vater kennenlernte.

"Er war immer so freundlich und sanft und behandelte mich wie eine Königin, von dem Moment an, als ich ihn traf. Ich erzähle dir das, damit du verstehst, dass sowohl dein Vater als auch ich als Kinder missbraucht wurden. Wir haben uns emotional abgeschottet, lange bevor du auf die Welt kamst. Wir klammerten uns aneinander, aber für dich waren wir emotional nicht verfügbar. Wir waren bei einer Beratung. Wusstest du das?"

"Nein, ich wusste es nicht, aber ich bin dir sehr dankbar dafür. Früher habe ich dir das übel genommen, weil ich nicht verstanden habe, wie traumatisch deine Kindheit war. Es tut mir leid, Mama."

Miranda umarmte ihre Mutter fest. Ihre Mutter erwiderte die Umarmung.

"Ich erinnere mich an dieses eine Mal, als ich ein Mädchen war und in der Küche arbeitete. Etwas ging verloren, ich weiß nicht mehr, was es war, aber ich habe es nicht getan. Ich schwor meinem Vater, dass ich es nicht war. Ich schwor es und hoffte, dass ich sterben würde, aber er glaubte mir nicht. Er sagte, ich sei respektlos und schlug mir auf die Rückseite meiner Beine, bis sie schwarz und blau waren. Ich konnte nicht zur Schule gehen, weil ich keine Strümpfe hatte, um sie zu bedecken."

"Du musst ihn gehasst haben."

"Nein, Miranda, ich habe ihn nie gehasst. Ich wusste, dass er nur das Beste für uns wollte. Und er hat es uns nur gezeigt, so wie sein Vater es ihm gezeigt hat. Was hätte er sonst tun können? Das war alles, was er wusste. Mein Vater stammte aus einer streng katholischen Familie und ging nie in die Kirche. Er ging nicht mehr hin, ich habe nie herausgefunden, warum, aber er setzte meine Mutter und mich jeden Tag vor der Schule an der Messe ab. Manchmal, meistens zu Weihnachten, kam Papa mit zur Messe. Mama hat uns nie zappeln lassen, aber Papa schon. Es war schwierig, so lange still zu sitzen und Dingen zuzuhören, die man nicht verstand. Papa verstand das. Er mochte die Messe nicht, aber er liebte es, den Chor singen zu hören. Manchmal höre ich immer noch seine Stimme, wenn ich verschiedene Kirchenlieder singe. Er war der Papa, den ich liebte; der Papa, den ich immer noch liebe."

Miranda und Elizabeth gingen ins Wohnzimmer und trugen Tee, Kekse und Marmelade auf ihren Tabletts. Tom schaltete den Fernseher aus, als sie sich setzten, und Miranda goss den Tee ein.

"Habt ihr zwei euch nett unterhalten?"

"Nett" war nicht das richtige Wort. Mama hat mir von ihrem Vater erzählt."

"Er hat sein Bestes gegeben", sagte Tom. "Und jetzt bin ich dran? Mein Vater wurde im Ersten Weltkrieg getötet. Ich habe ihn nie gekannt, ja, ich habe ihn nie getroffen. Meine Mutter war gerade erst schwanger, als er ging, und sie wusste nicht einmal, dass ich unterwegs war. Meine Mutter spielte jedoch beide Rollen, und sie machte sie gut. Sie überhäufte mich mit Liebe und Aufmerksamkeit, aber sobald ich zwölf wurde, begann sie, mich anders zu betrachten. Sie behandelte mich anders. Ich wusste, dass ich ein Mann werden würde, aber ich sehnte mich immer noch nach den Umarmungen und Küssen meiner Mutter. Sie verweigerte mir beides. Wenn ich versuchte, sie zu umarmen, sagte sie oft: "Lass mich in Ruhe" und ich schämte mich. Es war keine körperliche Misshandlung, wie sie deine Mutter erleben musste, sondern eine emotionale. Ein ganz anderes Spiel. Ich fühlte mich schuldig und schämte mich, weil ich wusste, dass meine Mutter als Parfümverkäuferin bei Sears hart arbeitete und genug Geld verdiente, um die Miete zu zahlen und uns zu ernähren. Wir waren nicht arm, aber wir waren auch nicht reich. Für mich war Geld fürs College zurückgelegt worden - Dads Rente -, aber das würde mir erst mit einundzwanzig Jahren zustehen, also nahm ich einen Job als Tankwart an.

Beim Tanken lernte ich eine Menge Mädchen kennen. Das waren noch Zeiten, als Frauen nicht selbst tankten. Ich ging aufs College, arbeitete nebenbei für eine Zeitung und machte meinen Abschluss mit Auszeichnung. Ich war ein vollwertiger Journalist. Ich habe in Europa gearbeitet, bin herumgereist, habe deine Mutter getroffen und der Rest ist, wie man so schön sagt, Geschichte."

"War ich damals geplant?"

"Um ehrlich zu sein, nein. Wir waren so damit beschäftigt, die Welt zu bereisen, dass wir nicht an Babys oder Stabilität gedacht haben. Wir wollten einfach sehen, was wir können, und tun, was wir können. Als deine Mutter erfuhr, dass sie schwanger war, gerieten wir in Panik."

"Es war nicht so, dass wir dich nicht lieben wollten, wir hatten einfach Angst, und ich war zu alt - zumindest dachte ich das - um ein Baby zu bekommen. Dein Vater kündigte seinen Job auf Reisen und nahm eine Stelle bei einer lokalen Zeitung an."

"Aber dann kamst du und wir merkten schnell, dass wir keine Ahnung hatten, was wir da taten. Wir waren völlig überfordert. Wir waren - um ein besseres Wort zu finden - ahnungslos. Ich hatte Angst, dass du zerbrechen würdest", sagte Tom. "Ich weiß noch, als ich dich das erste Mal hochnahm, hatte ich solche Angst, aber gleichzeitig warst du das Schönste, was ich je gesehen hatte."

"Oh ja", sagte Elizabeth. "Du warst das Baby, das sich von allen anderen im Krankenhaus abhob, und alle sagten immer wieder, wie schön du warst. Ich konnte dich nicht stillen - ich wollte es, aber ich konnte es nicht und ich glaube, das hat dazu geführt, dass ich mich von Anfang an von dir getrennt gefühlt habe und ich hatte immer das Gefühl, dass wir diese Verbindung nie wiederherstellen können."

"Ich sehe jetzt, dass ihr beide euer Bestes gegeben habt. Es war falsch von mir, mich von dir zurückzuziehen, weil ich so voreingenommen war. Ich hätte tiefer gehen sollen, versuchen zu verstehen, woher du kommst."

"Lasst uns nicht mehr uns selbst oder uns gegenseitig die Schuld geben. Denkt daran, dass dies ein neuer Anfang für uns alle ist", sagte Elizabeth.

"Ja, vorwärts und aufwärts", sagte Tom.

"Ich mache mich besser auf den Weg. Es wird bald Zeit, zur Arbeit aufzustehen."

"Nacht, Nacht."

Als sie die Treppe zu ihrer Wohnung hinaufstieg, lächelte Miranda. Sie fühlte sich ihren Eltern noch nie so nahe und so im Reinen mit sich selbst. Sie hatte das Gefühl, dass sie mit ihnen über alles reden konnte. Und das hatte sie auch vor. Sie wollte, dass sie Ben, die Liebe ihres Lebens, kennenlernen. Sie wünschte sich, sie hätte ein anderes Bild von ihm als das, das sie im Kopf hatte. Es verblasste jeden Tag.

KAPITEL 5

IN DER ZWISCHENZEIT SCHOSS Amor seinen Pfeil auf Terri und sie war schwer verliebt.

Es begann an ihrem ersten Tag auf der Arbeit. Sie ging den Korridor entlang, als sie an einem Mann vorbeikam.

"Hallo", sagte er. Er verbeugte sich und küsste Terris Hand.

Ihr fiel fast die Kinnlade herunter.

Er war gegangen und sie war gekommen.

Wer ist dieser Mann? Ist er ein Eindringling? Ich überprüfe ihn besser.

Sie folgte ihm, den ganzen Korridor entlang. Er pfiff. Er ging schnell, dann langsam. Er drehte sich nie um. Vor dem Büro von Mr. Travetti blieb er stehen. Er ging hinein. Terri lauerte in der Tür.

"Komm rein, mein Sohn", sagte Mr. Travetti. "Wie ich sehe, hast du meine rechte Hand, Terri, schon kennengelernt?"

Terri starrte die beiden an. Sie konnte eine winzige Ähnlichkeit erkennen, vielleicht bei den Augen...

"Terri, komm rein und lerne meinen Sohn kennen."

"Oh, tut mir leid, ich habe den Faden verloren", sagte Terri.

"Terri, das ist mein Sohn Amadeo. Vielleicht wärst du so nett, mit ihm zu Mittag zu essen, da ich schon etwas anderes vorhabe?"

"Ja, sehr gerne", flüsterte Terri.

Amadeo nahm ihren Arm und sie gingen über die Straße zu einem kleinen griechischen Restaurant und teilten sich eine Flasche Ouzo. Der Nachmittag verging wie im Flug - und Terri konnte es kaum glauben, als sie auf ihre Uhr sah und es schon 18 Uhr war.

"Du brauchst dir keine Sorgen zu machen, mein Vater weiß, dass du bei mir bist", sagte Amadeo.

"Aber ich glaube nicht, dass er wollte, dass ich so lange bleibe."

"Doch, das hat er", sagte Amadeo, "denn er hat schon lange gehofft, dass du und ich zusammenkommen würden. Er redet ständig von dir und davon, dass ich so viel Glück haben sollte, ein Mädchen wie dich zu finden. Ich musste dich kennenlernen."

Terri errötete heftig.

"Heute Abend geben mein Vater und meine Mutter eine Dinnerparty. Du bist als mein Gast eingeladen. Ich begleite dich zurück ins Büro und treffe dich dann um 19 Uhr bei ihnen. Schaffst du das?"

"Ich werde da sein."

KAPITEL 6

ES WAR DAS ERSTE von vielen Abendessen, die Terri mit Amadeos Familie teilte.

Schon bald trafen sich Terris Familie und Amadeos Familie zu gemeinsamen Abendessen und Partys. Amadeo und Terri waren das perfekte Paar. Alle fanden das.

Ihre Familien liebten sie beide. Sie wollten, dass sie viele Kinder bekamen.

Aber zuerst mussten sie eine große traditionelle Hochzeit feiern.

Amadeo wollte zurück nach Rom ziehen. Das war sein Zuhause.

Nach langen Diskussionen und einigen Tränen beschlossen Amadeo und Terri, dass eine Fernbeziehung nichts für sie war. Sie hatten eine intensive vierwöchige Beziehung hinter sich, die nun zu Ende gehen musste. Es war das Beste für sie. Sie waren sich beide einig.

KAPITEL 7

AMADEO WAR WIEDER IN Rom. Terri ging ihm nicht mehr aus dem Kopf. Er träumte von ihr. Er sah sie in Menschenmengen. Er rannte zu ihr und stellte fest, dass es jemand anderes war. Zwei Wochen vergingen und er konnte nicht schlafen. Er konnte nicht essen. Seine Arbeit ging schief.

Er nahm den Hörer in die Hand. Er rief Terri an. Zuerst war es alle paar Tage, aber nachdem sie miteinander gesprochen hatten, wollte er mehr. Die Anrufe wurden immer häufiger, einmal am Tag, zweimal am Tag - dreimal am Tag.

Aufgrund der Zeitverschiebung rollte sich derjenige, der gerade Nachtschicht hatte, auf dem Boden zusammen und hielt das Telefon im Arm. Getrennte Ecken der Welt, getrennte Existenzen. Der eine legte auf und der andere rief zurück. Der Schmerz hörte nie auf. Es wurde zu einem körperlichen Schmerz, den keiner von ihnen ertragen konnte.

Terri wollte nicht nach Rom ziehen. Amadeo wollte nicht zurück nach Kanada ziehen.

Wenn Terri an Amadeos Arme dachte, die sie umarmten, an den Geruch von Moschus in seinem Haar. Wie seine Haare über sein linkes Auge zurückfielen, die Dunkelheit seiner Augen, nicht schwarz, nicht braun, sondern eine ganz eigene Farbe. Wie seine langen Wimpern über die dunklen Augen blitzten. Wie sie sich fühlte, als er ihre Hand hielt. Wie sich seine Lippen anfühlten, als sie die ihren berührten. Wie sanft sie über ihre Stirn strichen und sie sich nach mehr sehnte.

"Amadeo, ich liebe dich", platzte sie in den Telefonhörer.

"Und ich dich, Terri, und ich dich. Ich habe dich von dem Tag an geliebt, an dem ich dich den Korridor entlanggehen sah. Ich wusste, dass du die Frau bist, die ich treffen wollte. Ich wusste, dass du Terri bist."

"Du wusstest es und hast es mir nie gesagt? Du Ratte - ich ändere meine Meinung!"

"Wenn du mich nicht mehr liebst, dann muss ich aus dem Fenster springen - Bye Bye! Ich werde auf dem Vordach unter mir landen. Mein Sturz wird durch Pizzateig abgefedert."

"Pizza, ja? Du hast mich überzeugt. Wann soll ich dich besuchen kommen?"

"Ist das dein Ernst, Terri? Wirst du nach Rom kommen?"

"Wenn ich Samantha bei Bewitched wäre, würde ich sofort zu dir kommen. Leider muss ich mir eine Auszeit gönnen."

"Kein Problem - Papa hat mir erzählt, wie sehr du einen Urlaub brauchst. Du arbeitest zu hart!"

"Ich bin aber gerade erst aus dem Urlaub zurückgekommen. Aber ich werde sehen, was ich tun kann. Gute Nacht, Amadeo."

"Buona notte mia amare."

KAPITEL 8

I N CHERYLS HAUS HERRSCHTE wenig Freude. Janet entdeckte einen kleinen Knoten in ihrer Brust, während ihre Tochter weg war. Janet war wie versteinert. Sie entdeckte den Knoten und wie die meisten Frauen beschloss sie, ihn zu ignorieren. Er wurde jeden Tag größer und verursachte bald Schmerzen. Janet behielt ihre Angst für sich, weil sie wusste, dass es nicht das Beste war, was sie tun konnte. Erst als sie Cheryl von ihrer Last erzählte, wurde ihr das Ausmaß ihrer Ängste bewusst.

Der Arzt bestätigte das Schlimmste. Es war so schnell gewachsen, dass es nicht mehr aufzuhalten war. Eine Chemotherapie könnte Janets Leben verlängern; vielleicht könnte sie in Remission gehen. Er rechnete mit einer Lebenserwartung von einem bis drei Monaten. Das war eine niederschmetternde Nachricht.

Ich kann es nicht glauben. Auf Moms Seite der Familie gibt es keine Krebsgeschichte. Mama hat nie geraucht. Sie hat immer gut auf sich geachtet. Sie hat Sport getrieben. Sie aß viel Obst und Gemüse. Warum Mama? Warum meine Mutter?

"Dein Bruder und deine Schwester sollen es noch nicht wissen."

"Aber Mama, sie müssen es doch erfahren."

"Bitte noch nicht."

Dieses Flehen dauerte einen Monat und dann zwei Monate lang an und Janets Kinder sahen zu, wie es mit ihrer Mutter bergab ging. Sie wussten, dass etwas nicht stimmte und flehten ihre ältere Schwester an, ihnen zu sagen, was los war, aber Cheryl verriet den Wunsch ihrer Mutter nicht und weigerte sich, es ihnen zu sagen.

"Ihr fallen die Haare aus", sagte Craig. "Bekommt sie eine Chemotherapie?"

"Hat sie Krebs?" fragte Evelyn.

"Kinder", sagte Janet. "Kommt ins Wohnzimmer und setzt euch. Cheryl, wir hätten alle gerne eine Tasse Tee, wenn du willst, und dann reden wir." Janet setzte sich auf die Coach. Sie hatte starke Schmerzen. Sie fühlte sich die ganze Zeit über so erschöpft.

Als Cheryl Platz genommen hatte und der Tee eingeschenkt war, nickte Janet kurz ein. Sie wachte erschrocken auf und fand sich auf der Couch wieder, während ihre drei Kinder sie ansahen.

"Es tut mir leid. Ich bin in letzter Zeit einfach so müde. Kinder, Evelyn und Craig - ihr müsst mir jetzt ganz genau zuhören. Ich bin krank, sehr krank, und die Ärzte glauben, dass ich nicht mehr lange auf dieser Erde bin. "Mama!", riefen die Kinder und knieten sich neben sie. "Der Krebs hat mich fest im Griff und lässt mich nicht mehr los. Ich kämpfe. Deine Schwester hat es auf meine Bitte hin geheim gehalten und mir geholfen. Sie war mein Fels in der Brandung, aber jetzt glaube ich, dass ich nicht mehr kämpfen kann. Ich will mich ausruhen und bei deinem Vater sein."

Janet ging es immer schlechter und schließlich erlag sie der Krankheit. Ihre Familie war an ihrer Seite. Sie starb zu Hause, in ihrem eigenen Bett, zu ihren eigenen Bedingungen - mit den Menschen und Dingen, die sie liebte, um sich herum.

Janets Mutter Abigail kam aus Indiana, um ihr zu helfen. Oma Abbey bot an, nach der Beerdigung zu bleiben, aber Cheryl bat sie, so schnell wie möglich nach Hause zurückzukehren, damit die Kinder ihren Alltag wieder aufnehmen konnten. Cheryl wusste, dass Craig und Evelyn in Kontakt bleiben mussten, um über ihren Verlust hinwegzukommen.

Cheryl dachte oft an den letzten Tag mit ihrer Mutter zurück. Sie, Craig und Evelyn hatten eine Schicht, während Oma Abbey schlief. Craig und Evelyn nickten immer wieder ein und schließlich überredete Cheryl sie, ins Bett zu gehen und sagte, sie würde Wache halten.

"Mama", sagte Cheryl, "ich muss dir von den Blauen Bergen erzählen, denn als ich dort war, hat sich mein Geist mit dem von Papa getroffen. Ich konnte spüren, wie er mich an der Stirn berührte, so wie er es tat, als ich noch ein kleines Mädchen war. Der Wind schien zu seinen Armen zu werden. Ich habe dir erst jetzt davon erzählt, weil ich Angst hatte, das Gefühl würde verschwinden, wenn ich es mit dir teilen würde."

"Danke, dass du es mir erzählt hast", sagte Janet. Sie griff nach der Hand ihrer Tochter. "Ich habe Briefe geschrieben, für jeden von euch. Wenn ich weg bin, wenn ich bei deinem Vater bin, gehst du zum Schließfach und holst die Briefe heraus." Sie ballte ihre Fäuste vor Schmerz und klammerte sich an den Arm ihrer Tochter, dann fiel sie in einen ewigen Schlaf.

Sie sah so friedlich aus, wie sie da lag. Cheryl schaute weiter zu - und hielt die Hand ihrer Mutter immer noch in der ihren, bis die Hand kalt wurde. Dann weinte sie wie ein Baby.

Ich werde es ihnen morgen früh sagen, Mama. Grüß Daddy von mir.

KAPITEL 9

DIE BEERDIGUNG FAND AM Tag vor dem Muttertag statt. Die Zeremonie war perfekt, denn Janet hatte alles im Voraus vorbereitet. Sie sollte eingeäschert und dann auf dem Grundstück neben ihrem Mann beigesetzt werden.

An diesem Tag regnete es, und sie kauerten zusammen, während der Wind durch ihre Kleidung wehte und der Regen in ihre Gefühle eindrang.

Die Geister ihrer Eltern hatten sich vereint. Zwei Schutzengel, die sie von hoch oben in den Wolken beobachteten.

KAPITEL 10

JANET UND MARTIN VERLIESSEN die Erde und sorgten gut für ihre drei Kinder. Sie hatten ein Dach über dem Kopf und keine Hypothek zu zahlen. Sie hatten einen Treuhandfonds für die Ausbildung von Craig und Evelyn eingerichtet. Es gab Geld für den Haushalt und für Lebensmittel. Die Kinder hatten alles, alles außer dem, was sie sich wünschten - die Anwesenheit ihrer Eltern.

"Wir könnten uns nach der Schule einen Job suchen", bot Craig an.

"Danke, aber das ist nicht nötig. Ich möchte, dass ihr beide alles in die Schule steckt. Wir haben genug Geld und mit meinem Gehalt sollte es uns gut gehen, also macht euch keine Sorgen."

Cheryl war fest entschlossen, dass ihr Bruder und ihre Schwester ihre Ausbildung abschließen sollten. Sie war an einer Universität angenommen worden, beschloss aber, ein Jahr Pause zu machen und zu arbeiten. Aus einem Jahr wurden zwei, dann drei, dann fünf. Jetzt war sie der Meinung, dass es für sie zu spät war, wieder zur Schule zu gehen. Für Craig und Evelyn war es noch nicht zu spät. Sie wollte nicht zulassen, dass sie denselben Fehler machten.

KAPITEL II

UND SO SAHEN SICH die drei Freunde nicht mehr so oft wie früher.

Das Schicksal warf einen einzigen Würfel.

Jede Freundin befand sich in einer einzigartigen Situation.

Doch als sie wieder zusammenkamen, war es, als wären sie nie getrennt gewesen.

So überstehen wahre und dauerhafte Freundschaften Entfernung und Zeit.

KAPITEL 12

TERRI NAHM DEN ERSTEN verfügbaren Flug nach Rom. Sie konnte kaum stillhalten, in der Erwartung, ihren geliebten Amadeo wiederzusehen. Sie konnte nicht glauben, was für ein Glück sie hatte, einen so wunderbaren Mann kennen und lieben zu lernen. Es half auch, dass jeder in ihrer Familie Amadeo total liebte.

Sie erinnerte sich an die Kommentare ihrer Freunde, als sie ihn das erste Mal trafen:

"Wow - er ist umwerfend schön und so charmant", sagte Miranda.

"Du bist so glücklich, Terri, ich freue mich so für dich! Ihr beide seid wie füreinander geschaffen", sagte Cheryl.

Ich bin ein unglaublich glückliches Mädchen, daran gibt es keinen Zweifel. Aber ich bin so nervös, als wäre es unser erstes Date. Ich atme lieber ein paar Mal tief durch und versuche, ruhig zu bleiben.

Das Flugzeug landete auf dem Flughafen Leonardo Da Vinci und Terri eilte ins Bad, um sich zu schminken und die Zähne zu putzen, bevor sie ihr Gepäck abholte.

Auf der anderen Seite der Tür wartete Amadeo, der einen Rosenstrauß trug.

"Amadeo", rief Terri.

Er trug einen anthrazitfarbenen Armani-Anzug und sein schwarzes, lockiges Haar war in der sengenden römischen Sommerfeuchtigkeit noch lockiger. Sie rannten aufeinander zu, umarmten und küssten sich, lachten und weinten.

"Ich kann nicht glauben, dass du hier bist", sagte Amadeo. "Und du siehst absolut Bello aus."

"Du auch."

Sie gingen Hand in Hand zu Amadeos Auto, schauten sich an, nahmen sich in sich auf, atmeten sich gegenseitig ein.

Terri sah nichts von Rom. Eigentlich hätte sie überall sein können. Im Moment wollte sie nur Amadeo. Sie wollte jedes Stückchen von ihm betrachten, beobachten, wie er mit seinen starken, aber sanften Händen die Gänge schaltete, wie sich sein Brustkorb beim Atmen ein- und ausbewegte, wie seine Locken über seine Stirn fielen. Sie wollte sie ihm aus der Stirn streichen. So wie Barbra es mit Robert in "So wie wir waren" getan hatte. Es war so romantisch!

Die Körperchemie zwischen ihnen war außerordentlich stark. Ihre Hände wanderten umher.

"Wie weit ist es, ich meine zu dir?"

"Nicht weit, du bist doch nicht müde, oder?"

"Schlaf ist das Letzte, was ich will", sagte Terri.

Terri hatte sich entschieden. Auf dieser Reise würde sie Amadeo ihre Jungfräulichkeit schenken, egal ob sie verlobt oder verheiratet waren oder nicht. Sie konnte sich keinen anderen Mann in ihrer Zukunft vorstellen. Sie wollte Amadeo verzweifelt. Sie wollte, dass er sie besaß, dass er mit seinen Fingern über ihren ganzen Körper fuhr. Jeden Zentimeter ihres Körpers berühren. Sie wollte ihn so sehr. Sie stieß einen lauten Seufzer aus.

Amadeo kam mit seinem Alfa Romeo fast von der Straße ab.

"Mach das nicht noch einmal, Baby", sagte Amadeo, "es sei denn, du willst mein Auto zu Schrott fahren."

Amadeo war schon mit einigen Frauen zusammen gewesen, nicht vielen, aber ein paar. Sie waren keine Jungfrauen. Zuerst dachte er, sie mache Witze, als Terri ihm sagte, dass sie noch nie mit jemandem zusammen war. Aber genau das machte Terri für ihn so besonders: ihre Offenheit, ihre Unabhängigkeit und ihr Selbstbewusstsein. Sie brauchte keinen Mann, um zu beweisen, dass sie eine Frau war.

Eines späten Abends offenbarte Terri Amadeo ihr Geheimnis und fragte ihn, ob er derjenige sein würde, der sie in die Sexualität einführt.

Zuerst war Amadeo nicht glücklich über diese Aussicht. Er fühlte sich dadurch zu sehr unter Druck gesetzt - aber dann wurde ihm klar, wie sehr er Terri liebte und wie besonders ihr erstes Mal werden sollte.

In Erwartung von Terris Ankunft war Amadeos Wohnung mit Blumen übersät. Sobald sie drinnen war, wollte er ein Bad mit viel Schaum für sie einlassen. Er wollte alles langsam angehen lassen, damit sie sich immer an ihr erstes Mal erinnern würde.

Der Champagner stand bereit und kühlte in einem Eiskübel. Schokoladenüberzogene Erdbeeren lagen im Kühlschrank. Amadeo fütterte Terri mit ihnen, eine nach der anderen, bis sie nach mehr schrie.

Dann zog er die Zügel an... und ließ sie warten. Sie hatte die ganze Zeit gewartet, also was würde ein bisschen mehr Warten schaden? Es würde ihr erstes Mal noch besonderer machen.

Amadeo hatte jedoch nicht mit Terris Seufzer auf dem Weg zu seiner Wohnung gerechnet. Er hoffte und betete, dass sie es nicht noch einmal tun würde, sonst könnte er den Drang verspüren, sie zu nehmen, sobald sie durch die Haustür kamen... Wenn sie wieder seufzte, war Amadeo nicht mehr sicher, ob er stark genug sein würde, um seinen ursprünglichen Plan durchzuziehen.

KAPITEL 13

MIRANDAS MORGEN WAR NICHT besonders gut verlaufen. Zuerst ging ihr Wecker (mal wieder) nicht los und löste damit eine Kettenreaktion aus, die kein Ende zu nehmen schien. Als sie sich hinsetzte, um ein Stück Toast zu essen, fühlte sie sich ein wenig unwohl und merkte, dass ihr monatlicher Freund fast eine Woche früher als sonst angefangen hatte.

Sie ging ins Bad und sah nach, ob sie Binden dabei hatte, aber es waren keine da. Ihre Mutter brauchte sie natürlich nicht, aber sie hatte eine Schachtel Depends, also machte sich Miranda mit einer Schere an die Arbeit, um ihr Problem schnell zu lösen.

Sie sprang in ihr Auto und raste zur Arbeit. Als sie fast angekommen war, bemerkte sie, dass sie ihr Handy in ihrer anderen Handtasche vergessen hatte. Sie konnte auf keinen

Fall ihren relativ neuen Chef, Mr. Mandelbaum, anrufen, um ihm zu sagen, dass sie sich verspäten würde.

Es war nicht das erste Mal, dass sie zu spät kam. Dieses Mal hatte er es mit einem Achselzucken abgetan. Trotzdem wollte sie nicht wie eine Angestellte aussehen, die ausgenutzt wird. Vor allem, weil sie noch neu in der Firma war und er viel Vertrauen in sie gesetzt hatte. Sie wollte weder ihn noch sich selbst enttäuschen.

Miranda wollte sich diese Gelegenheit, ihre Berufserfahrung zu verbessern, nicht entgehen lassen - ganz zu schweigen davon, dass die Tochterfirma Amadeos Vater, Herrn Travetti, gehörte und Terri sich mit der Empfehlung ihrer Freundin für den Job weit aus dem Fenster gelehnt hatte. Terri zuliebe wollte sie es nicht vermasseln.

Miranda zog eine Zigarette aus ihrer Tasche und begann zu paffen. Ah, sie seufzte. Genau das, was ich brauchte - und der Stress schien sich augenblicklich aufzulösen. Sie dachte über ihre neu erworbene Angewohnheit nach und fragte sich, warum sie nicht schon vor Jahren mit dem Rauchen angefangen hatte. Seit sie vor fast zwei Monaten mit dem Rauchen begonnen hatte, war ihr Gewicht um fast fünfzehn Pfund gesunken. Plötzlich war ihr Körper nicht mehr an Essen interessiert, sondern an einem anderen Stoff - Nikotin.

Miranda summte auf dem Weg zur Arbeit einen Reggae-Song im Radio mit. Sie fuhr auf dem Parkplatz herum und hoffte, einen Parkplatz in der Nähe des Eingangs zu finden, aber sie hatte kein Glück. Irgendetwas anderes lief heute nicht so, wie sie wollte. Sie musste weit weg parken, was dazu führte, dass sie sich um weitere fünf Minuten verspätete. Mr. Mandelbaum, ihr Chef, wartete auf der anderen Seite der Schwingtüren. Miranda hoffte, dass dies kein Déjà-vu war.

"Oh hallo, Ms. Evans, ich war den ganzen Morgen in Meetings, wie geht es Ihnen heute?"

"Mir geht es einfach großartig, danke, Mr. Mandelbaum. Ich wollte nur mal nachsehen, ob der Kurier schon da war."

Puh - er hat keine Ahnung, dass ich zu spät komme!

"Die Reise hat sich gelohnt", sagte sie und hielt den Fed-Ex-Umschlag hoch.

"Gute Arbeit, Miss Evans."

Miranda ging ins Büro, warf ihr Portemonnaie in die Schublade und schloss sie ab. Ihr Nachrichtenspeicher war voll - aber ihre Blase war es auch. Letztere siegte - die Nachrichten konnten noch fünf Minuten warten.

Miranda hatte das Gefühl, dass das ganze Pech aufgebraucht war. Die Mädchen trafen sich zum Mittagessen in Mario's Pizzeria. Einmal im Monat trafen sich alle Sekretärinnen und Empfangsdamen, um zu plaudern, und das alles wurde von der Firma bezahlt.

Dort hat Miranda mit dem Rauchen angefangen. Sie war die Außenseiterin und beschloss schließlich, wenn man sie nicht schlagen kann, sollte man sich ihnen anschließen. Bis dahin hustete sie sich in der Mittagspause durch den Rauch und hasste jede Minute davon. Jetzt, wo sie eine von ihnen war, wurde sie bedingungslos in die Herde aufgenommen.

Bis zur Mittagspause war Miranda nicht weniger als vier Mal auf der Treppe gewesen, um mit ihrem Kumpel eine Zigarette zu rauchen. Früher gab es eine riesige Cafeteria, die in einen Raucher- und einen Nichtraucherbereich unterteilt war. Dann kam jemand auf die geniale Idee, die Mitarbeiter dazu zu bringen, mit ihrer fiesen kleinen Angewohnheit aufzuhören. Es wurde ein Ziel festgelegt, und jeder, der dieses Ziel bis zu einem bestimmten Datum erreicht, sollte eine Geldprämie erhalten.

"Stell dir das mal vor", sagte Mr. Mandelbaums Privatsekretärin Muriel. "Alle im Büro versuchten zur gleichen Zeit, mit der Gewohnheit zu brechen! Es war schlimmer als in der Hölle. Alle gingen sich gegenseitig auf die Nerven, tranken eimerweise Kaffee und pinkelten die ganze Zeit. Es wurde nicht viel gearbeitet; ich sage dir, überhaupt nicht viel.

"Aber was ist dann passiert?" fragte Miranda. "Ich meine, mit euch allen. Hat denn keiner von euch das Programm erfolgreich abgeschlossen?"

"Nun", sagte Muriel. "Die erste Person, die gekündigt hat, bekam einen besonderen Anreiz in Form von 500,00 $ in bar: Der Leiter der Personalabteilung, Mr. Davidson. Danach fingen die Leute an, das Handtuch zu werfen, weil die Rückerstattung nicht genug Anreiz war, und als Nächstes war die Cafeteria wieder voll mit Rauchern."

Muriel nahm ein paar tiefe Züge und fuhr dann fort: "Mr. Mandelbaum war sooooo verärgert, dass er das Rauchen in der Cafeteria ganz verbot und wir hierher kommen mussten!"

Sie paffte, blies ein paar Rauchringe und sagte dann: "Oh ja, ich weiß, was du denkst, Miranda, und du hast recht. Herr Mandelbaum ist seiner Zeit in mehr als einer Hinsicht voraus."

Muriel schaute auf ihre Uhr, drückte ihre ausgedrückte Zigarette aus und öffnete die Tür. Sie eilten zurück zu ihren Schreibtischen - noch eine halbe Stunde bis zur Mittagspause.

Da es sich um einen einmaligen Termin im Monat handelte, hatte Herr Mandelbaum kein Problem damit, dass die Mädchen sich ein ausgedehntes zweistündiges Mittagessen gönnten. Er bestand sogar darauf und spendierte sogar eine Runde Getränke. Muriel hatte eine Firmenkreditkarte - nur für ihre besonderen Mittagessen. Das war eine Tradition.

Eines der Gerüchte, die Miranda von einem anderen Mädchen - Sally, die wie sie relativ neu in der Firma war - gehört hatte, lautete, dass Herr Mandelbaum die Mittagessen deshalb so gut fand, weil er auf diese Weise herausfand, was in den einzelnen Abteilungen wirklich vor sich ging. Sally vermutete, dass Muriel eine Spionin war, die berichtete, was mit wem gesprochen wurde.

Miranda glaubte das nicht einen Moment lang. Sie fand, dass Sally ein bisschen paranoid war. Trotzdem war sie vorsichtiger, wenn sie mit Muriel sprach. Sie hatte nichts zu verbergen, aber sie kannte ein paar Leute in hohen Positionen. Sie wollte keine unnötigen Informationen preisgeben.

Die Mädchen feierten und aßen alles, was sie kriegen konnten, einschließlich des Nachtischs - gebackene Käsekuchen nach New Yorker Art - und gingen dann mit neuem Elan zurück ins Büro. Herr Mandelbaum stand am Aufzug und begrüßte alle Frauen, als sie zurückkamen, mit einem Lächeln, wie ein Vater, der seine Tochter nach einem Mädelsabend zu Hause willkommen heißt.

Wenn Herr Mandelbaum seine Mädchen begrüßte, war das auch eine Tradition. Die Mädchen freuten sich darauf, sein freundliches Gesicht zu sehen, wenn sie wieder zur Arbeit kamen. Er war ein einzigartiger Chef, der nicht viele Fragen stellte. Miranda dachte, sie hätte keinen besseren Job an einem besseren Ort bekommen können.

Als sie wieder mit ihrer Arbeit begann, kam ihr der Gedanke an Terri in den Sinn und sie fragte sich, wie sie in Rom mit Amadeo zurechtkam. Terri hatte Miranda anvertraut, dass sie vorhatte, auf dieser Reise ihre Jungfräulichkeit zu verlieren. Gemeinsam gingen sie in die Klinik, um sich Antibabypillen zu besorgen. Miranda beschloss, selbst die Pille zu nehmen. Schließlich stand ihr 26. Geburtstag vor der Tür und sie wollte vorbereitet sein, falls sie jemals Mr. Right begegnen sollte. Der Gedanke, dass sie ihn bereits getroffen hatte, kam ihr in den Sinn, aber sie verdrängte Ben aus ihren Gedanken. Es hatte keinen Sinn, an ihn zu denken. Es gab ihr nur das Gefühl, dass die Zukunft sinnlos war.

Miranda durchstöberte ihren Schreibtisch und tippte dann alle notwendigen Papiere ab. Sie verteilte die Informationen an die nötigen Vertreter, beendete ihre Telefonate und sah dann auf die Uhr. Es war bereits 17:15 Uhr. Hier machte sie praktisch Überstunden!

Sie schnappte sich ihre Tasche, stand auf und spähte über die gepolsterte Wand, wobei sie schnell feststellte, dass das Büro fast leer war. Sie war so in ihre eigenen Gedanken vertieft, dass sie nicht einmal das übliche Gedränge bemerkt hatte, als die Kollegen sich auf den Weg zu den Ausgängen machten. Sie lachte und dachte, wenn der Feueralarm losgegangen wäre, hätte sie das vielleicht auch nicht gehört.

Bald war sie auf dem Weg nach Hause. Miranda hielt an der Apotheke an und schnappte sich ein paar Dinge, die sie brauchte: Tampons, Zigaretten und einen großen Block Cadbury's Milchschokolade und machte sich auf den Heimweg. Heute Abend sollte ihre Mutter kochen. Miranda freute sich darauf, verwöhnt zu werden. Das Leben zu Hause gefiel ihr gut.

KAPITEL 14

CHERYL WAR MIT DER Zubereitung des Abendessens beschäftigt, während ihre beiden Geschwister auf den Sofas lümmelten und auf die Goggle-Box starrten. Sie bat Evelyn und Craig mehrmals, ihr zu helfen, den Tisch für das Abendessen vorzubereiten - bisher ohne Erfolg.

"Evelyn, komm und hilf mir bitte", flehte Cheryl.

"Ich schaue mir das an, es ist lustig und ich will nichts verpassen."

Jeden Abend genau das Gleiche. Cheryls Bitten um Hilfe stießen auf taube Ohren. Am Ende musste sie immer alles selbst machen. Sie hatte langsam die Nase voll davon. Es war ja nicht so, dass sie mit Hausaufgaben oder etwas Wichtigem beschäftigt waren, sondern dass sie nur faulenzten und die Glotze anschauten. Cheryl beschloss, dass sie es heute Abend ein für alle Mal mit ihrem Bruder und ihrer Schwester ausmachen würde. Sie brauchte Hilfe, sonst würde sie noch verrückt werden.

Sie hatte seit Monaten keine Pause mehr gehabt. Cheryl war zu einem Mädchen geworden, das nur arbeitet und nicht spielt, und wenn sie sich im Spiegel ansah, gefiel ihr nicht, was sie sah. Sie hatte vor, eines Tages Mutter zu werden und eigene Kinder zu haben, aber die Rolle der Mutter und des Vaters für ihre Geschwister im Teenageralter zu übernehmen, brachte sie ganz schön ins Grübeln. Sie hatte das Gefühl, dass sie ihnen immer Befehle erteilen musste: Hast du deine Hausaufgaben gemacht? - Habt ihr eure Kleidung in den Wäschekorb gelegt? Ständig nörgelte sie an ihnen herum, wegen diesem oder jenem. Die meiste Zeit ignorierten sie sie sowieso völlig. Manchmal rollten sie sogar mit den Augen, und das brachte sie fast um den Verstand. Dann ging sie nach draußen, um sich zu beruhigen.

Cheryl hatte gehofft, dass sie ihr helfen wollten. Dass sie sich daran beteiligen würden, wie das Haus betrieben wurde. Sie wusste, dass sie immer noch damit beschäftigt waren, den Tod ihrer Mutter zu verarbeiten, denn das war sie auch. Das war etwas, das sie alle gemeinsam hatten, und doch war Cheryl sicher, dass ihre Geschwister es ihr übel nahmen. Sie musste mit ihnen darüber reden, um ihnen klarzumachen, dass sie ein Team waren.

Vor ein paar Nächten, als Cheryl am Ende ihrer Kräfte war, kam Miranda zu ihr und sie redeten bis zwei Uhr morgens, tranken Kanne um Kanne Kaffee, während Miranda wie ein Schornstein paffte.

Cheryl war von dieser neuen Angewohnheit Mirandas nicht beeindruckt, aber es war seltsam zu sehen, wie sich das Verhalten ihrer Freundin nach nur einem Zug veränderte. Sie schien ruhiger und entspannter zu sein.

Miranda hörte ihrer Freundin verständnisvoll zu, denn sie wusste, wie sehr Cheryl es brauchte, alles auszusprechen. Ihr fiel auf, wie gestresst Cheryl in letzter Zeit war und wie alt sie aussah. Miranda wusste, dass Cheryl eine unvoreingenommene Meinung brauchte. Tief in ihrem Inneren wusste Miranda auch, dass Cheryl sich selbst die Schuld für das gab, was vor sich ging. Sie fragte sich, ob sie es verdient hatte, so behandelt zu werden.

"Bin ich zu starr, zu kleinlich? Ich fühle mich in letzter Zeit wie eine Hexe. Übertreibe ich die Dinge zu sehr? Vielleicht bilde ich mir das auch nur ein."

"Hör auf damit", sagte Miranda. "Mach dir keine Vorwürfe. Du schuftest in der Fabrik und dann zu Hause und diese kleinen Gören nutzen dich aus."

"Aber sie trauern immer noch um Mama und sie haben jedes Recht, sauer auf mich zu sein, weil ich versuche..." Cheryl brach in Tränen aus. Miranda umarmte ihre Freundin, während sie sich schluchzend an ihre Schulter drückte.

"Alles wird wieder gut, Cheryl", sagte Miranda. "Du musst nur mit ihnen reden und aufhören, dich in einen Zustand zu bringen. Das Leben ist zu kurz."

"Ich weiß, ich weiß", schluchzte Cheryl. "Aber sie hassen mich, ich weiß es. Sie denken, dass ich versuche, in Moms Fußstapfen zu treten, und sie wissen, dass ich das nicht schaffe. Dass ich unmöglich alles so gut machen kann wie sie."

"Hör zu, Kleines", sagte Miranda. "Du hältst diese Familie zusammen. Ohne dich würden sie zu ihrer Großmutter nach Indiana geschickt werden. Sie müssten alle ihre Freunde verlassen. Oder schlimmer noch, sie würden in Pflegefamilien landen. Du hast dich nicht zum Vormund deines Bruders und deiner Schwester ernannt. Das war deine Mutter. Sie sollten dankbar für dich sein."

Cheryl hatte das Gefühl, dass ihr eine Last von den Schultern genommen wurde. Doch heute fürchtete sie sich vor dem Gespräch, von dem sie wusste, dass sie es mit den beiden führen musste.

Sie starrte ein paar Augenblicke aus dem Fenster. Sie fragte sich, wie Terri und Amadeo miteinander auskommen würden.

"Komm und hol's dir", rief sie.

Craig schnappte sich seinen Teller und schlenderte zurück zum Wohnzimmersofa.

"Entschuldigung", sagte Cheryl mit Autorität in ihrer Stimme. "Komm zurück, Craig!"

"Was? Ich schaue da drinnen ein Programm."

"Als Mama noch lebte, gab es bei den Mahlzeiten keinen Fernseher. Stell dir vor, was sie denken würde, wenn sie jetzt hereinkäme und dich auf ihrem Sofa sitzend Spaghetti Bolognese essen sähe?"

"Aber sie ist NICHT hier!" sagte Craig.

"Ich bin nicht hungrig", sagte Evelyn.

"Ok, genug ist genug!" sagte Cheryl. "Komm zurück, Craig, und setz dich. Evelyn, du setzt dich auch hin. Bitte."

"Was ist denn so schlimm daran?" sagte Craig. "Warum kannst du uns nicht einfach in Ruhe lassen? Warum musst du immer wieder auf alles eingehen?"

"Weil ich mit dir reden will. Ich will, dass wir das klären."

"Was klären?" sagten Craig und Evelyn unisono und sahen sich an, als wären sie gerade von einem anderen Planeten auf die Erde gebeamt worden. Craig fing an, an seinem Essen herumzufummeln und die Spaghetti auf die Gabel zu wickeln. Er blickte nicht von seinem Teller auf. Währenddessen beobachtete Evelyn aufmerksam die Blasen, die in ihrem Coca-Cola-Glas aufstiegen.

"Hör zu. Sieh mich an, wenn ich mit dir spreche!" sagte Cheryl. "Ich habe genug davon, dass ihr beide mich nicht respektiert. Ihr behandelt mich wie einen..." Sie brach in Tränen aus.

Craig wusste gar nicht, was er tun sollte. Er saß da und wickelte die Spaghetti Nudel für Nudel auf seinen Teller ab. Evelyn fing an zu schluchzen. Tränen fielen tropfenweise in ihre Coca-Cola. Keiner sagte ein Wort.

"Alles, was ich will, ist, wieder eine Familie zu sein. Ich weiß, dass ich nicht Mom bin und es auch nie sein werde. Mom konnte alles selbst machen. Sie war eine Super-Mama. Aber ich BRAUCHE HILFE."

"Warum fragst du uns dann nicht einfach?" schlug Craig vor. "Anstatt uns herumzukommandieren wie ein paar Handlanger. Das ist auch unser Haus, weißt du."

"Was?" fragte Cheryl. "Natürlich, es ist auch euer Haus. Es ist unser Haus als Familie."

Noch mehr Schweigen.

Cheryl versuchte, es zu brechen, indem sie sie fragte, wie ihr Tag war. Einsilbige Antworten. Es war so untypisch für die drei, sich vor den anderen zu verschließen. Als ihre Mutter noch lebte, waren sie sich so nah gewesen und hatten sich bei der Beerdigung aneinander geklammert, um sich gegenseitig zu stützen, und jetzt hatte sich etwas verändert. Was auch immer es war, Cheryl musste es herausfinden, und zwar heute, jetzt.

"Was habe ich getan, um euch beide zu ärgern?"

Beide sagten unisono "Nichts", dann ging Craig zurück zu seinen Spaghetti und Evelyn dachte wieder über die Bläschen in ihrer Coca-Cola nach.

"Sprich mit mir, bitte."

Evelyn sah Craig an, dann Cheryl und dann wieder Craig.

"Wir wissen nicht mehr, was wir tun sollen. Mit Mom wussten wir, was wir tun sollten, und jetzt nicht mehr. Alles, was wir tun, ist falsch", sagte Craig.

"Nun, zunächst einmal bin ich noch genau dieselbe Person. Ich habe mich nicht verändert. Das Einzige, was sich an meinem Tag geändert hat, ist die Menge an Arbeit, die ich erledigen muss. Ich arbeite den ganzen Tag in der Fabrik und komme dann nach Hause und arbeite. Ich habe so viel zu tun und keine Zeit zum Ausruhen und keine Zeit für mich selbst. Du könntest mir ab und zu helfen. Du könntest den Tisch decken, ohne dass ich fragen muss, oder das Abendessen vorbereiten, oder die Wäsche aufhängen, oder..."

Evelyn unterbricht: "Aber das hat Mama immer gemacht."

"Damals mussten wir es nicht tun, und alles wurde erledigt. Jetzt fällt alles auseinander. Selbst wenn wir mit der Wäsche anfangen, wie soll das etwas ändern? Ohne Mama sind wir alle verloren und du kannst nicht sie sein. Egal, wie sehr du es versuchst, du kannst es einfach nicht."

Evelyn fing wieder an zu weinen und Cheryl und Craig stimmten bald mit ein.

"Ich will nicht sie sein oder sie ersetzen, ich will nur, dass wir alle zusammenbleiben. Ich erwarte nicht, dass du alles machst, aber du sollst mir ab und zu helfen. Mama war eine Expertin. Sie war so gut organisiert, dass sie alles gemacht hat, ohne uns zu fragen. Selbst dann, wenn sie wahrscheinlich ein wenig Hilfe gebraucht hätte.

"Sie hat uns verwöhnt. Sie dachte, es sei ihre Aufgabe, weil sie den ganzen Tag zu Hause war. Sie hatte Zeit, Dinge zu erledigen, wenn wir nicht zu Hause waren. Ich gebe mir wirklich Mühe, aber mit meinem Job und allem, was dazugehört, kann ich einfach nicht alles schaffen."

Cheryl fing an zu schluchzen, und sowohl ihr Bruder als auch ihre Schwester griffen nach einer Hand und hielten sie fest.

Craig brach das Schweigen mit den Worten: "Ich wasche mich, sie trocknet sich ab. Du gehst und ruhst dich aus, ok Schwesterchen?"

"Danke."

Cheryl ging ins Wohnzimmer. Sie ruhte sich auf der Couch aus, blätterte durch die Fernsehsender und ging dann zurück in die Küche. Sie blieb einen Moment an der Tür stehen und hörte zu, wie die beiden über ihren Tag plauderten und ihre Gedanken austauschten. Sie fragte sich, warum sie eine Außenseiterin geworden war. Wann das passiert war und was sie tun musste, um wieder dazuzugehören.

Sie schnappte sich ein Handtuch und sagte: "Ich helfe dir."

KAPITEL 15

ALS SIE IN AMADEOS Wohnung ankamen, konnte Terri kaum noch Luft holen. Sie war aufgeregt und voller Vorfreude. Ihre Hand zitterte, als sie den Schlüssel ins Schloss steckte und die Tür öffnete. Sie spürte Amadeos heißen Atem in ihrem Nacken.

Sie betrat einen Raum, der mit langstieligen Rosen und Schleierkraut gefüllt war.

"Es ist wunderschön, einfach wunderschön!"

"Willkommen in meiner bescheidenen Bleibe", sagte Amadeo und verbeugte sich tief. Als sich sein Körper wieder vom Boden erhob, fiel Terri ihm um den Hals und küsste ihn so leidenschaftlich, dass seine Beine unter ihm nachgaben.

Gemeinsam kippten sie auf den Boden.

"Ich will dich", flüsterte Terri.

"Und ich dich, aber ich habe andere Pläne."

Er stand auf und zog die Jalousien zurück, so dass sich ein spektakulärer Blick auf die Stadt bot.

"Das ist schön, aber es wird immer noch hier sein, weißt du - danach."

"Ich dachte, du möchtest vielleicht ein Bad nehmen, schließlich war es ein langer Flug."

"Ich stinke doch nicht, oder?" fragte Terri. "Oh, jetzt ist es mir peinlich."

"Natürlich nicht, meine Liebe, aber..."

Irgendwo in der Ferne hörte Terri das leise Läuten von Kirchenglocken. Sie verrieten mit einem einzigen Läuten die Zeit Italiens.

Amadeo führte Terri in ihr Zimmer. Er küsste sie leidenschaftlich und sog ihren Atem mit seinem eigenen ein. Er öffnete die Tür und wich dann zurück.

Terri ergriff seine Hand und zog ihn ins Zimmer, wo das Doppelbett vor ihr aufgebaut war.

Das Telefon klingelte.

"Lass es klingeln", sagte Terri.

"Vielleicht ist es die Arbeit."

"Mmmmmmm", sagte Terri und küsste Amadeo auf die Stirn, auf seine Lippen, auf seine Fingerspitzen.

Sein Mobiltelefon klingelte.

"Äh, hallo, okay, ich bin in zehn Minuten da. Halte die Stellung. Ich muss los, Liebes, eine Krise auf der Arbeit."

"Das kann doch sicher warten, ich bin gerade erst angekommen."

"Nein, kann es nicht. Ich bin bald wieder da, mach es dir gemütlich. Nimm ein Bad. Geh zu Fuß ins Dorf. Es wird nicht länger als ein paar Stunden dauern." Die Tür schloss sich hinter ihm.

Terri sah sich alles in ihrem Zimmer an. Die winzigen Rosenblätter auf der weißen Spitze und die Rosenblätter, die auf dem Boden verstreut waren. Das Zimmer war zauberhaft. Terri ging durch das Zimmer und betrachtete ihr Spiegelbild.

Was für ein Durcheinander! Kein Wunder, dass er von hier weggelaufen ist ... Ich gehe ins Bad.

Sie setzte sich in die Wanne und summte "That's Amore".

Es klopfte an der Tür.

"Bist du angezogen?" Es war Amadeo. Er war noch nicht gegangen.

"Ich bin voller Blasen, wenn du das meinst."

Er öffnete die Tür und spähte hinein.

Terri wurde von Kopf bis Fuß rot - zum Glück waren die meisten roten Stellen unter den Seifenblasen versteckt.

Amadeo stellte einen kleinen Tisch direkt neben der Badewanne auf. Er öffnete eine Flasche Champagner und schenkte ihn in einen Kristallkelch ein.

"Genieß es", sagte er, während er zur Tür hinausging.

"Nein, warte! Willst du mir nicht Gesellschaft leisten?"

"Dieses Mal nicht, aber danke für das Angebot."

Die Tür schloss sich hinter ihm. Terri hörte, wie sich eine weitere Tür schloss. Diesmal war er wirklich weg.

Sie kippte ein Glas Champagner herunter. Sie lehnte sich zurück und entspannte sich in den Armen des luxuriösen Schaums. Terri dachte an Amadeo und eine Gänsehaut erschien auf ihrem ganzen Körper. Allein die Berührung seiner Hand ließ ihr Herz höher schlagen. Sie wollte ihn unbedingt, mehr als sie sich jemals vorstellen konnte, dass sie jemanden wollen könnte. Zumindest in ihren Gedanken. Sie stellte sich vor, wie sie aus der Badewanne stieg und nur mit Seifenlauge bedeckt zu ihm ging. Sie gab sich ihm hin. Sich der Leidenschaft hingeben. Es war so überwältigend, dass sie kaum atmen konnte.

Sie war eingeschlafen. Es war alles nur ein Traum.

Sie schloss noch einmal die Augen und ließ ihrer Fantasie freien Lauf. Sie verfolgte Amadeo. Sie befanden sich in einem bewaldeten Gebiet. Er schien zu entkommen und sie war sich sicher, dass sie ihn verloren hatte und dann rief er ihren Namen.

"Terri, Terri."

Amadeo rief sie wirklich.

"Nur noch ein paar Minuten, ich ziehe mich gerade an."

"Entspann dich, genieße es. Die Krise ist abgewendet und ich muss doch nicht ins Büro gehen. Ich werde also in meinem Zimmer arbeiten."

Sie hörte seine Schritte, als er sich von der Tür entfernte und den Korridor entlang ging.

Terri konnte nicht anders, als sich über die Frauen zu wundern, mit denen Amadeo zuvor zusammen gewesen war. Sie fragte sich, wie ihr Körper im Vergleich dazu aussehen würde. Was würde er denken, wenn er sie nackt sehen würde? Dann dachte sie darüber nach, ihn nackt zu sehen. Sie hatte noch nie einen Mann nackt gesehen. Nicht einmal in einer Zeitschrift. Sie konnte es nicht erwarten!

Sie wickelte sich ein Handtuch um, ging den Flur hinunter und ging fast in ihr Zimmer. Sie schaute den Korridor hinunter. Die Tür von Amadeo war geschlossen.

Sie fragte sich, ob er dort drinnen auf sie wartete. Vielleicht war er unbekleidet und lag im Bett. Vielleicht war er auch ganz nackt, wärmte die Laken und wartete auf sie.

Sie ging den Korridor entlang und ließ dabei Wassertropfen zurück. Sie lauschte an der Tür. Es war still.

Sollte sie an der Türklinke drehen? Sollte sie in sein Zimmer gehen?

Das Telefon klingelte im vorderen Zimmer. Dann klingelte ein Mobiltelefon.

Sie huschte zurück in ihr Zimmer und schloss vorsichtig die Tür hinter sich. Sie holte tief Luft und zog sich an. Sie zog ein gelbes Kleid an, das blaue Blumen am Kragen und an den Rändern des Rocks hatte. Sie sah ein bisschen aus wie ein Kanarienvogel.

Sie ging aus ihrem Schlafzimmer und schloss die Tür hinter sich.

KAPITEL 16

IM WOHNZIMMER SPRACH AMADEO am Telefon. Er war überhaupt nicht in seinem Schlafzimmer gewesen! "Aber ich dachte, du hättest alles in Ordnung gebracht. Ich kann heute nicht ins Büro zurückkehren! Ich habe einen Gast!" Er sah Terri an und fing an, hin und her zu laufen. Er sagte: "Ja, ja, ich rufe dich gleich zurück", und legte den Hörer auf. Ruhig ging er auf sie zu: "Terri, du siehst aus wie ein Engel. Wo sind deine Flügel?"

"Komm her und ich zeige sie dir", sagte Terri.

"Versprochen, versprochen." Er ging auf sie zu und nahm sie in seine Arme. Das Mobiltelefon klingelte wieder. "Hallo, ja, schon gut, alles klar. Ich bin in zehn Minuten da. Behalte nur dein Hemd an! Es tut mir leid, Schatz, ich muss los."

"Ich verstehe. Ich will nicht, dass du gehst, aber ich kann dich nicht ganz für mich behalten, oder?"

"Ich gehöre ganz dir, sobald alles geklärt ist. In der Zwischenzeit gehst du die Straße hinunter, wo du einen kleinen Markt findest. Entscheide, was du zum Abendessen möchtest, wenn du Lust hast zu kochen, können wir zu Hause bleiben oder ausgehen, wenn ich zurückkomme."

"Gibt es in der Nähe eine Bank, ich muss ein paar Reiseschecks wechseln."

"Das ist heute nicht nötig, hier ist etwas Bargeld. Genieß es, gönn dir was und ich bin so schnell wie möglich wieder da."

Sie gingen gemeinsam die Treppe hinunter und hielten sich an den Händen. Amadeo gab Terri einen Abschiedskuss und ging los. Sie winkte ihm zum Abschied zu und fühlte sich plötzlich sehr allein. Sie schaute nach rechts die Straße hinunter und sah einige Kinder, die Fußball spielten. Sie sah ihnen beim Spielen zu. Eines der Kinder streckte ihr die Zunge heraus. Sie erwiderte den Gefallen.

Sie fragte sich, ob Amadeo Kinder wollte. Terri wollte auf jeden Fall Kinder. Ganz viele. Sie wollte mindestens fünf, vielleicht auch mehr - aber es hatte keine Eile.

Als sie die gepflasterte Straße hinunterging, begann es zu regnen, was ein Muster auf ihrem gelben Kleid hinterließ. Sie duckte sich in einen Hauseingang und wartete. Dieser Teil der Stadt war atemberaubend schön. Er hatte Charakter. Alles sah so alt und traditionell aus. An der Ecke entdeckte sie einen Buchladen und lief dorthin.

Sie stöberte, kaufte aber nichts und der Regen hörte auf. Sie kaufte sich ein Stück Pizza, aß ein Erdbeer-Gelato und schlürfte einen Cappuccino in einem Café.

Sie sammelte so viele Vorräte für das Abendessen ein, wie sie tragen konnte, und machte sich auf den Weg zurück in die Wohnung. Sie wollte Lasagne und Salat machen. Sie schob die Lasagne in den Ofen und schnitt den Salat klein. Sie ließ sich zurück auf das Sofa fallen und wartete. Drei Stunden später gab es immer noch kein Zeichen von Amadeo. Sie begann, sich einsam zu fühlen. Sie beschloss, Miranda anzurufen.

"Hey, warum rufst du mich mitten in der Nacht an?" fragte Miranda.

"Ist es, oh, Entschuldigung."

"Ich war wach und habe mir gerade Wiederholungen eines alten Cary Grant-Films angesehen, Penny Serenade. Also, was gibt's? Wie geht's Amadeo? Wie geht es dir? Wie ist Italien? Hast du es schon geschafft?"

"Mensch, du kommst nicht um den heißen Brei herum, oder?" Terri lachte. "Amadeo ist umwerfend, atemberaubend umwerfend, und er ist auf der Arbeit. Mir geht es gut, aber ich fühle mich ein bisschen einsam und wir haben noch nichts unternommen."

"Es gibt keinen Grund zur Eile, weißt du. Warte, bis es sich richtig anfühlt."

"Danke, Mama."

"Oh, ich glaube, Amadeo ist zurück. Ich muss los. Ich bleibe in Kontakt."

Terri verabschiedete sich schnell von ihrer Freundin und legte auf, bevor Miranda auch nur ein Wort sagen konnte. Sie stürzte auf Amadeo zu - als wäre er monatelang weg gewesen. Sie nahm ihn in den Arm und küsste ihn.

"Es ist schön, zu dir nach Hause zu kommen."

Amadeo war ganz froh, dass er schon vorher ausgegangen war, denn die Dinge entwickelten sich ein bisschen zu schnell für seine Pläne. Er wurde heiß - und hatte Angst, dass er seiner Leidenschaft nachgeben würde. Es war verlockend, es nicht zu tun.

Tatsächlich hatte er den Notfall am Telefon geklärt, aber er machte sich Sorgen, dass er gleich zurückkommen würde. Er wusste, dass sie ihn wollte. Er wusste, dass er ihr nicht länger widerstehen konnte und so ging er schließlich umher. Er beobachtete sie, wie sie ihren Cappuccino trank, wie sie ihre Pizza aß, wie sie ihr Gelato probierte. Sie machte ihn wahnsinnig. Er wollte sie so sehr, und er wollte nicht mehr lange warten. Und doch wusste er, dass er warten musste. Er wusste, dass er dafür sorgen musste, dass alles perfekt war.

"Lass uns hinsetzen und reden", sagte Amadeo, nahm jede von Terris Händen in seine und küsste sie nacheinander. "Ich habe über dich nachgedacht, über uns."

Terri versuchte, ihn zu unterbrechen. Amadeo legte seinen Zeigefinger auf ihre Lippen und fuhr fort.

"Ich muss es dir sagen; ich will es dir jetzt sagen."

Terri nickte.

"Du bist die Frau, von der ich mein ganzes Leben lang geträumt habe. Ich hätte nie gedacht, dass ich sie treffen würde. Die Frau, von der ich geträumt habe, und jetzt ist sie hier. Sie ist du. Du bist meine Freundin, meine Seelenverwandte und mit dir bin ich vollkommen. Ich will nicht, dass wir getrennt werden. Niemals."

Amadeo ließ sich auf sein rechtes Knie fallen und griff in seine Jackentasche. Er zog ein kleines Schmuckkästchen heraus, öffnete es und nahm einen Ring heraus.

"Ich möchte, dass du mich heiratest, heute, morgen, lass uns eins sein. Lass uns als Mann und Frau leben. Willst du das?"

Terri hätte nicht überraschter sein können. Damit hatte sie nicht gerechnet, nicht heute, nicht so schnell. Sie schwankte auf ihn zu, nahm seinen Kopf in ihre Hände und küsste ihn leidenschaftlich auf die Stirn und dann auf seine Lippen. Sie ging zu seiner Brust, öffnete seine Knöpfe und küsste ihn sanft, dann wieder auf seinen Mund.

"Heißt das Ja?"

"JA! JA!"

Sie rollten von der Couch und landeten auf dem Boden. Sie wälzten sich hin und her, keiner von ihnen wollte aufhören.

"Ich will warten", sagte Amadeo und schob Terri weg.

"Was? Du willst warten?"

Terri zog sich zurück und sah ihm in die Augen. Er wollte warten. Sie hatte ihr ganzes Leben lang warten wollen, bis sie verheiratet war. Er tat das für sie.

"Ich liebe dich, Amadeo!"

KAPITEL 17

MIRANDA WAR IN DER Küche. Sie war an der Reihe, für ihre Eltern zu kochen, und musste rausgehen. Sie bereitete Spaghetti Bolognese zu und schrieb einen Zettel an ihre Eltern.

Warum habe ich überhaupt diesem Blind Date zugestimmt? Ich muss völlig verrückt gewesen sein!

Janice, eine neue Arbeitskollegin, versuchte schon seit ein paar Wochen, Miranda mit ihrem Bruder zusammenzubringen.

"Er ist perfekt für dich, Miranda", sagte Janice jedes Mal, wenn sie Miranda bei der Arbeit sah. Jedes Mal, wenn sie sich auf der Toilette begegneten. Jedes Mal, wenn sie sich auf dem Flur begegneten. In den letzten Tagen war es so schlimm geworden, dass Miranda ein paar Freunde hatte, die nach Janice Ausschau hielten. Leider schlief einer von ihnen am Schalter.

"Mirrrrrrannnnnnnnndaaaa!" sagte Janice. "Ich habe schon überall nach dir gesucht. Wir geben eine Dinnerparty, am Samstagabend. Ganz zwanglos. Mein Bruder würde dich gerne kennenlernen. Sag bitte, dass du kommen wirst."

"Äh, Samstag, ich habe zu tun, ich muss für meine Eltern kochen."

"Das ist keine Ausrede. Bestell schon mal vor - dann kannst du dich zu uns setzen. Wunderbar! Wunderbar! Mein Bruder kann es kaum erwarten, dich kennenzulernen. Er holt dich um 19 Uhr ab. Bye bye."

Inzwischen hatte Miranda erfahren, dass noch drei weitere Paare im Restaurant sein würden. Dadurch fühlte sie sich weniger verärgert, dass sie überfallen wurde.

Warum, oh warum, habe ich nicht zugestimmt, ihn im Restaurant zu treffen?

Miranda zog ein Outfit an, zog es aus und probierte ein anderes an. Das tat sie mehrmals und entschied sich schließlich für ihren schwarzen Zweiteiler. Dann ging sie zum Spiegel und überprüfte ihr Make-up. Ihr Make-up bestand aus Wimperntusche, Grundierung, Rouge und einem leichten Lipgloss. Sie hatte es nicht übertrieben. Sie betrachtete sich im Ganzkörperspiegel und glättete die eine oder andere Falte, die sich um ihre Taille gebildet hatte. Sie sprühte sich ein wenig Parfüm auf, kämmte ihr Haar, fügte ein wenig Haarspray hinzu und ging zurück in die Küche.

Miranda griff nach einer Zigarette, die sie dringend brauchte, um sich zu beruhigen.

Wenn du dich aufregst, bekommst du Falten in deinem Gesicht.

Wie immer war der erste Zug der beste, und als sie an der Zigarette nuckelte, fühlte sie sich, als ob sie einen Schub bekommen hätte. Sie hatte das Gefühl, dass es ihr den Mut gab, den sie brauchte.

Miranda dachte darüber nach, was sie anhatte und fragte sich, ob sie es übertrieben hatte. Sie trug ihren schwarzen Anzug, mit einer hübschen Spitzenbluse mit hohem Kragen, schwarzen Pumps und schwarzen Strümpfen.

Der Zettel ist da - bereit, nur für den Fall, aber ich hoffe, dass Mama bald nach Hause kommt. Vielleicht können sie und ich dann ein System ausarbeiten. Ich kann mich in meinem Zimmer verstecken und wenn er ein Streber oder ein totaler Loser ist, kann sie mir Bescheid sagen... Dann kann sie sagen, ich sei krank oder so. Aber dann würde Janice am Montag wieder hinter mir her sein und jeden zweiten Tag für den Rest meines Lebens. Sie ist verdammt hartnäckig. Ich kann es genauso gut hier und jetzt hinter mich bringen.

Bing-bong.

Miranda stand wie erstarrt.

Bing-bong.

Miranda drückte ihre Zigarette aus. Sie klappte die Vorderseite ihrer Jacke herunter und spähte durch das Schlüsselloch. Alles, was sie sehen konnte, war seine Brust, also wusste sie eines ganz sicher: Er war groß. Sie öffnete die Tür.

Da stand er. Er lächelte nicht.

Der erste Eindruck für Miranda? Das Wort Trottel kam ihr in den Sinn. Ja, dachte sie, Depp beschreibt ihn. Er trug eine dicke, schwarz umrandete Brille (so wie Buddy Holly) und einen schwarzen Anzug. Die beiden standen nebeneinander und sahen aus, als würden sie auf eine Beerdigung gehen. "Miranda?" sagte er und streckte seine Hand aus. Sie war verschwitzt. Miranda verstand nicht, warum er ihren Namen sagte, als ob es eine Frage wäre.

"Hallo Lance, ich hole nur schnell meine Handtasche." Sie verfluchte Janice, weil sie ihr den streberhaften Bruder aufgehalst hatte und hoffte, dass sie die Nacht überstehen würde. Kein Wunder, dass er selbst kein Date kriegt!

Mirandas Gesichtsfarbe rötete sich; sie war nicht gerade Miss America.

Er fuhr einen nagelneuen grünen BMW.

"Oh, ein tolles Auto - ich liebe die Innenausstattung."

"Danke." Er lächelte.

Miranda bemerkte sein nettes Lächeln. Sie griff in ihre Tasche, fand eine Zigarette und zündete sie an.

"Äh, ich bin allergisch gegen Rauch", sagte Lance.

Das war ja klar, dachte Miranda.

"Hat Janice das nicht erwähnt? Sie hat uns einen Tisch im Nichtraucherbereich reserviert. Ich hoffe, es macht dir nichts aus?"

Miranda seufzte und dachte daran, wie interessant es wäre, mit jemandem auszugehen, der extrem allergisch gegen Rauch ist, ohne es zu wissen. Er könnte einen Anfall bekommen. Oder er würde einen Ausschlag bekommen. Was für ein denkwürdiges erstes Date wäre das!

"Kein Problem", sagte Miranda, "ich bin ja kein Kettenraucher oder so. Ich bin nur etwas nervös, ein sozialer

Raucher sozusagen. Was dagegen, wenn ich ein bisschen Musik anmache?"

Das Radio war bereits auf den Oldiesender umgeschaltet.

"Ich stehe auf Oldies. Sie helfen, sich die Zeit zu vertreiben, wenn man im Stau steht. Welche Art von Musik hörst du zu Hause?"

"Ich höre alles - von Black Sabbath über Tony Bennett bis hin zu Robbie Williams", sagte Lance.

"Das ist eine eklektische Sammlung! Mir geht es genauso, ich mag alles, was einen Ohrwurm hat, die Beatles, U2 - wenn die Musik gut ist, bin ich dabei.

Lance mochte Miranda auf Anhieb. Er fand, dass sie ein süßes Gesicht hatte. Er mochte ihr Lachen, ihr Selbstbewusstsein und ihren Sinn für Stil. Das Einzige, was er nicht an ihr mochte, war ihr Rauchen, aber die Nacht war noch jung. Er war sich sicher, dass er früher oder später etwas finden würde, was mit ihr nicht stimmte.

Nachdem sie über Musik gesprochen hatten, wurde es still im Auto. Lance wünschte sich, dass Miranda nicht rauchen würde. Er wünschte sich auch, dass sie etwas sagen würde, irgendetwas, denn die Stille war nervenaufreibend.

Lance hatte seit Monaten kein Date mehr gehabt. Er arbeitete rund um die Uhr für eine Immobilienfirma - ein soziales Leben hatte für ihn keine Priorität. Die einzigen Frauen, die er traf, waren Kunden, außer den beiden, die für ihn arbeiteten. Beide waren ihm zu riskant, also machte er sich nicht die Mühe.

Dann erzählte Janice ihm von Miranda und wiederholte es immer wieder, bis er schließlich nachgab. Er war besorgt, dass sie eine Schlampe sein könnte, aber das war sie überhaupt nicht. Außerdem machte er sich Sorgen über geldgierige Frauen, denn im letzten Jahr hatte er über sechsstellige Summen verdient.

Endlich erreichten sie das Restaurant und es begann zu regnen. Lance setzte Miranda vor der Tür ab, damit sie nicht nass wurde, und parkte sein Auto. Er ließ niemanden sonst mit seinem Auto fahren, schon gar nicht die Parkplatzwächter.

Er sah sie auf der Treppe stehen und rauchte weiter. Miranda versuchte, ein paar Züge zu nehmen, um sie zu behalten, als er sich ihr näherte. Sie drückte die Zigarette aus und sie gingen hinein.

Die anderen Gäste waren bereits eingetroffen: Janice und ihr Mann Frank (sie waren frisch verheiratet und deshalb wollte Janice, dass alle anderen ihr Eheglück erleben), Sandy und Harrison (Miranda hatte sie einmal auf einer Weihnachtsfeier kennengelernt, Lance kannte sie sehr gut) und Diane und Larry, ein Paar von der Arbeit. Als Miranda und Lance sich dem Tisch näherten, standen alle anderen auf und begrüßten die Neuankömmlinge herzlich.

Lance zog Miranda den Stuhl zurecht und wartete, bis alle Frauen Platz genommen hatten, bevor er sich setzte. Nicht so bei den Ehemännern.

"Zwei Flaschen Dom Perignon", sagte Lance zu dem Kellner.

Miranda wusste, wie teuer Dom Perignon war. Tatsächlich hatte sie ihn noch nie probiert. Sobald die Gläser gefüllt waren, wurde ein Toast ausgesprochen.

"Auf Lance und Miranda, möge dies ihr erstes von vielen Dates sein!" sagte Janice.

Miranda errötete. Lance auch. Alle stießen mit den Gläsern an.

Miranda und Lance sahen nicht, was die anderen sahen. Sie sahen richtig füreinander aus. Sie standen im Kontrast zueinander - Lance mit seinen tiefblauen Augen und blonden Haaren, Miranda mit ihren tiefgrünen Augen und roten Haaren. Gleichzeitig ergänzten ihre dunklen Anzüge den anderen. Es war ein himmlisches Paar - wenn sie die beiden nur davon überzeugen könnten.

Die Unterhaltung war erstklassig. Die Gesellschaft war erstklassig. Miranda amüsierte sich prächtig. Sie trank den Champagner und lachte. Sie fühlte sich zu Lance hingezogen. Er war sehr zurückhaltend und ruhig, doch er war weltgewandt und verfügte über ein umfangreiches Wissen. Wann immer jemand etwas nicht wusste, wusste Lance es. Wenn sie sich eine Tatsache nicht merken konnten, wusste Lance sie. Er war wie ein Tausendsassa. Miranda dachte, er könnte bei Jeopardy! ein Vermögen machen.

Lance hatte eine unglaubliche Zeit. Er wollte, dass Miranda mehr beitrug. Im Moment schien sie sich zurückzulehnen und alles auf sich wirken zu lassen. Er fragte sich, ob sie schüchtern war. Er dachte, es könnte helfen, ein Thema anzusprechen, über das sie Bescheid wusste und das sonst niemand wusste. Er versuchte sich daran zu erinnern, was seine Schwester ihm über sie erzählt hatte. Er erinnerte sich, dass sie etwas über Australien gesagt hatte. Er war vom Outback fasziniert. Er beschloss, sie danach zu fragen.

"Ich habe gehört, dass du letztes Jahr in Australien warst. Was hast du von den australischen Männern gehalten?" Lance sah, wie sich eine Wolke über Miranda legte. Er wusste nicht, was er gesagt hatte, um sie zu verärgern, aber er wusste, dass er etwas Falsches gesagt hatte. Miranda entschuldigte sich und rannte aus dem Zimmer.

"Was ist denn los?" sagte Lance. Er rannte ihr hinterher. Miranda stand im Regen. Tränen liefen ihr über die Wangen. Sie zitterte.

Er zog seine Jacke aus und legte sie ihr um die Schultern. Er hielt sie fest. Er wusste nicht warum, aber er wusste, dass sie sich irgendwo verirrt hatte und er wollte sie nur vor dem schützen, was ihr Schmerzen bereitete. Miranda hielt sich an ihm fest, als wäre er ein Rettungsring.

"Ich bringe dich nach Hause."

Es war eine lange Fahrt, auf der nur das Geräusch der Scheibenwischer zu hören war, die über die Scheiben zischten.

"Es hat mich gefreut, dich kennenzulernen", sagte Lance, als Miranda aus dem Auto ausstieg. Er dachte, er hätte sie "Danke" sagen hören, aber er war sich nicht sicher.

Er fuhr zurück zum Restaurant.

"Ich habe Miranda nach Hause gebracht. Ich verstehe das nicht. Warum ist sie weggelaufen?"

"Du hast sie verärgert, du Idiot, als du Jungs in Australien erwähnt hast", sagte Janice.

"Wie?"

"Erinnerst du dich, dass ich dir von einer Freundin erzählt habe, die nach Australien gegangen ist, dort einen Typen kennengelernt und sich verliebt hat und dann wurde der Typ von einem Fahrer mit Fahrerflucht getötet?"

"Ja, was ist damit?"

"Das Mädchen war Miranda."

"Oh, das tut mir so leid. Ich fühle mich wie ein Idiot, dabei wollte ich sie nur in das Gespräch einbeziehen, weil ich sie wirklich mag."

"Sag es nicht uns, sag es ihr", sagte Janice.

Ich will sie wiedersehen, aber sie hält mich wahrscheinlich für einen unsensiblen Idioten. Es muss einen Weg geben. Wenn es einen gibt - dann werde ich ihn finden.

KAPITEL 18

MIRANDA GOSS SICH EINEN Schuss Scotch ein und schluckte ihn hinunter. Als sie das brennende Gefühl in ihrer Kehle überwunden hatte, merkte sie, wie sich eine beruhigende Wirkung auf sie ausbreitete. Sie goss sich noch einen doppelten Scotch ein und fügte dieses Mal etwas Eis hinzu. Auf dem Weg ins Bad nippte sie, während sie ihre nassen Sachen auszog und unter die Dusche sprang.

Das Wasser fühlte sich gut an, als es ihre Haut berührte. Sie drehte den Wasserhahn voll auf und ließ das Wasser so heiß werden, wie sie es ertragen konnte. Das weckte Erinnerungen an die Dusche, die sie nach der Vergewaltigung genommen hatte. Sie stand dreißig Minuten lang da, schluchzte, weinte und schrie und wünschte sich die Leere weg.

Seit Ben hatte sie niemand mehr in den Arm genommen. Niemand sprach mit ihr über ihn. Plötzlich war er alles, woran sie denken konnte. Sie rief nach ihm. Sie wusste, dass er nie für sie da sein würde. Sie brauchte jemanden in ihrem Leben. Sie konnte nicht so weitermachen, wie eine verwitwete Braut, die weder die Hochzeit noch die Flitterwochen erlebt hatte. Hatte sie nicht auch ein bisschen Glück in ihrem Leben verdient?

Sie dachte an Lance. Sie hatte sich wie ein Vollidiot verhalten.

Es war der Champagner. Dieser verdammte Champagner!

Sie griff nach dem Glas mit dem Scotch. Es tropfte vor Kondenswasser. Sie trank es in einem Zug hinunter und ließ das heiße Wasser weiterlaufen, sodass das Badezimmer wie ein Dampfbad wirkte. Sie stieg aus der Dusche und wickelte sich ein Handtuch um den Körper. Sie setzte sich auf den Toilettensitz, stützte den Kopf in die Hände und weinte noch ein bisschen. Sie war froh, dass ihre Eltern nicht zu Hause waren, um sie so weinen zu hören. Sie liebte ihren Job, aber er war nicht genug. Sie wollte mehr. Ihr Leben schien dahin zu treiben und sie nirgendwohin zu bringen. Sie hatte so viel zu geben, aber sie wusste nicht, wie sie es bekommen sollte, wie sie darum bitten sollte.

Lance war sehr lieb zu ihr. Sie genoss es, in seiner Umarmung zu liegen und zu spüren, wie sich seine Brust hob und senkte, während sie in ihn schluchzte. Sie schämte sich für sich selbst und dachte, dass er sie wahrscheinlich gut los war.

Er war jung, er sah gut aus und er war sehr clever. Außerdem hatte er einen brandneuen BMW. Manche Mädchen würden für so einen Typen töten. Miranda dachte einmal, dass der erste Eindruck alles bedeutet. Jetzt merkte sie, dass er nichts bedeutete. Lance war nicht blöd, er war süß. Er war ein bisschen wie Ben.

Sie setzte sich aufrecht hin. Sie ging zum Spiegel und betrachtete sich. Ben würde Lance mögen. Lance würde Ben mögen.

Als sie ihr Spiegelbild betrachtete, traf sie ein paar lebensverändernde Entscheidungen. Entscheidung Nummer eins war, mit dem Rauchen aufzuhören, und zwar als kalter Entzug. Beschluss Nummer zwei war, in ein Fitnessstudio einzutreten, und zwar sofort. Entscheidung Nummer drei war, Janice nach Lances Telefonnummer zu fragen.

KAPITEL 19

In Cheryls Haushalt schien alles reibungslos zu laufen. Alle packten mit an und trugen ihren Teil bei, so dass Cheryl beschloss, etwas Besonderes für Craig und Evelyn zu tun.

Sie hatte ihre Groschen gespart und einen Plan geschmiedet. Es war ein großes Geheimnis, als sie einen langen Wochenendausflug für alle drei plante. Sie buchte die Tickets nach Disney World in Florida. Sie war so aufgeregt über die Pläne, dass sie sich kaum zurückhalten konnte, es ihnen zu sagen, aber sie wartete bis Donnerstag vor dem langen Wochenende und rief ÜBERRASCHUNG! und überreichte jedem von ihnen sein Ticket.

Craig war aufgeregt, aber er sollte am Samstag in der Startaufstellung eines Baseballspiels stehen, also musste er mit seinem Trainer verhandeln, um nicht mitspielen zu müssen. Am Ende war sein Trainer einverstanden und sagte:

"Wie oft bekommst du die Chance, auf so eine Reise zu gehen, bei der du alle Kosten trägst? Geh, hab Spaß. Wir werden die Stellung halten. Außerdem spielen wir ja nur gegen Northwestern. No problemo!" Evelyn hatte eine Verabredung, aber sie konnte sie absagen und auf den folgenden Freitag umbuchen.

Die Aufregung in ihrem Haushalt war groß, als sie alle ihre Koffer packten und sich auf den Weg zum Flughafen machten. Cheryl bat Miranda, im Haus nach dem Rechten zu sehen und dafür zu sorgen, dass die Pflanzen und Fische gut versorgt sind. Miranda fragte, ob sie das Haus hüten könne. Beide hielten das für eine perfekte Lösung.

Cheryl war nur zu froh, dass Miranda bei ihr blieb und das Haus hütete. Jetzt würde sie sich keine Sorgen mehr machen müssen. Sie wusste, dass Miranda gerade das Rauchen aufgegeben hatte, und sie hoffte, dass sie nicht zu sehr in Versuchung geraten würde, wenn sie allein im Haus war.

Bevor sie ging, umarmte sie Miranda und sagte: "Oh, in unserem Haus wird grundsätzlich nicht geraucht, weißt du."

"Ich weiß, ich weiß, Mama."

Miranda war nun schon seit fast einer Woche rauchfrei und sie hatte vor, so weiterzumachen. Natürlich hatte sie eine neue Leidenschaft wiederentdeckt - SCHOKOLADE, und davon hatte sie reichlich zur Hand. Vor allem diese schokoladenüberzogenen Zigaretten.

Der Flug selbst war kurz, aber ein Novum für Craig und Evelyn, da sie noch nie geflogen waren.

"Mom hätte Disney World geliebt", sagte Craig.

"Ja, es ist toll, Cheryl, aber gleichzeitig habe ich ein schlechtes Gewissen, dass wir uns hier amüsieren. Es ist noch gar nicht so lange her."

"Mom würde das nicht wollen. Sie ist hier bei uns und Dad auch - also lass uns die Zeit unseres Lebens haben. Das ist es, was sie von uns erwarten würden!"

Sie stiegen aus dem Flugzeug aus und fuhren direkt zu Budget-Rent-a-Car, wo sie einen großen Ford gemietet hatten. Viel mehr als Handgepäck hatten sie nicht mitgenommen, da sie nur für ein Wochenende in Florida waren. Mit leichtem Gepäck zu reisen war eine Sache, die Cheryl gelernt hatte, als sie nach Australien reiste. Was auch immer sie brauchten, sie würde es kaufen.

Sie fuhren durch Tampa, sahen sich die Landschaft an und hielten sogar an, um einen Blick auf den Strand zu werfen. Es war ein kühler Tag, der Wind peitschte umher und sie fröstelten alle, als sie den Wellen zusahen. Sie stiegen wieder ins Auto und machten sich auf den Weg nach Orlando, wo sie am späten Abend ankamen.

Da sie alle hungrig waren, bestellten sie den Zimmerservice und beschlossen, früh ins Bett zu gehen. Sie wollten gut ausgeruht sein für ihren großen Tag morgen, an dem sie nach Disney World fahren würden. Im Hilton gab es ein riesiges Frühstücksbuffet, an dem sie sich stärken konnten, und dann einen Shuttlebus, der sie direkt nach Disney World brachte. Das war sogar noch besser, denn so mussten sie sich keine Sorgen um das Parken machen. Craig und Evelyn schliefen auf der Stelle ein.

Cheryl verbrachte die Nacht damit, aus dem Fenster zu schauen und an ihre Mutter und ihren Vater zu denken. Sie fühlte sich auch schuldig, weil sie ohne sie Spaß hatte - aber sie wollte auf keinen Fall, dass ihr Bruder und ihre Schwester davon erfuhren.

KAPITEL 20

M IRANDA ERHIELT EINE UNERWARTETE Einladung von
Lance. Er wollte noch einmal von vorne anfangen, um
ihr erstes Date zu haben. Miranda war so froh, als er anrief,
denn sie hatte schon überlegt, ihn selbst anzurufen.

Als sie dieses Mal die Haustür öffnete, fiel ihr die Kinnlade
herunter. Ohne seine Brille sah Lance gut aus - ein bisschen
wie Ryan O'Neil in What's Up Doc.

"Wow Lance, mir gefallen deine Kontaktlinsen."

"Danke, Miranda. Und bevor wir gehen, möchte ich
mich noch dafür entschuldigen, dass ich ins Fettnäpfchen
getreten bin.

"Wann? Ich glaube, wir sind uns noch nie begegnet. Denk
dran, das ist unser erstes Date. Also, wie geht es dir, Lance?"

Sie lachten, als sie zum Auto gingen.

Das Telefongespräch zwischen Miranda und Lance
dauerte weit über eine Stunde. Sie hatten mehr

Gemeinsamkeiten, als sie gedacht hatten. Sie liebten beide Poesie und Literatur. Sie hatten ein paar der gleichen Bücher gelesen. Sie liebten alte Filme. Sie spielten beide Tennis - obwohl Miranda seit Jahren keinen Schläger mehr in die Hand genommen hatte. Lance lud sie ein, mit einigen seiner Kollegen mitzuspielen, die jedes Wochenende spielten.

"Du siehst toll aus", sagte Lance. "Ich wollte es vorhin schon sagen, aber du hast mich verwirrt, als du die Kontakte erwähnt hast.

"Danke, Sir", sagte Miranda.

Er bemerkte ihr Parfüm zum ersten Mal, als er die Autotür schloss. Vorher konnte er nur die Zigaretten riechen und das hat ihn fast umgehauen. Jetzt konnte er keinen Hauch davon wahrnehmen.

"Ich habe das Rauchen aufgegeben", gestand Miranda. "Ich habe es mit einem kalten Entzug aufgegeben und bin jetzt seit fast drei Wochen rauchfrei."

"Glückwunsch!"

Lance war stolz auf sie, dass sie diese Initiative ergriffen hatte und sagte das auch. Er dachte, dass etwas anders war, vielleicht hatte sie ein paar Pfunde zugenommen, aber er wollte es nicht sagen. Sie sah kerngesund aus. Miranda war die Art von Mädchen, die ein paar zusätzliche Pfunde leicht tragen konnte. Es machte sie sogar noch kurviger und sexier. Vor allem für Lance, denn er fühlte sich überhaupt nicht zu den mageren, magersüchtigen Models hingezogen, die die Medien den Männern jeden Tag vorsetzen wollten. Die Mädchen in seinem Büro sahen alle gleich aus und fielen darauf herein. Einige von ihnen sahen aus wie wandelnde

Streichhölzer mit riesigen Brüsten, und er fragte sich oft, wie sie sich aufrecht halten konnten. Lance lachte laut auf.

"Ein Penny für deine Gedanken."

Lance sagte nicht, was er dachte. Er kannte sie nicht gut genug. Noch nicht.

Als sie im Kino ankamen, sahen sie sich ihre Filmauswahl an und entschieden sich für eine Komödie, Woody Allens neuesten Film Anything Else. Sie mochten beide seine früheren Filme und waren in der Stimmung für seine Art von Humor. Die zwei Stunden vergingen wie im Flug; sie genossen jede Minute des Films und gingen dann die Straße hinunter, um Pizza und ein Glas Wein zu essen.

Sie unterhielten sich während des Gehens und schienen an diesem Abend kein Ende zu finden. Die Unbeholfenheit war nicht mehr da. Das Telefonieren schien ihnen das Gefühl der Neuheit genommen zu haben und ihre Beziehung war auf einer anderen Ebene.

Lance hatte nicht viele Freunde; er hatte in seiner Jugend nie wirklich eine enge Beziehung zu jemandem gehabt. Er hatte einmal einen besten Freund, der wegzog und zu dem er den Kontakt verlor, ansonsten war er ein ziemlicher Einzelgänger. Seine Schwester Janice versuchte immer, ihn aufzumuntern, mit ihm auszugehen und ihn ihren Freunden vorzustellen, und oft fand er das ganz in Ordnung, aber dieses Mal hatte er das Gefühl, dass eine Freundin wie Miranda genau das war, was er brauchte. Tief in seinem Inneren wusste er, dass er mehr wollte als einen Freund, einen Vertrauten, einen Liebhaber, eine Ehefrau, aber vor allem wollte er, dass sie Freunde waren, und das waren sie bereits.

Miranda redete und redete darüber, wie es war, wieder im Haus ihrer Eltern zu wohnen, und Lance beobachtete sie einfach nur. Sie war eine so lebhafte Rednerin, dass er seine Augen nicht von ihr abwenden konnte. Er kaufte eine Flasche Wein, probierte sie für den Kellner und dann stießen sie auf ihren Abend an, wobei sie beide sagten, dass sie eine wunderbare Zeit hatten und sich bald wieder treffen müssten. Sie verabredeten sich für den folgenden Freitag und beschlossen, sich am Samstagmorgen zu einem Tennismatch zu treffen. Lance sagte, er würde noch zwei andere Spieler mitbringen und schien sich nicht daran zu stören, dass Miranda schon lange keinen Schläger mehr in die Hand genommen hatte. Er war froh, dass sie einen eigenen hatte. Das war ein gutes Zeichen dafür, dass sie zwar spielen wollte, aber niemanden hatte, mit dem sie spielen konnte. Sie mussten früh morgens um 7 Uhr spielen, weil Lance am Vormittag zu einem Tag der offenen Tür musste.

Sie küssten sich nicht, als sie sich trennten.

"Wir sehen uns am Freitag", sagte Lance, "ich rufe dich an und erzähle dir alles Weitere".

"Ich freu mich drauf, wir sehen uns bald!"

KAPITEL 21

TERRI WACHTE AUF UND schaute sich in ihrem Zimmer um. Sie fühlte sich in den letzten Wochen so glücklich und konnte nicht glauben, dass sie am Wochenende nach Hause fahren würde. In nur zwei Tagen würde Terris Reise zu Ende sein und sie würde allein nach Hause zurückkehren müssen.

Amadeo schlug vor, dass sie durchbrennen sollten, aber Terri hatte nur ein Reisevisum. Amadeo war kein italienischer Staatsbürger, also würde eine Heirat ihr Problem nicht lösen. Sie würden immer noch getrennt werden müssen.

Terri weinte bei dem Gedanken an ihre Trennung und Amadeo hörte ihr Schluchzen, als er an ihrer Tür vorbeikam.

"Geht es dir gut, mein Schatz?"

Terri weinte noch mehr. Er ging in ihr Zimmer und tröstete sie.

Sie wollten zueinander gehören und doch schien es unmöglich.

KAPITEL 22

C HERYL, CRAIG UND EVELYN stürzten sich auf das große Frühstücksbuffet und aßen ein bisschen von allem, was ihnen zur Verfügung stand. Sie aßen Pfannkuchen mit heißem Ahornsirup, Speck, Eier, Müsli, French Toast, Kaffee, Orangensaft und Toast und als sie ihren zweiten Gang zum Buffet beendet hatten, waren sie alle bereit, nach Disney World aufzubrechen.

Sie kamen gerade noch rechtzeitig für den 10-Uhr-Bus, zeigten ihre Tageskarten vor und los ging die Fahrt. Es war eine kurze Fahrt; zum Glück, denn Craig und Evelyn konnten ihre Aufregung kaum zurückhalten. Schon bald reihten sie sich in die Warteschlange ein, die darauf wartete, dass der Park geöffnet wurde und sie das Eingangstor betreten konnten. Sie konnten nicht wirklich viel sehen und die Spannung machte ihnen zu schaffen, aber es dauerte nicht lange, bis sie ganz vorne in der Schlange standen und gemütlich durch den Park liefen.

Sie beschlossen, einen Rundgang zu machen und sich ihr Frühstück schmecken zu lassen, während sie sich die Fahrgeschäfte ansahen, mit denen sie zuerst fahren wollten. Es gab Warteschlangen. Bei der Menge an Essen, die sie zu sich genommen hatten, war die längste Wartezeit die beste Wahl.

Mickey und Minnie Mouse kamen vorbei und ließen sich mit ihnen fotografieren. Mickey flirtete unermüdlich mit Evelyn, bis Minnie ihn verjagte. Sogar die Mäuse fanden Evelyn umwerfend.

Um 21 Uhr hatten sie alle Fahrgeschäfte und Ausstellungsstücke gesehen und ihre Füße schmerzten.

"Ich kann keinen Schritt mehr weitergehen", sagte Craig. "Ich werde auf einer Parkbank schlafen, wenn ich eine finde."

"Der nächste Bus kommt erst um 10 Uhr", sagte Cheryl.

"Schau, das Feuerwerk fängt an! Lass uns hier hinsetzen und zusehen. Das wird uns die Zeit vertreiben", schlug Evelyn vor.

"Gute Idee", sagten Cheryl und Craig.

Sie jubelten und jubelten, als das Feuerwerk den Himmel erleuchtete.

"Das perfekte Ende für einen perfekten Tag", sagte Cheryl und umarmte Evelyn mit ihrem linken und Craig mit ihrem rechten Arm, während sie alle das Feuerwerk über und um Cinderella's Castle herum beobachteten.

Morgen würden sie in die Universal Studios gehen und es würde ein weiterer anstrengender Tag werden, aber er brachte die drei näher zusammen als je zuvor. Cheryl liebte es, ihren Bruder und ihre Schwester so glücklich zu sehen. Sie hatten schon lange nicht mehr so viel gelacht.

Endlich kam der Bus. Als sie wieder im Hotel ankamen, waren sie so erschöpft, dass sie sofort einschliefen - in voller Montur.

KAPITEL 23

DER SAMSTAGMORGEN KAM BALD. Es war der Tag, an dem Terri Rom verlassen würde.

Sie schaute auf die Uhr; sie zeigte 8 Uhr morgens und wusste, dass sie in knapp zwei Stunden am Flughafen sein musste. Sie wollte nicht aus dem Bett aufstehen. Sie zog sich die Decke über den Kopf und hoffte, dass der Tag einfach vorbeigehen würde. Sie hoffte, die Zeit zurückzudrehen, aber es tat sich nichts. Als sie über die Decke spähte, waren die Zeiger schon ein paar Augenblicke weiter und sie hörte Amadeos Schritte auf dem Flur.

"Wach auf, Liebes", sagte er. "Wir müssen uns beeilen, damit du deinen Flug noch rechtzeitig erreichst."

Terri war über Amadeos fröhlich klingende Stimme überhaupt nicht amüsiert. Sie hatte erwartet, dass es ihm so ging wie ihr, dass er das Gefühl hatte, sein Herz würde ihm entrissen, wenn sie sich trennten, aber offensichtlich fühlte er nicht so. Sie stellte ihre Füße auf den Boden und machte sich auf den Weg ins Bad.

Amadeo war bereits unter der Dusche und so ging sie in die Küche, schenkte sich eine heiße Tasse Kaffee ein, schwarz ohne Zucker, und trank ihn schnell aus. Sie mochte das heiße, brennende Gefühl, wenn er ihre Kehle hinunterlief. Es erinnerte sie daran, dass sie noch am Leben war und auf den Beinen war. Sie trank Tasse Nummer zwei, aber dieses Mal fügte sie zwei gehäufte Löffel Zucker hinzu. Sie hatte das Gefühl, dass sie ihn brauchte, um diesen Tag zu überstehen. Trotzdem dachte sie, dass es für Amadeo nicht so schwer sein würde, sie durch diese Tore gehen zu sehen, und das machte sie ziemlich wütend und enttäuscht.

Terri wusste, dass Amadeo sein eigenes Leben in Rom hatte, ein Leben, das lange vor ihr begann. Amadeo liebte sein Leben und er liebte Rom. Sie fragte sich, was er mehr liebte. Sie umarmte sich selbst, schenkte sich eine Schüssel Müsli ein und setzte sich knusprig hin.

Denk nach, denk nach! Ich will ihn nicht verlassen. Aber was kann ich tun?

Terri fand immer, dass das Knuspern ihr beim Nachdenken half, aber es kamen keine Antworten. Nur Zweifel. Sie fragte sich, ob ihre gemeinsame Entscheidung zu warten, bis sie verheiratet waren, ein schlechter Plan von ihr war. Immerhin war er keine Jungfrau mehr. Sie fragte sich, ob es schwierig war zu warten, ob er das Bedürfnis haben würde, fremdzugehen. Sie überlegte, ob sie es noch einmal versuchen sollte, um ihn umzustimmen, aber er schien mehr daran interessiert zu sein, dass sie bis zur Hochzeitsnacht Jungfrau blieb, als sie selbst. Terri bemerkte, dass Amadeo unter der Dusche sang. Sie lachte, als sie ihrem Verlobten dabei zuhörte, wie er täglich Luciano Pavarotti nachahmte. Sie goss sich noch eine Tasse Kaffee ein und nahm sie mit in ihr Schlafzimmer, wo sie zu Ende packte.

Amadeo hoffte, dass Terri ihn unter der Dusche singen hörte. Er wollte Terri glauben machen, dass heute ein Tag wie jeder andere war. Aber das war er nicht. Ganz und gar nicht. Er wollte es ihr sagen. Er wusste, dass sie traurig sein würde, wenn sie sich trennten, aber sie würde darüber hinwegkommen.

Amadeo liebte es, Dinge zu planen, und er war unglaublich gut darin, Geheimnisse zu bewahren. Seit Tagen hatte er Pläne geschmiedet und sich ausgemalt, Terri zu überraschen. Und heute sollte sie die Überraschung ihres Lebens erleben! Amadeo musste sicherstellen, dass er nichts verraten würde. Er hoffte, dass sie nicht denken würde, dass er sich zu fröhlich anhörte, aber in Wirklichkeit war er sehr glücklich. So glücklich wie noch nie in seinem ganzen Leben.

Terri warf einen letzten Blick auf Amadeos Wohnung, als er ihre Taschen zur Tür brachte und sie sich zum Aufbruch bereit machten. Amadeo warf die Taschen auf den Rücksitz seines Autos und sie fuhren los.

Terri schaute aus dem Fenster und versuchte, alles in sich aufzunehmen und sich jedes kleine Detail einzuprägen, das sie sah. Plötzlich fühlte sie sich, als würde sie ans Ende der

Welt gefahren werden. Tränen liefen ihr über die Wangen, während sie ihre Schluchzer unterdrückte.

"Terri, alles wird wieder gut. Vertrau mir."

"Okay? Okay? Wie kann alles in Ordnung sein, wenn wir in ein paar Minuten auseinandergerissen werden und nicht wissen, wann wir uns wiedersehen werden?"

Amadeo hat nichts gesagt. Wenn er anfing zu sprechen, würde er alles verraten und Terris Überraschung ruinieren. Es war wichtig, sie vorerst im Dunkeln zu lassen. Warte nur noch ein paar Minuten Liebe, dachte Amadeo, dann wird sich alles aufklären.

Am Flughafen angekommen, suchte Amadeo nach einem Parkplatz. Er konnte keinen finden.

"Ich setze dich besser hier ab, du musst noch einchecken und so."

"Aber was ist, wenn du mich nicht finden kannst?"

"Ich finde dich nicht. Natürlich werde ich das. Vertrau mir."

Terri knallte die Tür zu. Sie war nicht glücklich und es fühlte sich gut an, etwas von der Wut, die sie empfand, an die Oberfläche zu bringen. Sie beobachtete den Alfa Romeo, bis er um die Ecke bog, dann nahm sie ihr Gepäck und ging hinein.

Ich warte hier auf ihn, für ein paar Minuten. Wir haben noch Zeit.

"Letzter Aufruf zum Einsteigen für Flug 222 nach Toronto."

Wir haben uns nicht einmal verabschiedet.

Sie checkte ihr Gepäck ein und ging durch die Sicherheitsschleusen. Die Flugbegleiter ließen sie durch, und sie suchte nach ihrer Sitznummer, in der Hoffnung, einen letzten Blick auf Amadeo zu erhaschen, als ihr Flugzeug abhob. Vielleicht, nur vielleicht, empfindet Amadeo nicht so wie ich. Was, wenn er froh ist, mich nicht mehr zu sehen? Er schien heute Morgen nicht sonderlich verärgert zu sein. Aber andererseits können Jungs ihre Gefühle leichter verbergen als wir Mädchen... Aber nicht Amadeo, er war immer so offen zu mir. Deshalb liebe ich ihn so sehr.

Wenige Augenblicke später stieg Amadeo in das Flugzeug ein. Terri rannte zu ihm.

"Ich dachte schon, wir könnten uns nicht verabschieden."

"Es ist kein Abschied."

"Entschuldigen Sie, Fräulein, Sie haben wohl auf dem falschen Platz gesessen. Ihr Platz ist hier oben", sagte die Flugbegleiterin.

"Aber ich muss mich von meinem Verlobten verabschieden."

"Tut mir leid, wir heben in ein paar Minuten ab und jeder muss sich sofort hinsetzen."

"Okay, okay", sagte Terri. "Warte auf mich, Amadeo, ich bin in ein paar Minuten zurück."

"Ich fürchte, das ist nicht möglich, Fräulein, wir schließen jetzt die Türen, bitte holt eure Taschen."

Terri schluchzte, als sie den Gang entlanglief. Die Passagiere fragten, ob es ihr gut geht. Sie starrten sie an. Am liebsten hätte sie sich zusammengerollt und wäre gestorben. Als sie in die Erste Klasse zurückkehrte, war Amadeo nicht mehr da.

"Es macht dir doch nichts aus, neben diesem Herrn zu sitzen, oder?" fragte die Stewardess.

"Amadeo!" Sie fiel ihm um den Hals, umarmte und küsste ihn, und dann wurde ihr plötzlich klar, was er ihr gerade angetan hatte. "Du Ratte! Du hast mich schon den ganzen Tag verarscht!"

"Tut mir leid, Liebes, glaub mir, ich wollte es dir schon vorhin sagen, aber ich hatte schon alles vorbereitet. So viele Leute waren an deiner kleinen Überraschung beteiligt. Ich hoffe, es war es wert."

"Das war es, aber du schuldest mir eine Menge Geld! Sag mir, wie lange du in Toronto bleiben wirst?"

"Für immer. Ich nehme dort einen Job an. Ich habe meine Wohnung und mein Auto verkauft."

"Du hast deinen Alpha Romeo verkauft?"

"Ja, mein Freund hat ihn am Flughafen abgeholt. Er hatte schon länger ein Auge darauf geworfen und konnte sich kein neues Auto leisten. Ich habe ihm ein gutes Angebot gemacht."

"Aber du hast das Auto geliebt."

"Ich kann ein anderes Auto kaufen, aber ich werde nie eine andere Terri finden."

Sie kuschelten sich aneinander und tranken Champagner. Dies war die erste von mehreren Überraschungen, die Amadeo für seine Verlobte auf Lager hatte.

KAPITEL 24

CHERYL, CRAIG UND EVELYN hatten einen Riesenspaß in den Universal Studios. Zuerst hatten sie Angst davor, weil sie dachten, dass nichts mit ihrem Abenteuer am Vortag in Disney World mithalten könnte, aber die Universal Studios hatten eine Menge zu bieten.

Am Sonntag beschlossen sie, in den berühmten Orlando Factory Outlets ein bisschen zu shoppen. Evelyn schnappte sich zwei Paar Ralph Lauren Jeans für weniger als 50,00 $. Craig fand ein Paar Nike-Cross-Trainer, die er sich schon lange kaufen wollte, sich aber einfach nicht leisten konnte. Cheryl gönnte sich einen schicken zweiteiligen Anzug und ein Paar passende Schuhe. Sie führte ihr neues Ensemble ihren Geschwistern vor, die applaudierten und pfiffen, was Cheryl sehr peinlich war. Aber sie nahm alles gelassen und drehte sich sogar ein paar Mal auf dem Teppich.

Sie verabschiedeten sich von Orlando und fuhren zurück nach Tampa, um ihren Flug nach Hause zu erreichen. Sie waren alle so entspannt. Was für ein fantastisches Wochenende.

Trotzdem wollten Craig und Evelyn unbedingt nach Hause kommen und ihren Freunden von ihrer coolen Schwester und ihrem tollen Wochenende erzählen. Evelyn war als erste im Haus und als erste am Telefon. Ihr Freund Mike hatte ihr fünf Nachrichten auf dem Telefon hinterlassen, während sie weg war.

"Ah, junge Liebe", sagte Cheryl und klopfte ihrer Schwester auf den Kopf.

"Das solltest du wirklich mal ausprobieren, Schwesterherz."

"Klugscheißer!"

Wenn Evelyn nur wüsste, wie sehr Cheryl es ausprobieren wollte. Bei ihrer jüngeren Schwester standen die Jungs Schlange. Miranda hatte ihren neuen Freund Lance. Cheryl musste lachen, als sie das Wort Freund sagte. Sie wusste, dass da mehr war, als die beiden zugeben wollten. Und dann waren da noch Amadeo und Terri, die bis über beide Ohren ineinander verliebt waren.

Terri kommt heute Abend zu Hause an. Ich kann es kaum erwarten, alles über Rom und Amadeo zu erfahren. Ein Mädelsabend ist schon lange überfällig.

Cheryl hat beschlossen, ein paar neue Dinge auszuprobieren, um ihr Leben aufzupeppen. In der High School war sie einmal eine hervorragende Malerin. Dieses Talent wollte sie zu ihrem Beruf machen, aber nach dem

Tod ihres Vaters schien das sinnlos. Er war ihr größter Unterstützer.

Das werde ich auch tun. Ich werde mich für einen Malkurs einschreiben. Ich muss meine Staffelei und Pinsel ausgraben. Ich muss mich selbst wiederentdecken. Die Dinge wiederentdecken, die mir einst eine starke Verbindung zu meinem inneren Selbst verschafft haben.

KAPITEL 25

M IRANDA WAR AUF DEM Weg ins Büro, rasend wie immer und hoffte, dass sie nicht zu spät kommen würde. Sie trainierte jeden Morgen vor der Arbeit im firmeneigenen Fitnessstudio, aber heute Morgen hatte sie eine frühe Besprechung und sie war sich nicht sicher, ob sie Zeit haben würde.

Als sie anfing zu trainieren, schnaufte sie für den Rest des Tages. Jetzt hat sie ihren Rhythmus gefunden und alle bemerken sie und machen ihr Komplimente für ihr neues Aussehen.

"Miranda", sagte Herr Mandelbaum, "ich habe dich heute Morgen hergebeten, um mir bei einem Problem zu helfen, das mir große Sorgen bereitet."

"Wie kann ich helfen?"

"Als du mit dem Rauchen aufgehört hast, haben deine Kollegen deine Entschlossenheit bewundert und du hast sie inspiriert. Ich würde dich gerne in eine Position bringen, in der du anderen Mitarbeitern helfen kannst, dasselbe zu tun. Meinst du, du schaffst das?"

"Ich verstehe nicht ganz, wie ich ihnen helfen soll, wenn sie sich nicht helfen lassen wollen."

"Ich werde es dir leicht machen. Ich organisiere Seminare, einmal pro Woche in der Mittagspause. Du kannst mit ihnen reden, sie ermutigen und ihnen erzählen, wie sie ihre Sucht überwinden können und wie du es geschafft hast. Ich bezahle sie für die Teilnahme an den Seminaren - nicht in Form von Geld - aber ich biete jedem, der teilnimmt, ein kostenloses Mittagessen an. Und für jeden, der aufhört und 30 Tage durchhält, gibt es einen Bonus von 100,00 Dollar in bar."

"Das ist sehr großzügig von Ihnen, Herr Mandelbaum. Ich weiß allerdings nicht, was für ein Redner ich sein würde. In der Schule war ich nicht gut im Reden."

"Ich bin bereit, dich zu bezahlen."

"Du bezahlst mich schon, ich helfe gerne."

"Dann lass uns auch für dich ein Bonussystem einführen. Für jeden Mitarbeiter, der aufhört und 30 Tage lang nicht raucht, erhältst du 25,00 $. Da wir über 100 Raucherinnen und Raucher an Bord haben, könntest du leicht $2500,00 verdienen. Ist das genug Anreiz, um dich zu ermutigen, es zu versuchen?"

"Ich kann nicht nein sagen. Ich werde mein Bestes geben."

Als sie die Tür hinter sich schloss, konnte Miranda die Gelegenheit, die sich ihr bot, kaum fassen.

Zwei Wochen später machte Miranda ihr erstes Seminar. Am Anfang war sie nervös, aber sie merkte bald, dass es ihr Spaß machte. Und noch etwas: Sie war gut darin. Innerhalb weniger Tage gaben ihre Kollegen das Rauchen auf. Mirandas leidenschaftliche Worte machten den Unterschied.

"Miranda, ich habe dich heute zu einem weiteren Treffen eingeladen, um über deine Seminare zu sprechen. Ich bin sehr beeindruckt von dir. Ich möchte dir diesen Scheck über 250,00 $ überreichen."

"Danke, Mr. Mandelbaum, ich bin so froh, dass ich etwas bewirken konnte. Und ich liebe es."

"Ich glaube, wir haben deine Talente unterschätzt, Miranda. Ich möchte dich für weitere Aufgaben in diesem Unternehmen vorschlagen. Ich glaube sogar, du wärst perfekt für unsere Abteilung für Öffentlichkeitsarbeit."

"Wirklich? Was haben Sie sich denn vorgestellt?"

"Zuerst brauchen wir von dir die richtigen Qualifikationen. Hier sind die Broschüren und du kannst zweimal pro Woche während der Arbeitszeit und an zwei Abenden pro Woche zur Schule gehen. Das heißt, wenn du Interesse hast."

"Ich fürchte, ich kann es mir nicht leisten, wieder zur Schule zu gehen, Herr Mandelbaum. Aber danke, dass du an mich gedacht hast", sagte Miranda, als sie aufstand, sich umdrehte und zur Tür ging.

"Ms. Evans, ich möchte dir helfen, erfolgreich zu sein. Ich habe vor, dich nach deinem Abschluss in der 7. Etage einzustellen, also werde ich die Rechnung bezahlen. Wir wollen deine Talente zum Wohle des Unternehmens nutzen."

"Ich bin sprachlos, Mr. Mandelbaum. Danke ist nicht genug."

"Danke ist genug für den Moment. Wenn du oben im 7. Stock bist und dieses Unternehmen in eine lukrativere Zukunft führst, dann wird das mehr als genug Dank sein."

Als Miranda das Büro von Mr. Mandelbaum verließ, drehte sich ihr der Kopf. Sie konnte es kaum erwarten, Lance die Neuigkeiten zu erzählen.

KAPITEL 26

LANCE WAR ÜBERGLÜCKLICH, ALS Miranda ihm davon erzählte. Er hatte in den letzten Monaten eine Veränderung an ihr beobachtet. Sie war selbstbewusster, entspannter und selbstsicherer geworden. Er dachte Tag und Nacht an sie.

Miranda fühlte sich mit Lance wohl, genau wie mit Terri und Cheryl. Ihre Freundschaft war in den letzten Monaten gewachsen und stand auf einem soliden Fundament. Manchmal dachte sie über ihn nach, als wäre er mehr als ein Freund. In diesen Momenten wollte sie ihn ganz für sich allein haben. Sie erzählte ihm alles und wusste, dass er sich mit niemandem sonst traf.

Lance erzählte Miranda alles. Er hatte keine Lust, mit einer anderen Frau zusammen zu sein. Er wollte ihr gegenüber seine Gefühle ausdrücken, aber er hatte Angst. Sie hatte mit der Vergewaltigung und mit Ben so viel durchgemacht und er wollte sie nicht enttäuschen, indem er ihr sagte, was er fühlte. Er wollte sie nicht im Stich lassen.

Wegen der Vergangenheit ließ Lance Miranda das Tempo bestimmen. Er hat sie nicht gedrängt. Er schätzte jeden Moment, den er mit ihr verbrachte. Die Momente, in denen ihr Haar zufällig seine Haut berührte. Die Momente, in denen sich ihre Hände berührten, während sie spazieren gingen.

Doch manchmal fragte er sich, ob ihre Freundschaft sie von einer körperlichen Beziehung abhalten könnte. Sie könnten sich so vertraut werden, wie ein Bruder und eine Schwester - dann wäre ihre Beziehung zum Scheitern verurteilt. Bevor sich ihre Beziehung in diese Richtung entwickelte, beschloss Lance, die notwendigen Risiken einzugehen. Im Moment war er froh, dass sie so weitermachten, wie sie waren.

KAPITEL 27

MIRANDA WURDE KLAR, DASS Terri heute nach Hause kommen würde. Sie wollte sich unbedingt mit ihren beiden Freundinnen treffen und einen Mädelsabend veranstalten. Das war längst überfällig.

"Hallo, Mrs. Russo. Hier ist Miranda. Wie geht es dir?"

"Mir geht es sehr gut, danke." Mrs. Russo kicherte.

"Terri kommt heute zurück, ich nehme an, sie wird sehr verärgert sein."

Mrs. Russo kicherte wieder.

"Möchtest du, dass ich sie vom Flughafen abhole?" Warum kichert sie ständig?

"Nein, nein, das ist schon in Ordnung. Ich danke dir aber sehr. Vielen Dank. Bye bye."

Sie hat aufgelegt.

Ich frage mich, ob Mrs. Russo heute Morgen zur Flasche gegriffen hat. Wie seltsam. Ich frage mich, ob Cheryl etwas gehört hat.

"Hi Cheryl, ich bin's. Wie geht es dir?"

"Mir geht es gut, und dir?"

"Mir ging es gut, bis ich bei Terri zu Hause angerufen habe. Ihre Mutter verhielt sich seltsam. Sie kicherte wie ein Schulmädchen. Hast du eine Ahnung, ob sie morgens gerne einen kleinen Schluck trinkt?"

"Mrs. Russo, kichernd? Das ist so seltsam. Ich kann mir gar nicht vorstellen, dass sie kichert, und ich glaube nicht, dass sie viel trinkt. Meinst du, Terri geht es gut?"

"Sie wollte mich nicht zum Flughafen fahren lassen, um sie abzuholen."

"Ein Mädelsabend ist schon lange überfällig. Lass uns etwas organisieren, um Terri aufzuheitern, okay?" sagte Cheryl.

"Wir sind auf der gleichen Wellenlänge. Ich bleibe in Kontakt."

"Hey, ich habe ein paar Neuigkeiten. Weißt du noch, wie gerne ich früher gemalt habe?"

"Ja, das weiß ich", sagte Miranda.

"Nun, ich bin jetzt in einem Kunstkurs und ich liebe es!"

"Das ist wunderbar, Cheryl! Gut gemacht! Ich belege auch ein paar Kurse, in Öffentlichkeitsarbeit."

"Wow, und wie läuft es mit deinen Raucherentwöhnungsseminaren?"

"Sie laufen so gut, ich kann es gar nicht glauben. Und weißt du was? Ich liebe es! Mr. Mandelbaum sagt, ich hätte gute Chancen, im 7. Stock in der PR zu arbeiten."

"Oh, P.R., das klingt ja trendy."

"Ja, aber pass lieber auf, dass es mir nicht zu Kopf steigt!"

"Apropos, wie geht es Lance?"

"Wie ist er in dieses Gespräch geraten? Ihm geht's gut. Er ist ein guter Freund."

"Läuft da noch etwas anderes als Freundschaft?"

Miranda verneinte dies mit Nachdruck. Sie erinnerte Cheryl daran, dass sowohl sie als auch Lance damit zufrieden waren, wie die Dinge liefen und keiner von ihnen mehr als Freundschaft wollte.

"Wirklich, so sehe ich Lance nicht."

"Ich gehe jetzt besser. Sag mir Bescheid, wenn du etwas von Terri hörst, dann tue ich das auch. Mach's gut, bis dann."

"Bye bye."

Ich glaube, sie protestiert zu viel, dachte Cheryl.

KAPITEL 28

MIRANDA HATTE NICHT GELOGEN. Sie dachte wirklich nicht auf diese Weise über Lance nach - meistens jedenfalls.

Nur weil sie nicht sicher war, ob er auch so über sie dachte.

Er hat nie versucht, sie zu küssen.

Oder ihre Hand zu halten.

Er war eindeutig nicht an ihr interessiert, außer dass er ein Freund war.

Lance war glücklich. Miranda war glücklich.

Was konnten sie sich mehr wünschen?

KAPITEL 29

MIRANDAS TELEFON VIBRIERTE, ABER sie erkannte die Nummer nicht. Sie wartete und es wurde keine Nachricht für sie hinterlassen, aber sofort vibrierte das Telefon wieder.

Frustriert nahm sie mit einem vagen "Hallo?" ab.

Die Stimme am anderen Ende räusperte sich. Es war die Stimme eines Mannes. Die Stimme eines Fremden.

"Miss Evans? Miss Miranda Evans?"

"Ja. Wer spricht da bitte?"

"Es ist das Police Department, Sargent. Hier spricht Jim Miller. Miss Evans, wir möchten Sie bitten, aufs Revier zu kommen - am besten sofort."

"Worum geht es denn?"

"Wir haben einen Mann in Gewahrsam, den du bei einer Gegenüberstellung sehen sollst. Wir glauben, dass er der Mann ist, den du beschrieben hast."

"Ich werde innerhalb von 30 Minuten da sein. Ist das in Ordnung?"

"Klar, wir sind gerade dabei, die Gegenüberstellung zu organisieren, also wäre uns jede Zeit nach 30 Minuten recht. Wir sehen uns dann. Und mach dir keine Sorgen." Nachdem sie den Hörer aufgelegt hatte, rief Miranda Lance an. Sie fürchtete sich vor dem Gedanken, diesen schrecklichen Mann wiederzusehen und wünschte sich, sie müsste ihn nicht identifizieren.

Gleichzeitig wollte sie, dass er gefasst und für immer weggesperrt wird. Wenn er es war. Wenn er es war, dann wollte sie, dass er für das, was er ihr angetan hatte, bestraft wurde. Lance stimmte zu, Miranda zu begleiten.

Als ihre Eltern nach Hause kamen, saß Miranda mit ihrem Mantel auf dem Sofa und starrte ins Leere.

"Ich muss auf die Polizeiwache gehen. Wachtmeister. Miller hat gerade angerufen. Sie haben einen Verdächtigen - auf den meine Beschreibung passt."

"Wir, deine Mutter und ich, wollen mitkommen, zur moralischen Unterstützung."

"Lance kommt mit mir. Er sollte jeden Moment hier sein."

Als Lance Miranda abholte, machte er sich Gedanken darüber, wie diese Konfrontation verlaufen würde. Miranda hat immer eine starke Fassade aufgebaut. Was würde es mit ihr machen, wenn sie den Mann von Angesicht zu Angesicht sehen würde? Er fragte sich, wie er sich jemals zurückhalten könnte, dem Kerl den Kopf abzuschlagen. Lance glaubte, dass eine Kastration zu gut für den Kerl war.

Hat sie nicht schon genug durchgemacht? dachte Lance und knallte seine Hände auf das Lenkrad. Er stieg aus dem Auto und schaute zum Himmel, in der Hoffnung auf ein Zeichen. Es kam keines.

Lance setzte ein Lächeln auf, als er zu ihr ging, und umarmte sie fast. Miranda war gefasst. Sie hatte ihr tapferes Gesicht aufgesetzt. Sie spielte mit dem Griff ihrer Handtasche, drehte und wendete ihn und wünschte sich insgeheim, sie hätte eine Zigarette. Nur eine Zigarette. Doch sie wusste, dass es nie nur eine Zigarette geben konnte.

Lance rief dem Typen in Gedanken alle möglichen Namen zu und machte sich Sorgen, als sie in sein Auto stiegen. Er machte sich Sorgen: Was, wenn er es ist? Was, wenn er es nicht ist? Wenn er es nicht ist, muss sie es wieder tun. Vielleicht sogar mehrere Male. Er hoffte, dass er es sein würde. Dann könnte dieses Kapitel in Mirandas Leben endlich abgeschlossen werden.

Sie kamen auf dem Polizeirevier an und Miranda griff nach Lance' Hand. Es war das erste Mal, dass sie körperlich nach ihm griff, und obwohl dies weder der richtige Zeitpunkt noch der richtige Ort für eine Romanze war, seufzte Lance' Herz. Ihre Hand war so klein im Vergleich zu seiner.

Sergeant Miller empfing sie am Schalter und nahm Miranda und Lance zur Seite, um ihnen den Ablauf zu erklären. Sie würden die Gegenüberstellung hinter einer Glasscheibe beobachten, so dass sie den Angeklagten sehen konnten, aber der Angeklagte konnte sie nicht sehen.

Miranda atmete erleichtert auf, als sie das hörte. Auf dem Weg dorthin hatte sie sich eine Szene wie im Fernsehen vorgestellt. Sie würde mitlaufen und dem Schuldigen auf die Schulter tippen müssen. Allein bei dem Gedanken, ihren Angreifer berühren zu müssen, musste sie sich übergeben.

Sergeant Miller sagte ihnen, sie sollten zehn Minuten warten, während sie die Kandidaten in den Raum brachten, und dann würde er sie rufen, um sich die Aufstellung anzusehen und zu sehen, ob sie jemanden erkannte. Er erinnerte sie daran, dass sie sicher sein musste, dass er es war. Dass es ohne Zweifel sein musste.

"Eine Frau, die vergewaltigt wurde, vergisst nicht. Niemals. Nicht in einer Million Jahren."

Miranda fragte Sergeant Miller, ob es in Ordnung wäre, wenn Lance bei ihr im Zimmer wäre. Sergeant Miller sagte, das sei in Ordnung, solange Lance nicht versuche, sich in den Prozess einzumischen. Lance nickte zustimmend. Sie setzten sich. Sie warteten. Miranda griff wieder nach Lance' Hand.

Lance nahm beide Hände in seine und sagte: "Es wird alles gut." Er streckte seine Hand aus, um Miranda zu halten. Ihr Körper zitterte zuerst und entspannte sich dann in seinen Armen. Sergeant Miller unterbrach sie und teilte ihnen mit, dass die Gegenüberstellung bereit sei.

Sie betraten den Raum, und auf der anderen Seite der Glasscheibe war nichts als Dunkelheit. Als Miranda vor dem Fenster saß, ging plötzlich helles Licht an. Miranda sah die Schatten von fünf Männern.

Sgt. Miller sprach in ein Mikrofon und rief jeden einzelnen mit seiner Nummer auf. Er forderte jeden Mann auf, vorzutreten.

Der erste trat vor. Das war nicht er. Es war auch nicht der zweite oder der dritte.

Als der vierte vortrat, setzte ihr Herz einen Schlag aus und begann dann zu rasen. Sie stand von ihrem Stuhl auf und wollte aus dem Raum rennen, aber Lance hielt sie auf. Er überredete sie, sich wieder auf den Stuhl zu setzen, legte ihr die Hände auf die Schultern und fragte: "Ist er das? Miranda, du musst es ihnen sagen. Du musst es tun."

Miranda nickte. "Ich bin mir 100%ig sicher."

Sergeant Miller forderte sie auf, aufzustehen und so nah wie möglich an das Fenster zu treten. Er sprach in das Mikrofon: "Nummer vier, sag bitte, wie geht es dir?"

"Wie geht es dir?"

Miranda hielt sich sofort die Ohren zu und sagte: "JA, ich habe dir doch gesagt, dass er es ist. Er ist es, den du wolltest. Ich habe es dir gesagt", und während sie das sagte, liefen ihr die Tränen übers Gesicht.

Lance nahm sie in den Arm und hielt sie fest. Sie zitterte von Kopf bis Fuß. Es war alles vorbei. Der Mann, der sie vergewaltigt hatte, würde bald für eine sehr lange Zeit ins Gefängnis kommen.

Sgt. Miller bedankte sich bei Miranda. Er lobte sie für ihre Tapferkeit.

Miranda fragte nach dem Weg zur Toilette und entschuldigte sich.

"Sgt. Miller, wie haben Sie ihn erwischt? Es ist schon eine Weile her, dass es passiert ist", fragte Lance.

"Wir hatten einfach Glück. Bei Leuten wie ihm versuchen sie es immer wieder. In diesem Fall hat er versucht, einen

Laden an der Ecke auszurauben. Das Problem war nur, dass der Besitzer im Hinterzimmer war. Er kam herein, erwischte ihn auf frischer Tat und hielt ihn fest, bis wir eintrafen. Mit Ms. Evans' positiver Identifizierung werden wir ihn für eine lange Zeit hinter Gitter bringen."

"Ich bin froh, das zu hören. Tiere wie er haben es nicht verdient, auf der Straße zu leben."

Miranda kehrte zurück. Sie war blass wie ein Laken. Sie zitterte immer noch. Er wollte sie in seine Arme nehmen. Er tat es nicht.

Miranda konnte nicht aufhören zu zittern. Sie wollte, dass Lance sie umarmt. Er tat es nicht.

"Wie wäre es, wenn wir etwas essen gehen?" fragte Lance.

"Ich könnte nichts essen."

"Dann einen Kaffee?"

"Nein, danke. Ich will nur weg von hier."

KAPITEL 30

I M AUTO WAR MIRANDA still. Lance schaute hinüber, um zu sehen, ob sie weinte. Sie weinte nicht. Er wusste nicht, was er sagen sollte.

"Ich möchte heute Nacht nicht allein sein, Lance. Wäre es in Ordnung, wenn ich heute Nacht auf deiner Couch schlafe? Ich könnte nach Hause gehen, aber dann müsste ich Mom und Dad alles erklären. Ich müsste jedes Detail noch einmal durchleben. Das kann ich im Moment einfach nicht."

"Klar, du kannst bei mir übernachten. Ich schlafe aber auf der Couch. Ich bestehe darauf, dass du mein Bett nimmst."

"Können wir bei mir vorbeifahren, damit ich ein paar Sachen mitnehmen kann?"

"Du kannst einen meiner Schlafanzüge anziehen und ich bringe dich als Erstes nach Hause, damit du dich umziehen kannst. Ist das in Ordnung?"

"Ja, ich rufe von deiner Wohnung aus an und sage Mama und Papa Bescheid, dass alles in Ordnung ist - und morgen erkläre ich dir alles ganz genau."

"Das kann ich für dich tun. Dann musst du nichts erklären und dir ihre Fragen nicht anhören."

"Würdest du das für mich tun?"

"Natürlich würde ich das tun, es ist kein Problem."

In der Wohnung von Lance fragte Miranda, ob sie das Bad einlassen könne.

"Fühl dich wie zu Hause. Du findest einen Schlafanzug in der unteren Schublade und Handtücher im Schrank. Ich rufe jetzt deine Eltern an."

"Danke, Lance."

Miranda hat meinen Pyjama an. Ich kann es kaum erwarten, das zu sehen.

KAPITEL 31

L ANCE HAT GETRÄUMT.

Er träumte, er würde eine Zwangsjacke tragen. Er konnte sich weder in die eine noch in die andere Richtung bewegen. Er versuchte zu schreien, aber es kam nichts heraus. Er versuchte, die Fesseln mit den Zähnen zu öffnen, aber es gelang ihm nicht, sie zu lösen.

Er wirbelte hin und her und benutzte seinen Kopf wie ein Pendel. Der Schweiß rann ihm über die Stirn. Er konnte ihn nicht wegwischen. Er kullerte an seinem Kinn hinunter und auf die Jacke.

Er öffnete seine Augen. Er griff nach seinem Bauch.

Etwas hielt ihn dort fest, aber er steckte nicht in einer Zwangsjacke, denn er konnte seine Arme bewegen.

Er tastete herum wie ein Blinder.

Er fand eine Hand. Es war die von Miranda. Er öffnete seine Augen.

Es war früher Morgen, noch nicht hell. Miranda lag hinter ihm im Bett und klammerte sich an ihn, so gut es ging. Er lauschte aufmerksam und konnte ihren gleichmäßigen Atem hören. Er konnte ihren Atem in seinem Nacken spüren. Ihr Herz schlug in seiner Brust.

Er wollte sich nicht bewegen, weil er Angst hatte, sie zu wecken. Er wollte nicht, dass dieser Moment endete.

Miranda streckte die Hand nach ihm aus, dreimal.

Er wollte sich umdrehen, sie in seine Arme nehmen und ihr sagen, was er für sie empfand. Er wollte ihre Augen küssen und ihren Mund mit der Zunge erforschen. Er wollte, dass sie ihm gehörte, und nur ihm.

Er tat nichts.

Er wollte sie nicht ausnutzen. In keiner Weise.

Er schloss die Augen und lauschte auf ihren Atem.

KAPITEL 32

A M FRÜHEN MORGEN FAND Miranda Zuflucht in Lance' Bett.

Während sie auf dem Sofa lag, wälzte sie sich hin und her.

Ein Kapitel in ihrem Leben war vorbei und sie wollte gehalten werden. Sie wollte, dass Lance sie festhält. Sie wollte zu ihm gehen, aber sie hatte nicht den Mut dazu, bis er eingeschlafen war. Dann kletterte sie hinter ihm ins Bett und kuschelte sich an ihn. Zuerst war er angespannt, aber dann entspannte er sich in ihren Armen. Sie spürte, wie sich sein Brustkorb im Gleichklang mit ihrem hob und senkte.

Sie hoffte, dass Lance nicht beleidigt sein würde, wenn er aufwachte.

Sie wusste nicht, dass Lance bereits wach war und so schnell nicht wieder einschlafen würde.

KAPITEL 33

CHERYL WAR AUF IHREM Freitagabend-Einkaufsbummel unterwegs. Freitagabends nach 21 Uhr waren die Läden so leer, dass man die Gänge als Kegelbahnen benutzen konnte. Sie hasste es, sich in Menschenmengen um Lebensmittel zu drängeln.

Freitagabende waren bei ihnen zu Hause etwas Besonderes. Sie setzten sich zum Abendessen zusammen und sprachen über ihre Pläne fürs Wochenende. Cheryl hatte selten welche, aber sie hörte gerne, was ihre Geschwister vorhatten. Nachdem sie die Küche aufgeräumt hatten, gingen sie los und Cheryl kaufte die Lebensmittel für die Woche ein.

Cheryl war sehr sparsam und versuchte immer, unter 100,00 $ für alle drei zu bleiben, aber in letzter Zeit war es schwierig, mit Craigs Appetit mitzuhalten. Er aß alles, was er sah! Evelyn war keine große Esserin und ab und zu machte

Cheryl sich Sorgen, dass sie nicht genug aß. Sie war sich auch des Drucks bewusst, der auf Mädchen im Teenageralter ausgeübt wird, dünn zu sein. Die Mahlzeiten, die Cheryl kochte, waren nahrhaft, aber sie war keine Köchin.

Cheryl beschloss, in den nahe gelegenen Buchladen zu gehen und sich ein oder zwei Kochbücher zu besorgen. Sie wählte zwei Bücher, eines von Nigella Lawson und eines von The Naked Chef. Sie hatte beide Sendungen auf PBS gesehen und sie ließen es so einfach aussehen. Anhand der Rezepte, die sie zubereiten wollte, wählte sie die Rezepte für die Woche aus. Die Kasse zeigte 145,00 $ an. Sie lag über dem Budget, weil sie nicht viele Gewürze in ihrer Küche hatte.

Stolz auf ihre Auswahl, lud sie alles ins Auto und machte sich auf den Heimweg. Unterwegs hatte sie Lust auf einen Kaffee bei Tim Horton's. Sie bestellte einen großen, doppelten und schlürfte ihn auf dem Weg zu ihrem Haus. Als sie zu Hause ankam, war es schon fast 11 Uhr.

Das ist seltsam. Kein Licht. Kein Fernseher. Keine Musik und es ist schon fast 11 Uhr.

Sie schaltete das Licht im Flur an und rief nach draußen. Keine Antwort. Sie schaute um die Ecke ins Wohnzimmer und sah zwei Leute, die verzweifelt versuchten, sich anzuziehen.

Es sind Evelyn und ihr Freund Mike - OOPS, es ist gar nicht Mike, es ist, ich weiß nicht, wer es ist.

Cheryl hob Evelyns Bluse auf und warf sie ihr zu.

"In die Küche. Zwei Minuten", befahl sie.

Cheryl war wütend, wütend. Sie schleppte den ersten Haufen Tüten herein. Er fragte, ob er ihr helfen könne. Sie ignorierte ihn und ging wieder raus zum Auto. Cheryl hatte diesen Kerl noch nie gesehen, und ihre kleine Schwester hatte Sex mit ihm.

Diesmal sah sie die beiden nicht an, als sie die Tüten abstellte. Sie musste noch eine Ladung reinbringen und dann musste sie cool genug sein, um mit ihnen zu reden, ohne zu explodieren.

Sie ist noch ein Baby. Süße Sechzehn.

Sie sah ihn über ihre Schulter an. Er sah älter aus, vielleicht 18, vielleicht 20. Er sah nicht glücklich aus. Cheryl setzte sich ihnen gegenüber.

"Es tut mir leid, Schwesterherz, wir haben es übertrieben."

"Ja, das habt ihr... Wenn ich nicht reingekommen wäre, hättet ihr es noch weiter getrieben und was dann? Du wärst vielleicht schwanger geworden. Du bist erst sechzehn! Ich nehme an, keiner von euch hat verhütet?"

"Ich nehme die Pille, Cheryl. Und das schon seit Monaten."

"Wie das? Was soll das heißen, du nimmst die Pille? Wie? Wo?"

"Das ist ganz einfach. Ich war in der Klinik. Ich habe ihnen gesagt, dass ich sexuell aktiv sein will und sie haben sie mir gegeben."

"Aber braucht man dafür nicht die Zustimmung eines Erwachsenen?"

"Du bist nicht auf dem Laufenden, Schwesterherz. Alle meine Freunde nehmen die Pille. Aber nur damit du es weißt, Sam wollte auch ein Kondom benutzen."

"Sam, oh, dein Name ist Sam?"

"Wie geht es dir?", fragte er, stand auf und reichte Cheryl seine Hand.

Sie schüttelte sie nicht.

"Regel Nr. 1. Kein Sex in diesem Haus. Weder im Wohnzimmer noch in deinem Schlafzimmer oder in einem anderen Raum. Ist das klar?"

"Tut mir leid", sagte Sam. "Wie Evelyn erklärt hat, haben wir uns einfach von dem Moment mitreißen lassen."

"Nun, ich bin froh, dass ihr beide so verantwortungsvoll damit umgegangen seid. Ich denke, du solltest jetzt nach Hause gehen, Sam."

"Äh, es war schön, dich kennenzulernen. Wir sehen uns, Evelyn."

"Gute Nacht, Schwesterherz", sagte Evelyn, als sie aufstand und ihren Stuhl vom Tisch zurückschob.

"Setz dich, ich glaube, wir sollten uns mal unterhalten."

Stille. Cheryl stand auf und begann, die Einkäufe einzuräumen. Evelyn half ihr dabei. Es war einfacher zu reden, wenn sie etwas taten.

"Danke", sagte Evelyn.

"Für was?"

"Dafür, dass du so cool bist. Danke, dass du uns nicht anschnauzt und uns wie Erwachsene behandelst."

Cheryl umarmte Evelyn.

"Es war nicht einfach, mich nicht aufzuregen. Deshalb habe ich die ganzen Sachen geholt, bevor ich mit euch beiden gesprochen habe."

"Ich weiß."

"Eine Tasse Tee?" fragte Cheryl und machte sich an die Zubereitung, indem sie ein paar Kekse auf den Tisch legte. "Hast du etwas auf dem Herzen?"

"Ich habe mich nur gefragt, wie dein erstes Mal war? Für mich wäre es das erste Mal gewesen."

"Ich bin noch Jungfrau."

"Machst du Witze? Du bist es nicht, oder? Es tut mir so leid."

"Es muss dir nicht leid tun. Ich habe noch nicht den richtigen Mann getroffen."

"Ich weiß nicht, wie du jemanden kennenlernen kannst, wenn du die ganze Zeit alles für uns tust. Ich habe noch nie darüber nachgedacht, Schwesterherz, aber du musst dich auf dein Sozialleben konzentrieren. Du wirst nicht jünger."

"Danke, Evelyn, aber das macht mir keine Sorgen. Du und Craig seid die wichtigsten Menschen in meinem Leben."

"Aber wir werden erwachsen, Schwesterherz, und du verdienst jemand Besonderen. Du solltest wirklich mehr rausgehen."

"Ich werde es versuchen, Evelyn, aber erst mal gute Nacht."

KAPITEL 34

MIRANDA DACHTE AUF DEM Weg zu ihrem Haus über dasselbe nach. Sie fragte sich, ob Lance überhaupt wusste, dass sie neben ihm im Bett lag. Wenn er es wusste, hat er es ihr nicht angedeutet. Vielleicht war es ihm zu peinlich? Miranda war sich nicht sicher, ob sie sich entschuldigen oder einfach so tun sollte, als ob es nicht passiert wäre. Am Ende entschied sie sich für Letzteres.

"Mama, Papa, ist jemand zu Hause?"

Es kam keine Antwort.

Sie entdeckte einen Zettel am Kühlschrank.

- Miranda - Dringend Sergeant Miller anrufen - Liebe Mom.

"Sgt. Miller, hier ist Miranda Evans."

"Danke für den Anruf, Ms. Evans. Würden Sie bitte mit aufs Revier kommen? Wir haben ein paar Dinge, die du dir gerne ansehen würdest."

"Was für Dinge?"

"Das kann ich nicht sagen, Ms. Evans, aber es ist wichtig, dass Sie die Sachen sehen."

Miranda rief Mr. Mandelbaum an und erklärte ihm, dass sie auf die Polizeiwache gehen müsse und nicht sicher sei, wie lange sie dort bleiben würde. Er empfahl ihr, sich den Tag freizunehmen. Herr Mandelbaum war immer gut darin, Stress in der Stimme seiner Angestellten zu erkennen.

"Hast du jemanden, der mit deiner Miranda gehen kann?"

"Nein, alle arbeiten, aber ich komme schon klar. Immerhin ist mein Angreifer in Gewahrsam."

Als sie auf dem Revier ankam, nahm Sergeant Miller sie mit in sein Büro und stellte sie Detective Harold Sangster vor. Detective Sangster holte einen Schuhkarton aus einem anderen Büro.

"Würden Sie bitte einen Blick in diese Sachen werfen, Ms. Evans? Vielleicht finden Sie etwas, das Sie identifizieren können?"

"Das ist meine Brieftasche. Das ist ein Foto von meinem Auto. Mein Vids-R-Us-Mitarbeiterausweis, mein Bibliotheksausweis."

"Such weiter. Erkennst du sonst noch etwas?" sagte Sgt. Miller.

Sie wühlte weiter in der Kiste, die mit Dingen gefüllt war, von denen die meisten nicht ihr gehörten. Dann bemerkte sie ein Stück Papier mit einer handschriftlichen Aufschrift. Ihr Herz schlug ihr bis zum Hals, als sie es berührte und schnell erkannte, dass es ihre eigene Handschrift war.

Liebe Christina, hier ist unsere Reiseroute. Fühl dich wie zu Hause und ich hoffe, du wirst deinen Aufenthalt hier genießen! Miranda.

Dem Zettel war eine Kopie der Reiseroute beigefügt.

"Das ist der Zettel, den ich für Christina hinterlassen habe." Mirandas Hände zitterten. Sie hatte Angst, dass das Papier reißen würde.

"Hattest du den Zettel am Tag des Überfalls bei dir?" fragte Detective Sangster.

"Nein, ich habe ihn erst viel später geschrieben. Als Christina kam, um meine Wohnung unterzuvermieten, habe ich ihn für sie auf den Tisch neben dem Telefon gelegt."

"Die Sache wird immer komplizierter", sagte Sergeant Miller mit gesenktem Blick. "Sieht so aus, als könnten wir ihn am Tatort des Mordes an deiner Untermieterin sehen. Wirst du aussagen, dass du ihn auf dem Telefontisch liegen gelassen hast? Wusste sonst noch jemand, dass du dort einen Zettel hinterlassen hast?"

"Meine Vermieterin wusste, dass er dort lag. Ich habe es ihr gegenüber erwähnt, bevor ich gegangen bin - für den Fall, dass sie sich melden wollte."

"Vielen Dank, Ms. Evans, dass Sie sich die Zeit genommen haben, noch einmal hierher zu kommen. Wir haben ihn wegen Körperverletzung, versuchtem Raub, Vergewaltigung und wenn wir ihn auch noch wegen Mordes drankriegen, dann wird der Richter ihn mit Sicherheit verurteilen."

Als Sergeant Miller und Det. Sangster Miranda auf den Flur führten, brachten zwei Polizisten einen Gefangenen in Handschellen zu ihnen. Das war er.

"Schade, dass ich dich in dieser Nacht nicht umgebracht habe, du Schlampe! Ich habe dir doch gesagt, dass du nicht zur Polizei gehen sollst, oder?" Miranda wich zurück. Sie stand an der Wand. Sie fühlte sich krank. Sgt. Miller und Det. Sangster standen wie Buchstützen auf beiden Seiten von ihr.

"Schade, dass du in dieser Nacht unterwegs warst. Ich wollte dich erwischen, nicht sie."

"Du hast Christina getötet? Du Dreckskerl! Ich hasse dich!" Sie packte ihn am Kragen.

Sergeant Miller packte Miranda, die mit geballten Fäusten auf ihn einschlug.

"Ich habe dir gesagt, was ich mit den Menschen mache, die du liebst, wenn du es der Polizei sagst."

Mirandas ganze Welt begann sich um sie zu drehen. Bilder von Christina, dem Gesicht der armen Christina, drehten sich in Mirandas Kopf wie ein Kaleidoskop, das sich immer weiter drehte. Sie wollte, dass es aufhört. Genau wie Cher wollte auch Miranda die Zeit zurückdrehen.

Das Nächste, woran Miranda sich erinnerte, war, dass sie im Avon Park General Hospital aufwachte, wo sie stark betäubt worden sein musste, denn sie konnte nichts mehr spüren. Alles war an den Rändern verschwommen. Es gab Schatten und ein Gefühl, als würde sie auf einer Wolke schweben. Jemand hielt ihre Hand. Sie fragte sich, wer es war.

Es war Lance.

Sie lächelte ihn an.

Lance hatte Miranda auf dem Weg zur Arbeit bei ihr abgesetzt. Es war ein unangenehmer Morgen, sie hatten gefrühstückt und sich auf den Tag vorbereitet. Miranda rief bei der Arbeit an und sagte Mr. Mandelbaum, dass sie ein paar Stunden später kommen würde.

Lance hatte das Gefühl, dass die perfekte Gelegenheit, Miranda seine Gefühle zu gestehen, vorbei war. Sie lag neben ihm in seinem Bett und er wollte es ihr so gerne sagen. Aber er tat so, als ob er schliefe, und so verpasste er die Gelegenheit.

KAPITEL 35

TERRI UND AMADEO LANDETEN in Toronto und wurden von so vielen Familienmitgliedern begrüßt, wie in ihre Fahrzeuge passten. Terris Mutter schluchzte vor sich hin.

"Ich habe dich auch vermisst, Mama", sagte Terri, "aber ich war nur so kurze Zeit weg. Du hast nicht einmal so viel geweint, als ich aus Australien zurückkam."

Terris Mutter weinte noch mehr, als sie in einer Limousine abgeholt wurden.

"Wo ist Amadeo hin? Ich will zu Amadeo."

"Mach dir keine Sorgen, Tochter, er ist bei deinem Vater."

Als sie zu Hause ankam, wurde ihr alles erklärt.

Das schönste Hochzeitskleid, das sie je in ihrem Leben gesehen hatte, lag auf einer Schaufensterpuppe im Wohnzimmer.

"Er bittet jetzt um deine Hand, er bittet deinen Vater. Er ist ein so liebenswerter Junge, Terri, kein Vater würde ihn jemals abweisen. Amadeo hat alles gemacht, er hat an alles gedacht! Die Kirche ist gebucht, die Flitterwochen sind gebucht (obwohl Amadeo uns nicht verraten wollte, wohin er dich bringt) - du musst nur noch Cheryl und Miranda anrufen und deine Trauzeugin und Brautjungfer organisieren... und ihre Kleider anpassen lassen. Denn Teresa, du wirst morgen früh heiraten!"

Terris Mutter sagte ihr, sie solle sich schnell zusammenreißen, denn sie hätten noch viel zu tun und so wenig Zeit. Als Erstes würde sie ihre Freunde kontaktieren. Amadeo buchte einen Brautsalon, damit sie die Kleider der Mädchen aussuchen konnten (oder Terri konnte das Kleid, das ihre Mutter für sie ausgesucht hatte, ändern, wenn sie wollte), aber das brauchte sie nicht, denn es war perfekt. In ein paar Stunden mussten sie alle zusammenkommen und sich anpassen lassen, Schuhe und Accessoires besorgen und etwas Altes, etwas Neues, etwas Geliehenes und etwas Blaues anziehen.

"Hallo, Mrs. Evans. Terri hier. Ich bin auf der Suche nach Miranda."

"Ich weiß nicht, wo sie ist. Lance könnte es aber wissen, hier ist seine Handynummer."

"Danke, Mrs. Evans." Sie legte auf und tippte Lance' Nummer ein.

Lance sah Miranda an, die immer noch schlief, und ging dann in den Flur, um mit Terri zu sprechen.

"Hallo Terri. Ich fürchte, Miranda ist nicht in der Lage, heute an einer Hochzeit teilzunehmen. Sie hatte gestern einen schrecklichen Schock und es geht ihr nicht gut. Der

Typ, der sie vergewaltigt hat, hat gestanden, Christina und Ben getötet zu haben. Sie wurde ohnmächtig und Sergeant Miller rief mich an, weil ich am Tag zuvor mit ihr dort war und den Widerling identifiziert hatte. Sie braucht Ruhe. Ich glaube nicht, dass du dich darauf verlassen kannst, dass sie für dich da ist.

"Ich werde meine Hochzeit auf keinen Fall ohne Miranda abhalten."

Er sah sich im Zimmer um. Miranda rührte sich.

"Sie scheint aufgewacht zu sein. Ich werde sehen, wie es ihr geht und mit dem Arzt über sie sprechen. Ruf mich in einer Stunde oder so wieder an. Ich werde sehen, was ich tun kann."

"Meine Hochzeit ist in etwas mehr als vierundzwanzig Stunden, Lance, wenn es sein muss, werde ich sie verschieben."

Drei Stunden später war Miranda aufgestanden und hatte sich angezogen. Lance erklärte ihr alles zu gegebener Zeit - und das schien Miranda aus ihrem Schockzustand zu holen. Sie wollte auf keinen Fall, dass die Hochzeit ihrer besten Freundin ihretwegen verschoben wurde.

Tatsächlich hätte Terris Hochzeit für Miranda zu keinem besseren Zeitpunkt kommen können, denn sie musste sich zusammenreißen und ihr Leben in den Griff bekommen, um die Vergangenheit hinter sich zu lassen. Das wusste sie jetzt mehr denn je.

"Übrigens, Lance", sagte Miranda. "Ich hoffe, du begleitest mich zur Hochzeit. Ich würde nicht mit jemand anderem dort sein wollen. Ich hoffe, du schaffst es."

Lance war begeistert, denn Miranda hatte ihn um ein Date gebeten. Noch besser war, dass sie zu einer Hochzeit gehen würden. Wie romantisch. Er rief Terri an und sagte ihr, dass alles bereit sei.

"Ich muss dich allerdings bei Terri und Cheryl absetzen, damit ich meinen Smoking aus den Mottenkugeln holen kann."

In der Zwischenzeit hatte Terri mit Cheryl darüber gesprochen, Trauzeugin zu werden. Sie wollte sogar zwei Trauzeuginnen auf ihrer Hochzeit haben. Sie konnte auf keinen Fall eine Freundin der anderen vorziehen.

Um 17 Uhr trafen sich die drei Freundinnen in der Bridal Boutique. Sie suchten ihre Kleider aus und machten Pläne für eine Girl's Night Out. Terri wollte eine Übernachtung und Miranda schlug vor, eine Suite im Hilton zu buchen.

Sie trennten sich für zwei Stunden, um ein paar Sachen zu packen und planten, sich um 20 Uhr in der Bar zu treffen.

KAPITEL 36

CHERYL WAR IN EINEM Zustand, weil sie niemanden hatte, den sie bitten konnte, sie zur Hochzeit zu begleiten.

In der Vergangenheit war mindestens eine ihrer Freundinnen mit zum Junggesellenabschied gegangen. Diesmal hatte sie nicht so viel Glück.

"Mach dir keine Sorgen, Schwesterherz", sagte Evelyn, "ich dachte, Brautjungfern sind mit Platzanweisern oder so verbunden?"

"Du hast recht, daran habe ich nicht gedacht. Hoffentlich ist er Single", sagte Cheryl, während sie ihre Tasche packte, um zum Mädelsabend aufzubrechen. "Bettler dürfen schließlich nicht wählerisch sein!"

KAPITEL 37

AMADEO VERMISSTE TERRI. SIE war ihm entrissen worden - er hatte nicht einmal die Gelegenheit gehabt, sie zum Abschied zu küssen. Er erinnerte sich daran, wie ihr Gesicht aufleuchtete, als sie merkte, dass sie doch nicht getrennt werden mussten. Er wollte ihr Gesicht für den Rest ihres Lebens immer wieder so zum Strahlen bringen.

Er wünschte, er hätte dabei sein können, als Terri die Tür öffnete und ihr Hochzeitskleid sah. Maria, seine zukünftige Schwiegermutter, hatte darauf bestanden, dass der Bräutigam das Hochzeitskleid nicht sehen durfte. Es war ein Aberglaube, an den er nicht glaubte - aber warum ein Risiko eingehen?

Morgen würde Terri Mrs. Amadeo Travetti sein. Seine zukünftige Frau würde bald mit ihren Freundinnen bei einer Girl's Night Out feiern. Amadeo hatte vor, einen ruhigen

Abend mit seinem Trauzeugen Malvio zu verbringen, der gerade aus Rom eingeflogen war.

"Er ist perfekt für Cheryl" sagte Terri, als sie einen Blick auf Malvio erhaschte, "Perfekt!"

KAPITEL 38

M IRANDA BETRAT DIE BAR des Hilton und sah sich nach ihren Freunden um. Igitt, sie war die Erste. Sie hasste es, allein in einer Bar zu sitzen. Zum Glück war nur ein Typ da, der seine Sorgen ertränkte und mit dem Barkeeper sprach.

"Ein Glas Chardonnay", sagte Miranda. Mit dem Glas in der Hand setzte sie sich in die Nähe des Eingangs und hoffte, dass einer ihrer Freunde bald kommen würde.

Sie schaute sich um, wie man es tut, wenn man allein ist. Sie erkannte den Mann, der auf dem Hocker an der Bar saß. Es war ihr alter Chef, Andrew - alias Andrew das Arschloch von Vids-R-Us!

Ihre Blicke trafen sich und Andrew kam herüber.

"Wie zum Teufel geht es dir, Miranda? Lange nicht mehr gesehen!"

"Da hast du Recht, Andrew. Mir geht's gut."

"Du siehst sensationell aus."

"Danke."

"Und, wie war deine Reise nach Australien?"

"Es war unbeschreiblich. Ich möchte unbedingt eines Tages wieder dorthin zurückkehren."

"Ich habe gehört, dass es einen neuen Mann in deinem Leben gibt?"

"Äh, nein, ich habe einen Freund, der zufällig männlich ist. Er ist Immobilienmakler."

"Oh, ich dachte, du würdest heiraten oder so. Das habe ich wohl falsch verstanden. Tut mir leid."

"Es ist meine Freundin Terri, die morgen heiratet. Deshalb sind wir hier - wir machen einen Mädelsabend - sie sind spät dran. Wie läuft's bei dir? Du bist doch verheiratet, oder?"

"Ich war es, aber meine Frau wollte nicht aus dem Staat wegziehen und Vids-R-Us brauchte mich in Texas. Also habe ich den Job angenommen und sie zurückgelassen."

"Du bist zu engagiert für Vids-R-Us."

"Ja, vielleicht, aber sie behandeln mich gut. Ich bin nur über das Wochenende hier, weil meine Mutter im Krankenhaus liegt. Nichts Ernstes, aber sie hat nach mir gefragt. Wenn es um deine Mutter geht, musst du dir die Zeit nehmen, die du weißt."

"Ich hoffe, sie wird bald wieder gesund."

Cheryl kam an. Sie erkannte Andrew und grüßte ihn.

"Ich lasse euch beide allein. Es war schön, dich wiederzusehen, Miranda. Und, hey, es tut mir leid, was dir passiert ist. Ich habe mich immer schlecht gefühlt. Ich wünschte, es wäre nie passiert."

"Danke Andrew, ich weiß das zu schätzen. Sie haben den Kerl geschnappt und er wird für eine lange Zeit ins Gefängnis gehen."

"Ich bin froh, das zu hören."

"Mach's gut, Andrew, und pass auf dich auf, ja?"

Terri kam an.

"Habt ihr zwei die Angewohnheit, fremde Männer in Bars aufzugabeln?" fragte Terri.

"Das war kein Fremder. Er war Andrew, das Arschloch!" sagte Cheryl.

"Ach du meine Güte, das ist Andrew. Was ist mit ihm passiert? Ich hoffe, das Verheiratetsein hat ihm nicht geschadet?"

"Ich glaube, die Scheidung war es", sagte Miranda. "Vids-R-Us hat ihn in einen anderen Bundesstaat versetzt und seine Frau wollte nicht mitkommen - also hat er sie aufgegeben und ist alleine umgezogen."

"Unglaublich!" sagte Terri.

"Hey, lass uns gehen und mit der Party anfangen", sagte Miranda.

Die Suite war spektakulär. Eine riesige Bar, ein Jacuzzi -

"Das ist das Leben", sagte Miranda.

Sie bestellten Champagner und warfen den Jacuzzi an.

"Stell ihn einfach da hin", sagte Cheryl zu dem Kellner, der gerade mit den Getränken kam. Nachdem er gegangen war, sagte sie: "Ich frage mich, was er morgen Abend vorhat? Ich bin datelos und verzweifelt!"

"Junge, ich habe einen Mann für dich, Cheryl! Sein Name ist Malvio und er ist Amadeos Trauzeuge. Er sieht aus wie ein griechischer Gott - er ist umwerfend schön und ich glaube, du wirst ihn wirklich lieben! Er ist ein hohes Tier in der Modebranche in Rom."

"Aber wird er mich mögen? Das ist die Frage."

"Er wird dich vergöttern!"

"Oh, genau das, was ich brauche, einen Typen, der mehr über Mode weiß als ich!"

"Wenn es nicht klappt, kannst du immer noch mit Lance und mir rumhängen. Schließlich sind wir einfach gute Freunde."

"Ja, genau", sagten Cheryl und Terri gemeinsam.

"Im Ernst, wir sind nur Freunde."

"Zieh den anderen", sagte Cheryl. "Ich sehe doch, wie du ihn ansiehst und wie er dich ansieht. Warum könnt ihr es nicht zugeben? Ihr seid bis über beide Ohren ineinander verliebt. Ich kann es sehen. Jeder kann es sehen, außer euch beiden."

"Wir sind Freunde und den Rest bildest du dir ein. Aber lass mich in Ruhe; lass uns über die zukünftige Braut reden. Wie hast du Amadeo davon überzeugt, mit dir hierher zurückzuziehen? Um dich zu heiraten. Und bist du noch Jungfrau? Oder ist das der Grund - er will dich so sehr, dass er das alles tut, um dich zu bekommen?"

"Ich habe nichts getan - es war von Anfang bis Ende Amadeos Idee. Und er, nicht ich, will warten, bis wir verheiratet sind."

"Wie romantisch!" rief Cheryl aus.

"Wohin fahrt ihr denn in die Flitterwochen?

"Ich habe keine Ahnung. Er will mir nichts verraten. Amadeo liebt Geheimnisse."

"Mir ist langweilig", sagte Miranda und stieg aus der Badewanne.

"Und ich bin am Verhungern", sagte Cheryl. "Mal sehen, was der Zimmerservice im Angebot hat."

Sie bestellten Steak und Hummer und tranken zwei weitere Flaschen Champagner. Sie schliefen vor dem Fernseher ein und wachten um 10 Uhr auf.

"Oh mein Gott, 9 Uhr morgens. Meine Hochzeit ist in zwei Stunden!"

"Ziehen wir unsere Schlittschuhe an!" sagte Miranda.

"No problemo!" sagte Cheryl und ließ ihren Kopf wieder auf das Kissen sinken und begann zu schnarchen.

KAPITEL 39

N ACH REICHLICH KAFFEE UND viel Überredungskunst war Cheryl mit ihren beiden Freundinnen aufgestanden und bereit. Ihre Haare wurden in Rekordzeit in einem Hotelsalon gemacht und sie machten sich auf den Weg zu Terris Haus, wo Maria, die besorgte Mutter der Braut, schon wartete.

"Ihr Mädels seid so spät dran, so spät!"

"Ich weiß, Mama, aber es wird schon gut gehen. Mach dir keine Sorgen."

"Ah, du siehst wunderschön aus, meine Tochter. Wie eine Prinzessin. Da ist sie ja, Miss Kanada", sagte Maria, als sie die Tür öffnete und Terri ihrem wartenden Vater vorstellte.

"Bring mich nicht zum Weinen, Daddy, das ruiniert mein Make-up."

"Wir haben uns auch gerade schminken lassen", sagte Miranda.

In der Kirche wurde Miranda von Onkel Freddo begleitet. Sie strahlte, als sich ihre Augen mit denen von Lance trafen. Lance fand, dass Miranda sogar noch schöner aussah als die Braut. Er fragte sich, ob sie jemals mit ihm vor den Traualtar treten würde.

Terri hatte mit Malvio recht gehabt. Cheryl konnte ihre Augen nicht von ihm lassen. Malvio war froh, Cheryl am Arm zu haben.

Als Amadeo am Altar wartete, verschlug es ihm den Atem, als er seine zukünftige Frau zum ersten Mal sah. Terri war die Art von Frau, die wunderschön aussah, egal was sie trug, aber mit diesem weißen, fließenden Kleid sah sie wie ein Engel aus, ein Engel im Himmel, der ihm zur Seite stand und schwor, dass sie bei ihm sein und ihn für immer lieben würde.

Angelo verschränkte den Arm seiner Tochter mit dem seines Schwiegersohns und trat zurück. Er war überwältigt vor Glück und die Gemeinde sah, wie ihm Tränen über die Wangen liefen. Giovanni und Maria trösteten Angelo, als er sich in die erste Bank neben ihnen setzte.

Terri sah Amadeo an. Sie wusste im Grunde ihres Herzens, dass sie bereits mit ihm verheiratet war. Sie waren verwandte Geister.

Die Zeremonie war bald vorbei und sie wurden zu Mann und Frau erklärt. Herr und Frau Amadeo Travetti drehten sich um, um ihre Gäste zu begrüßen.

Auf den Stufen der Kirche wurden Fotos gemacht und Reis geworfen, bevor Terri und Amadeo in eine silberne Limousine stiegen. Amadeo wollte, dass ihre erste Fahrt als

Ehepaar etwas ganz Besonderes wird. Er bat den Fahrer, eine Flasche Champagner kalt zu stellen und eine Stadtrundfahrt mit ihnen zu machen.

Terri schaute Amadeo in die Augen. Sie wollte ihn so sehr. Sie konnte nicht aufhören zu zittern. Der Champagner verschüttete überall.

"Fahrer, wir hätten hier hinten gerne etwas Privatsphäre. Können Sie uns helfen?"

"Natürlich, Ma'am", sagte der Limousinenfahrer, als sich ein Glasfenster zusammenzog und Vorhänge auf beiden Seiten des Wagens hereinschwebten.

"Jetzt habe ich Sie für mich allein, Mr. Travetti. Ziehen Sie sich aus!"

"Entschuldigen Sie, Fahrer - wer ist diese Frau? Das ist nicht meine süße, unschuldige Terri!"

"Er kann dir jetzt nicht helfen, ich habe die Gegensprechanlage ausgeschaltet. Siehst du? Du gehörst mir, mir ganz allein und ich werde diese Ehe hier und jetzt vollziehen."

"Ich will dir gefallen."

"Versprechen, Versprechen."

KAPITEL 40

I N DER EMPFANGSHALLE - alle fragten sich, wo die Braut und der Bräutigam waren.

"Sie werden bald hier sein, keine Sorge", versicherte Maria ihr. "Nimm einen Drink und amüsiere dich."

"Oh, da sind sie ja schon", rief Angelo aus.

Herr und Frau Travetti betraten den Empfangssaal. Es gab einen tosenden Beifall.

Sie machten sich auf den Weg zum Haupttisch, wo Malvio und Cheryl plauderten. Terri zwinkerte den beiden zu, als sie ihren Platz einnahm.

Nach den Trinksprüchen, den Reden und dem ersten Walzer - all den traditionellen Dingen, die bei Hochzeiten auf der ganzen Welt üblich sind - brachen Amadeo und Terri in ihre Flitterwochen auf.

Amadeo mietete eine Blockhütte in Denver. Sie würden zwei Wochen in perfekter Abgeschiedenheit verbringen. Keine Telefone. Kein Fernsehen. Keine Zeitungen.

"Mr. Amadeo Travetti, du denkst an alles."

"Frau Terri Travetti, du verdienst alles."

KAPITEL 41

NACH DER HOCHZEIT BESCHLOSS Lance, dass er seine Gefühle nicht mehr verbergen konnte. Er wollte es einfach tun. Wenn sie ihn dafür hasste - dann soll es so sein. Jetzt oder nie.

Er griff nach Miranda und hielt sie davon ab, aus dem Auto auszusteigen. Er legte seine Arme um sie und schaute ihr in die Augen.

"Ich liebe dich, Miranda Evans. Das tue ich schon seit dem ersten Blind Date, das wir hatten. Ich will, dass wir zusammen sind. Ich möchte, dass wir heiraten."

"Ich... Ich weiß nicht, was ich sagen soll."

"Sag nichts, wenn du mir nicht sagen kannst, dass du mich auch liebst."

"Das tue ich, aber ich dachte, du tust es nicht."

Ihre Lippen fanden zueinander und wollten die Leere füllen, die so lange zwischen ihnen war.

"Gute Nacht", sagte Miranda und warf Lance einen Kuss zu. "Gute Nacht, Schatz", sagte Lance.

Lance ging nicht direkt nach Hause. Stattdessen fuhr er stundenlang herum. Er wollte nicht in seine leere Wohnung zurückkehren. Er wollte der Welt sagen, dass er verliebt war und dass er geliebt wurde. Ich bin der König der Welt! Miranda konnte nicht schlafen. Sie war so überwältigt. Sollte ich bei ihm einziehen?

Würde sie bei mir einziehen? fragte sich Lance. Aber ich will nicht, dass wir in meiner Wohnung leben. Sie ist zu klein. Ich möchte, dass wir unsere eigene Wohnung haben.

Am nächsten Tag organisierte Lance alles und bot seine Wohnung zum Verkauf an. Nach dem Verkauf würde er Miranda überraschen und sie könnten gemeinsam auf Wohnungssuche gehen.

Miranda dachte ein paar Tage lang darüber nach. Sie beschloss, dass es vorerst die beste Lösung war, bei Lance einzuziehen. Er hatte zwar nur eine Ein-Zimmer-Wohnung, aber die war gemütlich und wenigstens würden sie zusammen sein. Das würde ihnen die Möglichkeit geben, sich ein bisschen besser kennenzulernen.

Ja, gleich morgen früh werde ich es meinen Eltern sagen, dachte sie. Und dann werde ich es Lance sagen.

KAPITEL 42

"I**CH WÜRDE DICH GERNE** nach Hause bringen", sagte Malvio.

"Das wäre schön", sagte Cheryl, als sie in die Limousine stieg.

Bald darauf hielten sie vor ihrem Haus.

"Komm auf einen Kaffee herein, Malvio", sagte Cheryl. "Du kannst meine Schwester und meinen Bruder kennenlernen."

"Bist du sicher, dass ich dich nicht störe?"

"Wir sind sehr familiär. Komm doch rein. Das ist meine kleine Schwester Evelyn, sie ist sechzehn und wird bald einundzwanzig."

"Schön, dich kennenzulernen", sagte Evelyn. "Er ist großartig."

"Danke", sagte Malvio.

Cheryl wurde knallrot und gab Evelyn einen Klaps auf den Po, als sie sich auf den Weg in die Küche machte.

"Setzt euch ins Wohnzimmer, während ich den Kaffee koche. Craig, bitte leiste unserem Gast Gesellschaft, bis ich zurückkomme."

"Okay, Schwesterherz."

"Magst du Sport? Es läuft gerade ein Hockeyspiel", sagte Craig.

"Ich bevorzuge Fußball, aber Hockey ist auch okay. Du kannst es mir erklären; ich verstehe es nicht ganz."

"Klar", sagte Craig, als Cheryl den Raum verließ.

"Evelyn, ich bin fast gestorben vor Verlegenheit. Man sagt einem Typen wie Malvio nicht, dass er umwerfend ist."

"Ach, komm schon, Cheryl. Ich wette, er hört so etwas die ganze Zeit."

"Vielleicht tut er das, aber er ist zu Besuch aus Rom und ich habe Terri gesagt, dass ich mich um ihn kümmern werde. Er ist nur höflich, wenn er hierher kommt."

Als Cheryl das Tablett ins Wohnzimmer trug, folgte Evelyn ihr.

"Ich bin sooooooooooo müde", sagte Evelyn. "Gute Nacht Malvio, es war schön, dich kennenzulernen." Sie gab Craig ein Zeichen, sich rar zu machen.

"Gähn", ich bin auch müde. Es war schön, dich kennenzulernen, Malvio. Ich hoffe, wir sehen uns wieder."

Sein Englisch war zwar nicht fantastisch, aber erstaunlich gut, und sie verstanden das meiste, was der andere sagen wollte.

"Wärst du so freundlich, mir morgen deine Stadt zu zeigen?"

"Es wäre mir ein Vergnügen."

Malvio küsste Cheryl auf beide Wangen und bedankte sich bei ihr, dass sie so freundlich zu einem Fremden in der Stadt war.

"Ich hole dich morgen früh gegen 10 Uhr ab. Passt dir diese Zeit?"

"Ja, 10 Uhr wäre gut. Danke für einen schönen Tag, Cheryl."

Cheryl ging hinein und stellte sich mit dem Rücken gegen die Tür. Malvio war ein Traum. Sie schloss die Augen. Evelyn hatte recht, er ist HEISS. Und das Beste ist, dass er es nicht einmal weiß.

KAPITEL 43

DER TAG MIT MALVIO beinhaltete eine Nachmittagsmatinee im örtlichen Theater - Romeo und Julia wurde gespielt. Wie perfekt war das denn? Dann machten sie einen Spaziergang am Fluss und machten ein Picknick mit allen möglichen kanadischen Köstlichkeiten, die Cheryl finden konnte.

Sie nippten am Champagner. Sie stießen aufeinander an.

"Cheryl, ich habe gerne Zeit mit dir verbracht. Danke, dass du mir deine Stadt gezeigt hast. Ich werde sie nie vergessen. Aber diese Freude muss ein Ende haben. Ich werde morgen abreisen. Darf ich dich bitten, mich zum Flughafen zu bringen?"

"Ich hatte gehofft, dass du mich fragen würdest."

Am nächsten Tag, am Flughafen, musste Malvio durch die Gates gehen. Er küsste sie auf beide Wangen.

"Mach's gut und danke für alles." Er winkte zum Abschied.

Cheryl winkte und er war weg. Sie hatten weder Adressen noch Telefonnummern ausgetauscht. Sie hatten nicht gesagt, dass sie sich schreiben oder in Kontakt bleiben würden. Es war vorbei, und dabei hatte es noch nicht einmal angefangen.

Cheryl fuhr in die Einfahrt zu ihrem Haus. Evelyn kam herausgerannt.

"Du wirst es nicht glauben!"

Das ganze Haus war voller Rosen, langstielige, kurzstielige, Babyrosen, rosa, gelbe, rote, weiße, schwarze - Dutzende über Dutzende über Dutzende von Rosen.

"Hier ist ein Zettel", sagte Evelyn und überreichte ihrer Schwester eine Karte.

"Ich danke dir für alles. Du bist ein Juwel, und das ist kein Lebewohl. Ich melde mich wieder. In Liebe, Malvio."

Cheryl spürte, wie ihr das Blut in die Wangen schoss, als sie Malvios Unterschrift küsste.

KAPITEL 44

WIE GEPLANT, ERZÄHLTE MIRANDA ihren Eltern alles über Lance. Sie waren nicht überrascht.

"Das wurde auch Zeit, liebes Mädchen", sagte Tom.

"Er ist ein guter Mann", sagte Elizabeth. "Ich bin unglaublich froh, dass ihr beide endlich das Licht gesehen habt."

Miranda packte ihre Koffer und fuhr zu Lances Haus. Am Fenster seiner Wohnung hing ein Schild, auf dem stand - ZU VERKAUFEN.

Sie ließ ihre Taschen im Auto und rannte die Treppe hinauf, wobei sie sich mit jeder Stufe mehr und mehr ärgerte. Sie war zu wütend, um den Aufzug zu nehmen. Sie musste nachdenken.

Du verlässt die Stadt? Du lässt mich im Stich. Wie kannst du es wagen! Ich dachte, du wärst anders. Ich hätte es wissen müssen.

Sie klopfte.

Er öffnete die Tür.

"Du verlässt die Stadt, was?"

"Was? Wovon sprichst du?"

Sie hätte ihn am liebsten geschlagen. Er hat sich dumm angestellt - sie hatte Recht, wenn sie ihn für einen Idioten hielt. Er war nicht nur ein Trottel! Er war eine unsensible, gedankenlose Nervensäge!

Sie deutete auf das Schild - ZU VERKAUFEN.

"Ach das, das ist keine große Sache. Ich wollte es dir ja sagen. Ich wusste nicht, dass du vorbeikommen würdest."

"Gut, dass ich es wusste. Sonst wäre es "adios amigo" gewesen, oder? Ich hätte dich nie wieder gesehen. Du verdammter Mistkerl!" Sie schlug ihm auf die Schulter.

"Miranda, Miranda." Er berührte ihre Schultern.

"Fass mich nicht an, fass mich nie wieder an."

"Na ja, bis jetzt habe ich dich noch nicht angefasst - aber das tut nichts zur Sache. Komm rein, damit wir richtig reden können."

"Nein, ich bleibe nicht."

"Doch, das wirst du! Okay, okay, ich werde es dir hier sagen. Ich liebe dich, Miranda Evans. So. Willst du, dass ich es noch lauter sage? Es herausschreien. Das werde ich. ICH LIEBE MIRANDA EVANS. Ich will MIRANDA EVANS heiraten. Ich will dieses Haus verkaufen, und wenn ich das tue, suchen wir uns ein eigenes Haus, unser eigenes. So sehr liebe ich Miranda Evans."

"Es tut mir leid."

"Das sollte es dir auch." Lance nahm sie in seine Arme und brachte sie ins Haus.

Lance bot Miranda eine Tasse Kamillentee an, um sie zu beruhigen. Sie nahm an.

In der Küche hielt Miranda Lance fest und küsste ihn so leidenschaftlich, dass er fast den Halt verlor. Das einzige, was ihn aufrecht hielt, war der Küchentisch, der sich in seinen Rücken bohrte. Miranda drückte ihn nach hinten, so dass er den Großteil seines Körpergewichts auf dem Tisch abstützte. Sie zog ihre Bluse über ihren Kopf und warf sie auf den Küchenboden.

Lance sah sie an, folgte ihrem Beispiel und fuhr sanft mit dem Zeigefinger über ihre Brüste. Er wollte sie küssen, jeden Zentimeter von Mirandas Körper küssen und er tat es. Miranda wollte das Gleiche. Sie fuhr mit ihrer Zunge über seine Brust.

Auf dem Küchentisch von Lance liebten sie sich zum ersten Mal leidenschaftlich.

Lance wollte es langsam angehen lassen. Er wollte es so langsam wie möglich angehen lassen, da es sein erstes Mal war. Er lehnte sich zurück und ließ Mirandas Zunge erkunden. Er fühlte sich, als würde er auf einer Wolke schweben. Miranda stand über ihm, während seine Zunge ihren Körper erkundete.

Dann gingen sie in die Dusche, wo sie sich erneut liebten, aber diesmal langsamer. Völlig erschöpft fielen sie ins Bett.

Mirandas tiefer Schlaf brachte keine Träume. Ihr Geist war leer, denn ihr Leben war zu ihrem Traum geworden.

VOM AUTOR

Liebe Leserinnen und Leser,

ich hoffe, es hat euch Spaß gemacht, über Miranda, Terri und Cheryl zu lesen.

Als ich den ersten Entwurf schrieb, war ich gerade von Kanada nach Australien umgezogen. Ich wollte alles teilen, was ich gesehen und gelernt habe.

Wenn du mit mir in Kontakt treten möchtest, schicke bitte eine E-Mail an:

cathy@cathymcgough.com.

Ich freue mich, von meinen Lesern zu hören.

Vielen Dank fürs Lesen!

Cathy

ÜBER DEN AUTOR:

Die mehrfach preisgekrönte Autorin Cathy McGough lebt und schreibt in
Ontario, Kanada, mit ihrem Mann, ihrem Sohn, ihren zwei
Katzen und einem Hund.
Hvis du ønsker å kontakte Cathy, er e-postadressen hennes:
cathy@cathymcgough.com

AUCH VON:

FICTION: Jedermanns Kind
Ribbys Geheimnis; Plus Size Göttin
13 KURZE GESCHICHTEN: (darunter: Der Regenschirm
und der Wind; Margarets Offenbarung; Dandelion Wine
(READERS' FAVOURITE BOOK AWARD FINALIST))
Interviews With Legendary Writers From Beyond (2ND
PLACE BEST LITERARY REFERENCE 2016 METAMORPH
PUBLISHING)
NON-FICTION: 103 Fundraising-Ideen für ehrenamtlich
tätige Eltern mit Schulen und Teams (3. PLATZ BESTE
REFERENZ 2016 METAMORPH PUBLISHING)
+
KINDER- UND JUGENDBÜCHER